ハヤカワ文庫 JA
〈JA1457〉

人工知能で10億ゲットする完全犯罪マニュアル

竹田人造

早川書房
8589

CONTENTS

――えー、つまりですね。再三、再三申し上げておりますように、ですね。

首都圏ビッグデータ保安システム特別法の必要性につきましては、既に国民のご理解は十分に得られたものと承知しております。

凶悪化、自動化、安価。それが近年の犯罪を象徴するワードでありまして、それらの原因は３Ｄプリンタやドローンの普及。なによりＡＩ技術の発展です。

国内犯罪は凶悪化し、テロの危険性は年々増加傾向にあるわけであります。そうした中、国民の皆様に安全安心な生活を送って頂くには、日本の情報技術《IT》を最大限駆使した強固で横断的な防犯システムが不可欠なのです。

また、そこで生まれるビッグデータの取り扱いは正規のプロセスで選定された適切な事業者が担うものでして、国家による監視などという指摘は全くの的外れで……。


――十月二十九日、今田デジタル革命相会見より抜粋

人工知能で10億ゲットする完全犯罪マニュアル

ACT I　最後の現金強盗
Going in Style

0

午後二時過ぎの首都高高架下駐車場は、ライトバンの中であってもやかましかった。行き交う車の音に台風の雨音が加わって、GPUファンの音すら控えめに聞こえるほどだ。

GPU付き大型ノートPCのディスプレイには、四つのウィンドウが表示されていて、それぞれにドローンの空撮映像が映し出されていた。視点は駐車場の真上、首都高の道路照明上二十メートルあたりだ。

ドローンは八つの回転羽を巧みに動かし、台風を物ともせず、安定して飛行している。ほんの些細なことだが、その動作は知性の結晶だ。空気抵抗を計算し、浮力を計算し、風の流れを数秒先まで予測し、最適な羽の制御を算出し……。ハエですら無意識で行っていることを、AIは意識的に計算によって導いている。何とも涙ぐましいことだ。

僕は彼らの世界を理解したかった。彼らが何を考え、何を見て、何を思うのか。そこは人とは異なる知性の世界だ。感情も立場も善悪も関係ない。期待値の大小のみが語る純粋にして統計的な知だ。余計な一言さえ言わなければ、今もそこに浸っていられたのに。

「つまりな、三ノ瀬《みせ》ちゃん。俺は映画化を狙いたいのよ」

僕の思考を遮るように、同乗者がそう言った。控えめに言って、見るからに不安になる格好の男だ。全身をくすんだ赤色のローブに包んでおり、目出し帽の上に更に魔女のようなとんがり帽子を被っている。プロレスリングの上でなければ、反射的に一一〇番通報したくなる風体だ。さらに不安になるのは、僕も同じ格好をしているということだ。男はアタッシュケースだらけで狭苦しい車内で器用に体を伸ばし、助手席の肩にシューズを乗せた。

「日本じゃスポンサーがつかないけど、ハリウッドって、結構現実の犯罪にも寛容だからさ。きっとライアン・ゴズリングが俺を美化してくれると思うんだよね」

「すみません、五嶋《ごとう》さん。僕は今人生を省みているので」

「はっきり言っとくと、今更遅いぜ。……そら、現代の大名行列のお出ましだ」

ドローンの空撮映像に視線を戻す。四台の警備車両を引き連れ〝それ〟は現れた。装甲のすし詰めでずんぐりとした巨体。海を思わせる深い青色。物々しい雰囲気を隠そうともしない、六車輪の現金輸送車だ。

その名は《ホエール》。米国から輸入した分類番号8の特殊用途自動車だ。軍用アサルトライフルは言わずもがな、RPGの直撃にすら耐える堅牢さを持つ、装甲車を超える現金輸送車である。砂漠も湿地帯も構わぬ走破性やAI制御の機関砲等々、多様な特長を持つが、特筆すべきはその運転席だ。フロントの遮光ガラスは法定基準を超えて濃紺で、（ドローンのカメラ解像度では厳しいが）中を覗けばきっと車としてあるべきものがないはずだ。即ち、ハンドルがなく、アクセルもブレーキもなく、運転手もいないのである。

《ホエール》は法令で完全自動運転を認められた日本唯一の車両であった。

かの三億円事件を代表に、現金輸送車には悪魔が潜む。人間という不確実性が悪魔のささやきを聞くと、金に羽が生えてしまう。そんな呪いへの対策が、徹底的に人と金を分かつことだった。AIが運転し、AIが金庫を管理する。AIは魔が差さない。甘いささやきに騙されない。少なくとも、銀行の担当者はそのセールストークに頷いたのだ。

「三ノ瀬ちゃん、心の準備は出来た？」

「出来ません」

「あ、そ。でもやるわ」

五嶋が塗装の剝げたスマートフォンをいじると、アタッシュケースの一つが甲高く鳴く。

微かに耳鳴りがして、バンのカーナビが《圏外》と表示した。選択的電波妨害だ。半径百二十メートルの無線LAN及び電話回線、GPSを黙らせた。ドローンのカメラは生きている。Bluetooth接続だからだ。

「三ノ瀬ちゃん」

「解りましたよ」

ノートPCのコンソールを叩く。すると、ドローン下部に搭載したプロジェクターから首都高へ、淡いタッチの絵本柄の男が投影された。WEBのフリー素材で作った、笛吹き男のイラストだ。男はコミカルな動きで左右に飛び跳ねて、軽い渋滞で速度を緩めた《ホエール》を手招きした。乗用車をまたぎ、工事中のビルの鉄骨をつまむ様子は、どこかファンシーでメルヘンチックであったが……。

その時、異変は起こった。《ホエール》が覚束ない足取りで、笛吹き男に誘われるようにカーブしたのだ。

『どうした、待て……。逆走しているぞ。おい、戻れ！』

警備車両がスピーカーからがなり立てているが、無駄だ。《ホエール》は元々耳など持っていないし、既に笛吹き男に魅せられている。《ホエール》は警備車両を首都高に置き去りにして逆走し、高架下へと降りて、僕らのバンの横にお行儀よく停車した。

「うーん、やっぱ映える絵面だこれ」

両脇にアタッシュケースを抱えて、バンを出る。

「白昼堂々の現金輸送車強盗ってのは、それだけで集客力あるもんな。しかも知的で、誰も傷つけず、少しコミカルでスタイリッシュ。控えめに言って全世界興行収入十億ドルでしょ」

五嶋がスマートフォンの自作アプリで電子錠を悠々解錠する。ドアを開けると、青い制服の中年警備員と目があった。

「な、何者だお前達、どうやって……!?」

五嶋の反応は素早かった。無造作にアタッシュケースを振り上げると、その角を丸顔警備員の顎に打ち込み、一撃で昏倒させた。実に鮮やかな手並みなのだが。

「誰も傷つけずって言いませんでした？」

「アクションはアクションで需要あるから」

警備員を引きずり下ろし、僕と五嶋はハンドルのない運転席に乗り込んだ。アタッシュケースから二台のカメラとプロジェクターを取り出し、定位置に固定する。

「そうだ、三ノ瀬ちゃん。『アドバーサリアル・パイパーズ』、あるいは『最後の現金強盗』なんてタイトルどうだい？　大ヒット間違いなしだろ？」

「まあ、旧作落ちしたら義理で借りるかも知れません」

「劇場に来いよ」

「現場に居るので」

　プロジェクターが輝き、道路に笛吹き男を投影する。彼が愉快なステップで踊りだすと、《ホエール》は興奮したようにアクセルをふかす。

　僕は助手席で頭を抱えた。ああ、始まってしまった。

1

　僕が五嶋という男に出会ったのは、今から二ヶ月ほど前のことだった。強盗なんてロクなものではないので、その出会いも、もちろんロクなものではなかった。

　その時、僕は寝袋に包まれていた。冷夏と言えど暑さの残る昨今、アウトドア用の寝袋の保温力は嫌がらせ以外の何ものでもなかったが、脱ぐことは出来なかった。腕が後ろ手に縛られているし、足も同様だったからだ。

　そこは湿気った薄暗い地下室だ。遠く車の音が聞こえるが、目隠しして連れてこられたので、どこの地下かは解らなかったし、解ることに意味も感じなかった。コンクリの床にはビニールシートと新聞紙が敷き詰めてあり、ことを終えたあとの掃除の準備が万全に整っていた。

「なあ、おい、三ノ瀬。お前は俺の母親か？　それとも俺の先生か？」

ミノムシ状態の僕の前に、刈り込みの男がしゃがみこんでいた。グレーのスーツが似合う、歌舞伎町に巣食うマフィアの若頭。名を六条《ろくじょう》という。

「違います」

「俺とお前の関係はなんだ？」

「債権者と債務者です」

「善意の第三者と臓器提供者だ」

わざわざ注射器を見せつけながら、六条は凄んだ。言われなくとも知っている。僕はこれから解体されるのだ。思えば、呆気ない転落だった。詐欺師の言うがまま、両親が僕を連帯保証人にして、金融商品を購入した。詐欺師は捕まったが、金は戻らなかった。七年の会社勤めで得た貯金はあっという間に消えて、代わりに借金が残った。心労で倒れた親の医療費がかさんで、気付けばこのザマだ。まあ、それはそれとしてだ。

「それでも、輸出先にフィリピンは良くないんです」

「暑いのが苦手ってか?」

「そうじゃないです。苦労して痛い思いしても、一銭にもならないんですよ」

六条は怪訝な顔をした。

「MNNネットニュースを見てみましょう。一面に載ってるはずですよ」

六条が目配せすると、彼の部下たる黒服のチンピラは慌てて型落ちのスマートフォンを取り出し、タップとスワイプを繰り返した。

「『進化した台風予測。誤差十メートル以内』?」

「あ、経済面でお願いします。あの国、もう紙幣廃止するそうですよ」

六条の頬が苦々しく歪んだ。彼は部下からスマートフォンをひったくると、苛立たしげにパイプ椅子を蹴り飛ばした。事実だったようだ。

「透かしの時代は終わったんです。これからは政府認証のブロックチェーンですよ」

後ろ暗い手段で得た金は、洗わねば使えないのは常識だ。資金の流れを辿られてしまえば、足のつく危険性が高まる上、逮捕されれば文無しになってしまう。取引履歴の糸を切断するマネーロンダリングは、近世以降の犯罪組織の命綱だ。

しかし近年、旧来のマネーロンダリングは深刻な危機に瀕していた。仮想通貨や電子マネーの台頭によるものだ。元来、電子的なデータは複製が容易だ。だからこそ、その正当性を保証するために数多の工夫がなされている。その一つが、ブロックチェーンと呼ばれる技術だ。分散型台帳技術とも呼ばれるそれは、過去の取引記録によってマネーの正当性を保証する仕組みだ。ブロックチェーンを採用した電子マネー、仮想通貨においては、取引履歴の切断はそのマネーの正当性を消失させる行為だ。黎明期には取引履歴を誤魔化すテクニックも存在したものの、現在では高度な技術か特別なコネでもなければ、ロンダリングはほぼ不可能だ。そして、木っ端ヤクザにそのようなものはない。

「だからどうした。商品に代金の洗い方を心配される謂れはない」

六条は平静を装っているが、図星をつかれたことは明らかだった。僕は臓器売買など知らないが、人間一人を始末するのにはそれなりのコストがかかるはずだ。それで手に入るのが首に縄のついた電子フィリピンドルだとすれば、割に合わないにも程がある。

「いいか、今晩はカレーと決めていた。肉を買った。ルーを揃えた。玉ねぎも人参も、賞味期限ギリギリだ。そんな時、じゃがいもが『やめて！　僕は肉じゃがが美味しいの』って訴えかけてきたとする。お前ならどうする？」

「あの、六条さん」

「なんだ」

「たとえが可愛いですね」

六条は注射器を壁に投げつけた。

「スナッフフィルムに変更だ」

「お、やってるね」

馴染みの居酒屋に入るようなトーンで、一人の男が階段を降りてきた。三十半ばだろうか。軽薄そうな男だ。色付きのサングラスも、極彩色のアロハシャツも、銀のネックレスも、演出かと思うほど上滑りしていた。

「五嶋さん、困りますよ。仕事場に勝手に入ってこられちゃ」

「まあ、いいじゃないの、六条ちゃん。美味しいヤマを持ってきてあげたんだから」

五嶋は視線一つで組員をパイプ椅子からどかすと、我が物顔で座りこんだ。どうやら、六条の組は五嶋に頭が上がらないようだ。

「あれ、その顔……。あんたさ、もしかして昔忍者やってた？」

すっかりミノムシになりきっていたので、それが自分に向けられた言葉だと気付くのに時間がかかった。

「生まれも育ちも多摩ですが」

「甲賀伊賀じゃなくて。ほら、NNアナリティクスの技術紹介ページのさ。昔取引先だったから見たことあるぜ」

　ああ、そういえば。僕は不自由な首で頷いた。まだまともな社会人だった頃、ＡＩ技術開発チームの一人として、会社ＨＰに写真が載ったことがある。その時、写真家に「ろくろを回してください」と注文されてとったポーズが、忍者の印っぽいと一部で評判だったのだ。別段意識していたわけではなかったのだが……。

「面白かったよ、なんだっけ？　ディープラーニングの心を読むとかいう」

「Advanced Smooth Grad ですね」

　人はＡＩの世界を知らない。ＡＩが何を見て、何を思うのか知らない。より正確に言えば、掌の上で転がせるレベルのＡＩでは、もはや物足りない。

　線形回帰やロジスティック回帰に代表される線形モデルは、特徴量と呼ばれるデータ要素の足し引きによって結果を導く。よって、特徴量についた重みこそが意思だと解る。非線形モデルであっても、最近傍法は学習データ中の近傍点が見えるし、決定木は判断基準をＩＦ文に書き下せる。

　だが、いわゆるディープラーニング、深層ニューラルネットはそうではない。アフィン変換と非線形関数を無数に積み重ねたそれは、億を優に越すパラメータを持ち、人の理解を超えて学習し、推論する。その解釈は困難を極める。そうした中で、わずかにでも〝彼ら〟の知を探ろうとする方法の一つが、勾配（Gradient）の可視化だ。ディープラーニングはパラメータをデータによって微分することで学習するが、逆にデータをパラメータによって微分することで、データ中のどの要素がモデルの出力に影響するかを可視化出来る。あくまで「このデータならばこの特徴量が影響する」という局所的な感度分析にしかならないが、需要はある。

Advanced Smooth Grad は、そうした技術の中の一つである。新規性など何もない、単なる産業分野への応用技術に過ぎなかったのだが、尤もらしいバズワードを載っけやすい題材だったからか、営業受けは良かった。

「いや、驚いた！　こんなトコでＡＳＧの忍者に会えるなんてな」

「変なあだ名はやめてくれませんか」

「戒名になったら怖いってか？」

そう言って、アロハの五嶋は笑った。

「改めて自己紹介を。俺は五嶋ってもんだ。大通りで言えない仕事をつまんでる。よろしく、三ノ瀬ちゃん」

五嶋が握手を求めてきた。僕は応えようとしたが、寝袋の肘あたりが盛り上がるだけだった。

六条が咳払いする。

「うちの商品とよろしくしないで頂きたい」

「すまんすまん。話の腰を折っちゃったな」

五嶋は言った。

「で、ブロックチェーンのお陰で、仮想の金は儲からないって話だったよな？」

「聞いてたんですか……」

六条は眉間のシワを深めた。不快な話を遮ったら別の不快を蒸し返された顔だ。

「お困りの六条ちゃんに朗報だ。名札のない金がたんまり手に入るヤマがあるっつったら、どうする？」

「なんですって？」

「三千万の投資と、身分証をいくらか。それから人手を貰えれば、名無しの札束四億分を約束しよう」

マフィアの六条は目を白黒させた。

「四億？　何をやらかすつもりです」

五嶋はわざとらしく一呼吸間を置いてから、六条の額に青筋が浮かぶ前にこう告げた。

「現金輸送車を頂くのさ」

2

馬鹿げている、というのが六条の第一声だったし、僕の認識でもあった。現金輸送車ジャックなんてものは割に合わない犯罪だ。現金強奪作戦が映画の題材として今なお選ばれるのは、その困難さ故だ。

しかし、五嶋は冷ややかな視線などどこ吹く風で、手持ちのプロジェクターで解体部屋の壁にパワーポイント資料を投影した。

「二ヶ月先の話だが、某国会議員が水島銀行の新宿支店で十億の預金をナマで引き出すって噂が立ってる。その輸送を狙う」

一体どこでそんな内部情報を得ているのか、僕は疑問に思ったが、口には出さなかった。六条が何も言わないということは、五嶋はそれを知っていて不自然でない身の上なのだろう。

「ターゲットはGM社製の現金輸送車、通称《ホエール》。日本では数少ない、完全自動運転を許可された特殊車両だ。哺乳類の賢さと海洋生物の脂肪の厚さを併せ持った怪物だな。こいつが四台の警備車両を引き連れ、金と最新の紙幣鑑定器を載せて水島銀行本店から新宿支店へと走る。そこを頂く」

「頂くって……。五嶋さん、あなたニュース見ないんですか。たとえ上手く荷降ろしのタイミングを狙えて金を奪えたとしても、どう逃げようって言うんです？」

六条のため息の背景には、首都圏ビッグデータ保安システム、通称ＣＢＭＳの存在があった。武装ドローンの普及によって凶悪化した犯罪に対抗するため導入された、警視庁鳴り物入りの治安維持システムだ。何百億もかかる銀行システムを上回る開発費を投じられただけあり、その効果は凄まじいものだ。五十％前後を這っていた刑法犯検挙率を二十六・四％向上させ、首都圏における、犯罪者の表仕事を過去のものとした。

ＣＢＭＳの実体は、〝目〟と〝腕〟……ビッグデータ解析と武装ドローンの二輪によって構成されている。

〝目〟は三つのシステムの統合体だ。首都圏十万を超える監視カメラ映像を用いた人物追跡、車両追跡システム、マイナンバーやクレジットカード情報を利用した行動傾向分析システム。ＳＮＳや通話情報を用いた、犯罪発生予測及び情報収集システム。一度目をつけられれば最後、犯罪者はＣＢＭＳと出会って以降全ての行動履歴を、現実とネット双方で丸裸にされる。

〝腕〟たる武装ドローンもまた、与し易い相手ではない。武装ドローンは、今や反射速度、射撃精度、どれをとっても人間のそれとは比べ物にならない。時速百キロで走る車のタイヤを撃ち抜くことすら容易にやってのける。その正確性を説得力にして、軍用アサルトライフルの装備まで許可されており、さらに都内各所に無人のドローン交番が設置されている。先日、ATMを襲った南米系強盗団がわずか六分でお縄になったのは記憶に新しい。白旗を振った犯人まで射殺されたことで、ワイドショーが賑わったはずだ。

「首都圏ビッグデータ保安システム特別法なんて専用の法律まで持ってんですよ。ヤクザに勝てる道理がありますかね？」

「オタクだって、専用の法律なら負けてないだろ。暴対法があるじゃない」

六条の反対は地に足の着いたものだったが、五嶋はやはり余裕の表情を崩さない。

「それにな、六条ちゃん。誰がチマチマ受け渡しを狙うなんて言ったよ。せっかく、ドローンの携行兵器如きじゃビクともしない戦車があるってのにさ」

言葉の意味を理解するや、六条は血相を変えた。

「五嶋さん、正気で言ってるのか？」

「なにも、チャカとドスで戦車を襲えなんて言ってないさ。テクにはテクだ。こっちもハックとドローンで対抗しよう」

組員の間に動揺と称賛の声が広がった。昔の職場を思い出す雰囲気だ。バズワードに弱いのは裏社会も同じらしい。

専門用語が多く完全な理解には至らなかったが、五嶋の作戦はGPSと三次元地図情報の乗っ取りだった。周波数掃引妨害と欺瞞信号を組み合わせ、《ホエール》のネットワークを簒奪。偽のGPSと三次元地図情報を流してルートを誤認させるそうだ。外部からのネットワーク通信を遮断することで、警備会社による《ホエール》のエンジンの電子的自壊機能にも対応出来るらしい。首都圏各所で同様の電波妨害を行うドローンを飛ばして、捜査の攪乱も行うとのことだ。

「《ホエール》のネットワークを奪ってやれば、仕事は済んだも同然。ナンバープレートを剝がして、ペンキをぶっかけて、楽しいドライブだ」

なるほど。通信系の技術者なのだろう。昔は僕の古巣と取引関係にあったようだし、軽薄さの中にも、技術畑特有の不健康な汗臭さがあった。

しかし、どうも違和感を覚えた。五嶋の作戦には不自然なほどの大穴がある。いかに分野違いと言え、技術者が見落とすとは思えない穴だ。その穴が無視されたまま話が盛り上がっていくのが、どうにも心地悪い。だから、つい。

「失敗しますよ、それ」

口を挟んでしまった。悪い癖だ。我慢出来ない性分なのだ。視線が一斉に僕のもとに集まる。

「CBMS対策は言うに及ばず、まず《ホエール》対策からして不十分です。五嶋さんは三次元地図を勘違いしてます。あれは事前知識として導入されるものでも、通信で受け取るものでもない。カメラ動画とLiDARからリアルタイムに作成されるものです。そもそも、完全自動運転車が、ネットワーク通信やGPS誘導なんてのんびりしたシステムのみで動いていると思ったら大間違いです」

コンマ数秒の判断が命取りになる自動運転において、GPS通信の時間的コストは致命的だ。だからこそ、完全自動運転車は自ら思考するための脳を持つに至ったのだ。

深層SLAM（自己位置推定とマッピングの同時実行）による三次元地図作成と自己位置推定。セマンティックセグメンテーションモデル（カメラ映像のピクセルごとのラベル付け）による道や障害物の検出。強化学習による経路選択。全て合わさってようやく車は自律制御能力を獲得するのだ。

「たとえ通信を誤魔化せたとしても、AIそのものを騙さない限り、車の制御を奪えやしません。僕ならもっと……」

僕は二の句が継げなくなった。ピカピカに磨き上げられた革靴のつま先が、鳩尾にめり込んでいた。六条の靴だ。

「言ったよな？　お前は俺の母親か？　お前は俺の先生……」

六条が言葉を止めた。五嶋が彼の口を抑えたからだ。

「先生、詳しく伺おうか。僕ならもっと、なんだい？」

技術の議論は正否こそが全てだ。そこに言った人間の立場は関係ないし、会議の雰囲気も、どう使われるかも関係ない。……いや、解っている。そんなものは理想論だ。僕のような二流技術者が口にすれば、爪弾きがオチだ。生きやすい考え方ではない。けれど、今回ばかりは言いたいことを言いたいだけ言えた。生きやすいも何も、死ぬからいいのだ。語り終える頃には、組員たちの苦々しい視線と五嶋の笑みが僕に突き刺さっていた。

「狙ってましたね」と睨む六条に、五嶋は軽く肩をすくめて見せた。

こうして、僕は命を盾に現金輸送車強盗のＡＩ技術担当にされたのだった。

3

僕は五嶋の隠れ家に預けられることになった。もう少し正確性に気を払えば、彼に監禁されることになった。目隠し状態で連れてこられたので場所も解らない。

五嶋の家は典型的な映画オタクの秘密基地だった。壁の一面はインチを数える気すら失せる巨大テレビが占拠しており、他は俳優のポスターが隙間なく貼られ、窓が見当たらない。部屋のあちこちにガラスの収納スペースがあり、Blue-rayやDVDやLD、ビデオテープといった骨董記憶媒体が整頓されている。高級そうなオーディオ機器がサボテンのようにあちこちに生えていて、何CHサラウンドか解らない音の包囲網を作っている。柔らかそうな赤ソファーの横には、小型の冷蔵庫が備え付けられている。五嶋はソファーに深々と座って、ガラス机の上の食べ残しピザを口に放り込んだ。

「俺は自由を重んじる主義だ。食事は自由。寝るのも自由。円盤は好きに見ていいし、ネット配信サービスを使ってもいい。とはいえ、監禁には一定のルールがある。外出禁止。一番風呂禁止。家事は折半。それから……」

五嶋はポケットからスマートフォンを取り出した。緑のラバーカバーに包まれた二世代前の機種。僕のスマートフォンだ。

「えー、何々？　YMOさんからメッセージが届きました。『最近つぶやかないけど、息してる？』」

元同僚の八雲《やくも》からのメッセージだ。返信しようと手を伸ばすが、五嶋は当然渡してくれなかった。スマホの電源を切って、棚の小型金庫に放り込んだ。

「外部との連絡は一切禁止。あとは、そうだな。ネット配信サービスの利用は許可したが、『決して走るな』は禁止」

僕は首を傾げた。記憶が正しければ、六、七年前の大ヒット邦画だったはずだ。ＳＮＳを中心に社会現象を引き起こして、何回見たかを競う人達もいた。

「どうしてです？」

「脚本が軽いんだよ。愛せない類の大衆映画だ。だから見るな。約束出来るか？」

釈然としないが、頷く以外に選択肢はない。

「オーケー。ルールを守って楽しい監禁生活と行こうじゃないか」

五嶋は冷蔵庫から缶ビール……否、しるこ缶を一本手に取ってそう言った。しるこでピザを食べる姿は、僕の中の五嶋への警戒レベルを一段高めるに十分だった。

与えられたＰＣはＵＮＩＸ系ＯＳが入ったノート一台のみだが、別の場所にサーバーマシンが十二台あり、自由にＳＳＨ接続して使っていいそうだ。開発のためにネットに接続するのは自由だが、警察関連の特定サイトへのアクセスは禁止されているし、履歴のチェックも行われる、と説明された。まるで、初めから僕を連れてくると解っていたようだ。

「用意周到ですね」

「そりゃあ、知能犯だもの」

「どうして、僕を拾ったんです？」

五嶋は質問には答えず、代わりに指を鳴らした。大型テレビが登録された動作を認識して、画面をつける。すると、ちょうどＮＨＫ深夜の技術番組が放送されていた。《進化し続ける統合セキュリティＡＩ。ＣＢＭＳの秘密に迫る》なるタイトルで、五十代半ばの精悍な男が、女性アナウンサーの質問に答えている。

男の名は一川由伸《いちかわよしのぶ》。日系ＡＩ企業の雄、ＮＮアナリティクスの統括技師長。セキュリティ畑から転向した機械学習技術者だ。世間的にはＣＢＭＳの生みの親と言えば通りがいい。

『犯罪の高度化、複雑化が謳われる現代。刻一刻と変化する情勢に、従来のＡＩは対応し切れません。環境の変化を瞬時に学びとり、対策を会得する。自己進化ＡＩが必要不可欠なのです』

『確かに、自己進化という言葉にはどこか旧来のＳＦ的な懸念を抱く方々が多い。お恥ずかしい話ですが、弊社の技術者にすら居ましたよ。自己進化ＡＩなど無謀だと言う無能な馬鹿者が』

『ええ。無論、一喝してやりました。出来ない理由ではなく、出来る手段を探すのが君の役目だ。下の目線では描けないビジョンが、私にあるのだ。とね』

一川はしたり顔で仕事論を語り、したり顔で人生を語り、さらには国会で審議中の個人情報保護法改正案を批判し始めた。そのしたりぶりが記憶を刺激し、思わず顔を背けてしまう。

「さっすが、時代の寵児は何言っても痺れるね。『出来ない理由ではなく、出来る手段を探すのが君の役目だ』だってよ。若いころのクリスチャン・ベール使ってあげてもいいね」

五嶋はしるこ缶を呷り、僕を煽った。

「三ノ瀬ちゃん、一川の元部下だろ」

図星だ。NNアナリティクス時代、僕は彼のチームで研究開発にあたっていた。

「期待されても困ります。僕は、クビになった無能な馬鹿者ですよ」

「いい年していじけるなよ」

五嶋が呆れた様子で手を叩くと、大画面で武勇伝を語る一川がぴたりと静止した。どうやら、このインタビューは僕に見せるために録画していたものらしい。なんて底意地悪い男だ。僕がこれまで出会った人々の中で、確実に二番目に性格が悪い。

「五嶋さん、でしたっけ。あなた一体何者なんです？」

「今どき流行りのフリーランスだよ。フリーランスの犯罪者。企画調達実行なんでもござれ、組織に縛られない自由な働き方の実践者さ」

組織はさておき、せめて法律には縛られて欲しいものだが。

「六条ちゃんは、前にちょいと美味しい思いをさせてやった仲でね。ま、そんなことよりだ」

五嶋は手を叩いて互いの身の上話を打ち切った。

「楽しい話の続きをしようぜ。六条に豆鉄砲食らわせた、あの……プロジェクターで照らすだけで、魔法みたいに《ホエール》を誘拐出来るって話」

「……Adversarial Example。魔法じゃなく、れっきとした技術ですよ」

ＡＩがいかに世界を見ているか解釈出来れば、いかに騙すかも読み取れるものだ。先述したように、自動運転における世界の把握は、カメラ動画を入力としたセマンティックセグメンテーション問題に帰結する。要するに、動画の各画素を道や車、人や障害物や空にラベル分けする問題だ。この時、ニューラルネットは単にラベルを出力するのではなく、ラベルの対数尤度（尤もらしさ）を出力する。このラベル対数尤度について感度の高い画素を分析し、その画素に特定方向のノイズを加えてニューラルネットの目を欺く。それが、Adversarial Exampleだ。それらは往々にして人の目には意図不明なノイズに過ぎないのだが、ニューラルネットは意図のある特徴点とみなしてしまう。

「ちょっと試してみましょうか」

百聞は一見に如かずだ。僕は部屋のものを見回って、丁度いい相手役を探した。すると、先程スマートフォンをしまった金庫にカメラがついていることに気付いた。

(顔認証金庫か。ちょうどいいな)

薄型ノートPCを借り、LINUXのコンソールを起動する。オープンソースソフトウェアの集積サイト、GitHubからクローンしたコードを軽く改変し、五嶋の顔写真を撮って……。二十分ほど。

「出来ました」

僕は五嶋にノートPCの画面を見せた。ブリキ人形のようなCGアニメキャラクターの画像が表示されていた。

「あ、それ昔のアニメの」

「サニーです。今から彼の顔画像で金庫を開けます」

僕がコードを走らせると、サニーに色とりどりの疎らなノイズが加わった。その画像をそのまま金庫のカメラにかざす。

「いやいや、その金庫に登録されてるのは俺だけ……」

「開きました」

金庫はひどくあっけなく、そしてだらしなく口を開いた。僕は自分のスマートフォンを取ろうとしたが、五嶋にひったくられてしまった。

「ナンバーロック式に変える」

しまった。余計なことをしてしまった。後悔しつつも、僕は続けた。

「これがAdversarial Example。小さなノイズによってＡＩの目を騙す技術です。これを応用すれば、《ホエール》を騙すことも出来るはずです」

本来と異なるルートを辿らせることも、高速道路に見せかけ加速させることも出来る。ドローンのカメラで道を認識し、Adversarial Example生成器でルートを誤認するよう加工を施し、プロジェクターで投影する。実際の自動運転での深層ＳＬＡＭはカメラ映像だけでなくミリ波レーダーやLiDARも使うのだが、ニューラルネットの画像偏重の傾向を考えれば、カメラ映像に介入するだけでも騙しきれる。それが僕の《ホエール》誘拐アイデアだった。

「いいね、絵面がいい。映画向きだ。気に入った」

「でも、単なる思いつきで終わりそうです」

そう、このアイデアの実現には二つの大きな壁がある。

まず一つ。Adversarial Example生成器の学習には、騙す対象となるニューラルネットの情報が必要だ。モデル構造、パラメータ、ハードウェア構成、エトセトラ。タスクの難易度を考えれば、可能な限り詳細な情報が欲しいところだが、《ホエール》のメーカーに問い合わせて貰えるものではない。

「さっきの金庫は、『伝統と実績ある顔認証モデルDeep Faceを採用！』と宣伝されていたんです。だから開けられました。Deep Faceはオープンソースですからね」

「ここの金庫二度と買わねえ」

「懸命な判断です。あと、悩みのタネはこれだけじゃありません」

もう一つは、計算量と電力だ。《ホエール》を騙し続けるには、Adversarial Example生成器をリアルタイムに回し続ける必要がある。空間認識、未来予測、Adversarial Example生成を同時に行う都合上、モデルサイズは巨大になる。GPU一枚ではメモリに乗らない。大型GPUを複数台回すとなれば相応の電力が必要になるが、狭い車内に発電機を持ち込めるとは思えない。

「つまるところ、筋悪です。もういくつかブレイクスルーがないと……」

そうしたことを語ると、五嶋は手を叩いた。

「それだよ」

一体どれだろう。僕は首を傾げた。

「三ノ瀬ちゃんを拾った理由だ。その首の皮を繋いでるのは、強盗メンバーとしての有用性一点だってこと、解ってるだろ？　バカじゃないんだから。俺が見限れば、いつでも返品。でもって……」

五嶋は親指で首を掻き切るジェスチャーを見せた。背筋の冷える正論だ。生存本能を最優先にするなら、適当に取り繕って有能イエスマンを演じるのが最善手だ。実行の段になって警察に捕まるのがなおいい。

「それでも、あんたは言っちまう。技術者として我慢出来ない。口にせずにいられない。それは性質だ。性質は性格よりも信用出来る。信用は重要だぜ？　裏切りは最もチープなどんでん返しだからな」

裏社会の住人としての経験則なのだろうが、僕には理解し難い話だ。

「話を戻すが、三ノ瀬ちゃん。知り合いの海外武装グループが、《ホエール》と同じＡＩを積んだGM社製の装甲車を使ってる。実体はともかく、ＡＩの吸い出しは頼める」

知り合いの海外武装グループなる単語が気になるが、五嶋はいとも容易く一つ目の問題を解決してみせた。

「あと、消費電力にお困りなら、その Adversarial Example 生成器、ＦＰＧＡで組み直しちゃえば？」

虚を突かれた気分だった。ＦＰＧＡとは特定用途専用に設計する集積回路のことだ。五嶋の言う通り、汎用計算機を使うよりも圧倒的に低電力であるし、物理的にも直接ドローンに載せられる大きさまで縮小出来る。複雑な深層ニューラルネットモデルをＦＰＧＡに実装する技術は脈々と研究されている。ＣＢＭＳばりの進化するＡＩを組み込むような柔軟性はないが、どうせ使うつもりもない。

「けど、ハードは専門外です。僕は組めませんよ」

五嶋は得意満面で自分の鼻を指差した。

「昔取った杵柄ってやつさ」

ヤクザに顔が利き、ＮＮアナリティクスと取引関係にあり、海外の武装グループと知り合いで、集積回路が組める人間。一体何個の杵柄をとってきたのだろう。

「さて、ＣＢＭＳの倒し方と、分け前二億の使い道。どっちから考えたい？」

「……倒し方で」

「じゃ、スティングでも見るか」

僕の戦慄をよそに、五嶋は記憶ディスクを漁り始めるのだった。

3.5

この俺、五嶋に言わせれば、悪党ってのはおたふく風邪だ。ガキの頃からかかっていれば程々の症状で落ち着くが、年いってなると手がつけられなくなる。何故かと言えば、そういう連中には初期ドロップアウト組にないもの……つまり集中力があるからだ。

三ノ瀬はその最たるものだ。昼間は人参ぶら下げられた馬のように開発して、丑三つ時を過ぎるときっかり寝落ちする。キーボードに突っ伏してよだれで壊さないあたりは、褒めてやりたいプロ意識だ。

アホ面を尻目に新作映画の試写会レビューを漁っていると、スマートフォンが鳴り出した。六条の通話だ。この時間に口頭ってあたりがいかにも奴らしい。メールの打ち方知らないんじゃないか。

「もしもし、こちら未来のムービースター」

『計画書は届きましたがね、五嶋さん何ですかアレは』

ノーセンス。単刀直入本題一本なところがノーセンスだ。もう少し下衆なからかいの一つでもしたらどうだ。気が利かない。

『本気で関東のCBMSのドローンステーションを全て調べ上げるんですか？』

「そうだ。身内は使うなよ。何も知らないバイトを雇うんだ。横着はナシだ。皆がベストを尽くしてこそ、強盗は美しい。合唱コンクールと一緒だな」

『そうは言っても、この範囲は……逃走経路を絞るなりなんなりあるでしょう』

「ない。データ集めは基礎工事みたいなもんだ。そこで失敗すれば、どんな御殿を建てても二秒で崩れる。取れるデータは全て取って、初めて土俵に上がれる。CBMSに勝つには他の手段はない」

　通り一遍でもっともな事実を並べながら、俺はこれが無駄話だと解っていた。六条の不平はそうした理知的な部分にあるわけではないからだ。

『それも、三ノ瀬の受け売りですか』

「専門家のご意見だ」

　電話口で六条が唸る。過激にならない反論を必死に見繕っている。六条は俺に言葉を選んでいるんじゃない。資本主義に言葉を選んでいる。肩で風切るヤクザものでも、資本主義からは逃れられない。組のロンダリンググループのいくつかは俺がコンサルしてやったものだ。今後の活動を考えれば、会計とITに強いフリーランスとの関係悪化は避けたいはずだ。

『五嶋さん。例えばあなたが養豚場の経営者だったとして、豚に命令されたらどう思います？　エサを変えろ。寝床を掃除しろ。豚舎を広くしろ……。豚の命令を部下に伝えて、経営者の面目は保てますか？』

「相変わらず、たとえが可愛いな」

電話口で何かを蹴り飛ばす音が聞こえた。遊びすぎたかな。随分ピリついているようだ。先代の浪費で首が回らないのは知っているが、よほど借金取りが怖いらしい。

「クールダウンだ、六条ちゃん。こう考えろ。債務者をタコ部屋に放り込んだのと同じだ。労働搾取ってやつ。たまたま、三ノ瀬ちゃんには珍しい使い方があった。それだけ。だろ？」

「本当に、使うだけならいいんですがね」

六条は声のトーンを一段落とした。

「五嶋さん。あなたにはコンサルとして頼みたいネタがいくらでもあります。これからも末永く付き合っていきたい。ですが、三ノ瀬は違う。あれはうちが貸した商品です。変な情を持たないでもらいたい」

「プロにかける忠告じゃぁないな」

通話を切ると、三ノ瀬が豚のように鳴いた。びくりと体を一度震わせて、また深々と寝入った。

水面下で不穏な空気。羨ましいね。主役っぽくて。

4

現金輸送車強盗計画実行から、約二十分。端的に言って、僕は著しい後悔に見舞われていた。それはもちろん、強盗に加担してしまったことへの後悔であるわけだが、もう少し近視眼的には、エチケット袋を持たなかったことへの後悔だった。

井の頭公園の競技場を《ホエール》の巨体が駆け抜ける。それを追うは、パトカー二台とCBMSの武装ドローン四機。強風に煽られる樹のざわめきも、葉を叩く雨音も、まとめてサイレンの合唱が掻き消している。《ホエール》の乗り手を無視したシートは、フェラーリ三台分の価格がするとは思えないほど座り心地が悪い。カーブするたび胃の奥に重いシェイクが入り、ボディばかり狙われたボクサーの気分になる。

「いいかい三ノ瀬ちゃん。ハリウッド向け犯罪者の鉄則は、カリスマ性と愛嬌だ」

反対に、五嶋は上機嫌で語りに浸っていた。このキャラ作りも映画狙いなのだろうか。彼の手には使い込まれたちゃちなゲームパッドが握られている。そのコードはアタッシュケース内のGPU付きUNIXマシンにつながっていた。そして、UNIXマシンは電波妨害対象外のClass1 Bluetoothを通じて、車体上を飛行する四機のドローンへ信号を送っている。

五嶋がテンポよくパッドを触ると、ドローンから投影された笛吹き男が踊り、《ホエール》は彼に惹き寄せられるように走っていく。よく観察すれば解ることだが、笛吹き男の映像には、僅かな乱れがある。ご存知、Adversarial Exampleだ。《ホエール》はそのノイズによって、笛吹き男の導く先こそ正しき道だと誤認しているのだ。断っておくが、ハーメルンの笛吹き男をネタにしたのは五嶋のセンスだ。

「カリスマ性はこの賢さで十分として、問題は愛嬌だな。三ノ瀬ちゃんは乗り物酔いキャラで売るとして……。俺はどうするかな」

ジブリ美術館横を抜け、吉祥寺通りに出ると、四台のパトカーが信号前に横付けして道を塞いでいた。しかし、《ホエール》の前では小石も同然だ。

「そこの現金輸送車！　止まれ！　止まっ……！」

「じゃ、俺の愛嬌を見せてやろう」

五嶋がパッドのR1ボタンを押し込む。すると、道路にボウリングのレーンが投影された。《ホエール》にはボウリングの球が、パトカーの位置にはピンが立っている。意味を察した警官が、慌てて持ち場から逃げ出す。《ホエール》が加速する。哀れな白黒のピンが迫る。衝撃。そして、パトカーがピンボールのように吹き飛ぶ。

「ストラーイク！」

ピン四本の時点で一度は仕損じているはずだが、胃液が出そうで指摘出来なかった。パトカーが進路を塞がんとするたび、五嶋が巧みにパッドでハンドルを切り、胃の内容物が乱反射する。実機テスト環境がないという制約、CBMSからの逃走という特殊な条件から、運転はAIより人に任せるべきだと提案したのは僕なのだが。

「もっと安全運転にはならないんですか⁉」

「言っとくけどな、三ノ瀬ちゃん」

瞬間、破裂音と共に窓ガラスが震え、僕は身を縮こまらせた。投石をされたわけでもない。ヒビも入っていないが、実弾を撃ち込まれたようだ。窓の外には、黒いドローンが飛行していた。CBMSの武装ドローンだ。市街地お構いなしに、続けざまに銃弾が降り注いでくる。

「これが俺たちの安全第一だろ」

五嶋がゲームパッドの◯ボタンを押し込む。すると、《ホエール》上を飛ぶドローンの一機が反転し、ノイズ混じりの光がCBMSの武装ドローンを照らした。瞬間、《ホエール》が遠吠えじみたサイレンを鳴らした。CBMSドローンを敵対者として認識したのだ。車体左右と上部の装甲が展開し、黒光りする物々しい機関銃が現れる。

間近で発砲音を耳にするのは、初めての経験だ。雷のようなマズルフラッシュが十数回閃いて、武装ドローンは微塵になった。人的被害がでないよう、射角を制限しているとはいえ、五嶋はどの口で非暴力などとうそぶいていたのだろう。いや、システムを実装したのは僕なのだが。

「無敵スターとった気分だなぁ、三ノ瀬ちゃん！」

五嶋が笑っていられるのが信じられない。僕は今の振動で吐きかけた。

「ドローン強盗対策にしたって、なんで現金輸送車に機関砲なんか載せちゃうんです!?」

「そりゃ、元々軍事用に開発されてるからだろ。こういう車、バカで大好き」

僕はバカで大嫌いだ。

「このまま関東抜けるまで、パトカーでおはじきして終わりなんじゃないの？」

「だといいですけどね」

僕はノートPCを確認した。液晶画面には、半透明のポリゴンを重ねた三次元地図が表示されていた。Google mapとカーナビ情報をベースとし、六条の組の下っ端を顎で使って最新情報に更新させたものだ。現在、三鷹市役所の付近を半透明の青い点が走っており、ぼやけた赤い雲がそれを囲んでいる。青い点が《ホエール》の現在座標で、赤い雲がCBMS車両の存在確率密度を表現している。青い点からは進行ルートを示す矢印が幾本も伸びて、CBMSの勢力圏外（埼玉、千葉、東京、神奈川の外）を目指している。矢印それぞれには推定成功確率が紐付いている。主要なルートは逃走成功率七十%を超えているが、どうも見落としがないか気がかりだ。

先程からの警察やCBMSの抵抗は、明らかにこちらの推定を下回っていた。単に相手を過大評価していたのなら良いのだが。情報が欲しい。ネットを漁りたい。しかし残念ながら、電波妨害中だ。

「テレビ回線なら通るぜ。右ポケットにチューナーが入ってる」

言われて、僕はノートPCにUSB接続のTVチューナーを繋いだ。すると、こんな文字が目に飛び込んできた。

《現金輸送車〝誘拐犯〟！　笛吹きジャック現る》

どうやら、僕らの犯行はワイドショーの格好の餌だったようだ。各局はこぞってCBMS施行以来の大事件をスクープしている。報道内容は、犯人が《ホエール》をハッキングしたこと、犯人が放った電波妨害装置搭載ドローンにより、関東全域に無線通信障害が発生していること、警察が捜索に当たっていること、CBMSが警察の要請を受けて早速制圧に当たっていること等々、大同小異だ。しかし、視聴率トップは間違いなくTテレだろう。何せ、あのCBMSの生みの親が偶然ゲスト出演していたのだから。

『彼らの蛮勇を一言で申し上げるのなら、孫悟空でしょうな』

一川は口ひげをなでながら、些かの緊迫感もなくこう言った。

『CBMSの五指から逃れるつもりでいるのですから』

「TV消していいですか」

僕は発作的にノートPC上のTV中継ウィンドウを消そうとした。ただでさえ気分が悪いのだ。トラウマの胸焼けが重なれば、朝食カムバックもやむなしである。

「落ち着けよ三ノ瀬ちゃん。チャンネル変えるのもなしだ。一川センセの生実況が聞けるから、この時間に決行したってのに」

「どうして、そんな」

「ポロリとヒントがこぼれるかも知れないじゃないか」

確かに、一川は自己顕示欲の塊だ。興に乗って捜査情報を漏らす可能性は大いにある。

『もっとも、彼らは頭に金剛圏をつけるより、腕に手錠の方がお似合いでしょうが』

「TV消していいですか」

「待て待て。映画化に必要なのは小粋さと愛嬌、そして折りたい鼻柱だ。金持ち、政治家、エトセトラ。何となく気に食わない奴が痛い目みるだけで、ぐっと親しみやすさが増すもんだ。そういう意味で、一川センセは大事なメインキャラクターなんだよ」

一理ある、と僕は頷いた。頷いた上で中継ウィンドウを消そうとしたが、五嶋に手を叩かれた。

『そうですね。それでは、第二の笛吹きジャックを目指す皆さんに……居ないことを願いますが……。彼らがいかに愚かな真似をしでかしたか、簡単にご説明いたしましょう』

僕らが醜いチャンネル争いを繰り広げている間に、スタジオでは一川がタブレットを片手に独演会を始めていた。

『確かに、《ホエール》は軍製品を転用した強力な兵器です。警察には、単独であれに通用する装備はありません。薄く網羅的な検問を張ったところで、力ずくで突破されて終いでしょう』

一川がタブレットをスワイプすると、モニターに監視カメラ動画が映し出された。《ホエール》がパトカーを跳ね飛ばしたシーンが映し出されて、スタジオは息を呑んだ。

『彼らを止めるのならば、装甲バン三台、武装ドローン三十六機は最低限必要とみるべきでしょう。では、いかにしてそれら戦力を《ホエール》の行く手に配置するか。……誤解を恐れず言えば、そのためのＣＢＭＳなのです』

一川は自然とゲスト席を立って、アナウンサーを押しのけてスタジオ中央を我が物顔で歩き始めた。

『問題を可視化しましょう。首都圏交通網をゲームボードとし、彼らは《ホエール》、こちらは装甲バンと武装ドローン、その他無人機を手駒に持つ。であれば、解くべきは各駒の動的経路選択だ。こちらはいかにして損耗を最小限に笛吹きジャックを捕らえるか。あちらはいかにしてＣＢＭＳの手から逃れるかを考える。互いの利益は完全に相反しています。即ち、不完全情報ゼロサムゲームですね』

ゲームボード。手駒。これだけキーワードが揃えば、聞くものが聞けば同じ技術を想像するだろう。

『強化学習、という技術はご存知でしょうか』

「やっぱり来たか」

五嶋は呟いた。強化学習とは、教師あり学習、教師なし学習に並ぶ機械学習の一分野だ。その最大の特色は《エージェント》が《環境》上を自律的に行動して、最大の《報酬》を得られる戦略を学習することだ。ある意味、人々が夢想するＡＩを最も体現する技術だろう。

古くから機械制御やゲームＡＩで細々と研究されてきた分野だが、二〇一〇年代中頃から深層学習を取り込んで飛躍的な成長を遂げた。特にセンセーショナルだったのは、Google傘下Deep MindのAlpha Goだろう。十の三百六十乗のゲーム木サイズを持ち、完全情報ボードゲーム最難関と言われた囲碁において、二〇一六年、Alpha Goは当時最高の棋士イ・セドルを四―一で下した。知的遊戯人類最後の牙城が崩れた瞬間だった。

『そして、その強化学習こそＣＢＭＳの謳う自己進化の根幹なのです。実のところ、強化学習はその華々しさと正反対に、実適用が困難な分野として知られています。その最大の要因は《環境》依存性です。問題が大規模になればなるほど、それを解くために必要なシミュレータが調達不能になるということですね』

一川がタブレットをシェイクすると、スタジオ中央のモニターに渋谷スクランブル交差点が映し出された。一見何の変哲もない風景だが、目を凝らせば、それがＣＧ映像であることが解る。

『ご覧ください。これこそＣＢＭＳの誇る仮想首都圏です。監視カメラ、巡回ドローン、パトカー、その他映像情報を集約し、ＤｅｅｐＳＬＡＭによって生み出した三次元地図です。ＡＩ技術と物理演算によってデジタルに書き起こされた、現実のコピーと言えるでしょう。CBMSはこの仮想首都圏を環境とし、犯罪ビッグデータから数多の犯罪パターンを模倣し、無数の試行錯誤により、最適な犯罪対策モデルを学習し続けています。かの三億円事件もCBMSならば十五分以内に解決に導けますよ。保証してもいい』

五嶋は時計を見て口笛を吹いた。どうやら、僕らは三億円超えを果たしたようだ。

『しかし、一川先生』

画面外のコメンテーターが存在感を取り戻すべく発言する。

『笛吹きジャックも、その強化学習を使っていたとしたらどうされますか？』

正解だ。僕らの経路探索モデルは秒間三万回のモンテカルロシミュレーションによって、成功率最大の経路を動的に探索し続けている。

だが、その餌を待っていたとばかりに一川はにやついた。

『良い質問です。ホエールをハッキングするような不届き者ですから、多少の猿知恵はあって然るべきと言えるでしょう』

孫悟空だけに、と付け加えなかった点だけは評価したいと僕は思った。一川は昔から同じジョークを繰り返すタチだった。

『ですが、ご安心を。まず彼らと我々とでは、持ちうる《環境》の質が違う。得られる情報の量が違う。そして何より、強化学習はリアルタイムな計算力こそ物を言うのです。C

BMSの計算リソースは、クラウドGPUマシン七千台です。秒間シミュレーション回数は約五十万回に及びます』

「少年漫画かよ」

五嶋がぼやく。僕は胃が痛くなるのを感じた。試算の七倍だ。よほど儲かっているらしい。シミュレーション回数だけで、こちらとは十八倍以上の差がある。加えて言えば、《環境》の差によって、シミュレーションの質も違う。

『ジャミングのかかった通信の孤島で、彼らが一体何分CBMSに対抗出来るのか。しかと拝見させてもらいましょう』

パトカーの追跡を避け、交差点の角を曲がった瞬間に、状況は変化した。ゴム風船が弾けたような音がして、笛吹きドローン二号機のハートビートが途絶えた。《ホエール》の機関砲が唸り、左手後方で何かが砕けた。街路樹の陰から武装ドローンによる奇襲を受けたようだ。

伏兵はそれに留まらなかった。歩道橋の上から黒い円盤が四つほど転がり落ちてきた。無人機だ。三機は機関砲が迎撃したものの、残る一機を見失う。助手席のドアに硬く重いものがぶつかる音がした。続いて、金切音が耳をつんざく。座り心地最低の座席が、微細な振動で益々不快感を増す。ドリルだ。工作用のCBMS無人機に取り付かれた。ドアの隙間をこじ開けようとしている。この角度では機関銃も使えない。工場さながらの騒音が神経をかきむしり、恐怖心を煽ってくる。

トンネルに入るや否や、五嶋が左キーを押し込んだ。《ホエール》が車体を揺らし、コンクリの壁面に装甲をこすりつける。数千倍の質量に押しつぶされ、工作無人機は哀れ粉々に砕け散ったが、左の機関砲がおじゃんになった。僕は頭を抱えた。無人機一機には不釣り合いな代償だ。

「焦るなよ、三ノ瀬ちゃん。ピンチはあればあるほどいい。クライムアクションたるもの、ライアン・ゴズリングの顔をしわくちゃにする勢いで主役指数を稼がないと」

彼は普段からしかめっ面だろ、と僕は言い返そうとしたが、出来なかった。トンネルを出ると同時に眩い光がそれを遮ったからだ。《ホエール》を笛吹き男ごと上から照らす光。これは……。

「ほら、主役指数が上がったから、スポットライトも当たるのさ」

「サーチライトですよ！」

僕は思わず、運転席の天井を見上げてしまった。嵐の音に混じって、ばたついた羽音が聞こえる。ヘリコプターだ。肝が冷える。ヘリそのものはそれほど大きな脅威ではない。情報収集能力は高いが、台風の影響で無茶な動きは出来ないし、積載重量の関係から強力な兵器は積んでいない。航続時間も短く、最悪、威嚇射撃で追い払える。問題はヘリが現れた事実そのものだ。CBMSヘリポートの位置に天候とビル風を重ねて考えれば、事件発生からほとんど一直線でここ三鷹へ向かってきたことになる。つまり、CBMSは《ホエール》の経路をとうに読み切っていたのだ。

三次元地図を見ると、敵のコマが予想外の位置に配置されていたことで、逃走経路探索AIは大いに混乱していた。いくつもの逃走経路が現れては消え、赤い雲に塗りつぶされていく。モデルの疑心暗鬼が手に取るように伝わってくる。

『はっきりと申し上げましょう。今から六分以内に、CBMSは笛吹きジャックを逮捕し、いいました。もはや、その莫大な計算リソースは、いかに街への損害を減らすかに注がれています』

「六分以内に逮捕しました、だってよ。一川センセ、いい悪役だ」

「笑っている場合ですか。投了宣告ですよ」

一川は演出家だが、無根拠な断定はしない人間だ。CBMSはこちらの思考を読み切っている。

「地力に差がありすぎる。この分じゃ、アレを使ったところで……」

「そう早まるなよ、三ノ瀬ちゃん。俺が一川センセをいい悪役だって言ったのはな、単に言い回しがヒネてるってだけじゃないんだ。言ったろ？　いい悪役の鉄則はカリスマ性と愛嬌だって」

確か、それはハリウッド向け犯罪者の鉄則だった気がするが。あと悪いのは一方的にこちらなのだが。

「奴さん、CBMSは六分以内に勝負をかけるって漏らしたんだ」

「六分、以内に……」

「ご愛嬌がポロリだろ？」

「……そうか！」

気付くや否や、僕の右手はアタッシュケースの一つを開いていた。その中には、まるで石裏のダンゴムシのように、FPGAとバッテリーが所狭しとひしめいている。そこから伸びたコードをノートPCのグラフィックボードに接続する。

「この六分で、勝負をかけます。五嶋さん」

コンソールを叩く。備え付けのファンが轟音を鳴らす。

瞬間、ノートPC上で、経路探索モデルのシミュレーション回数が爆発した。秒間二万回前後だったシミュレーションカウンタが、十億回規模に跳ね上がる。青い矢印が見る間に増殖し、無数の赤い雲を想定、対処、踏破してゆく。僕は新たに組み上げられた逃走経路を読み上げた。

「多摩川を渡ります」

五嶋は口笛を吹いた。川渡りは危険だ。橋が選択肢をせばめ、逃走経路を減らす。直感的には筋悪な選択肢だ。だが、素人の直感など統計の前では取るに足らない。

「オーケー。見せ場だぜ。顔歪ませろ、ライアン」

《ホエール》が唸り、加速する。木材店の角から、タイヤ型の工作ドローンが転がり出る。だが、僕が知らずとも、AIはそれを予知していた。逃走経路探索AIと連携する迎撃AIは、ドローンの存在を即座に認識、プロジェクターを照射し、機関砲で撃ち落とした。砕けたドローンの装甲が恨みがましくフロントガラスを叩く。

ノートPCが警告する。十六秒後、正面右の三叉路からバンが現れる。

「アクセル。ドラッグストアの駐車場へ」

「よしきた！」

五嶋がパッドのスティックを弾く。遠心力が全身を引っ張る。ヘリのサーチライトから外れ、《ホエール》がスピンしかかりながらもカーブし、駐車場に飛び込む。背後で目標を見失ったCBMSの装甲バンが工務店の看板に激突する。

読めている。渡り合えている。七千台のGPUマシン相手に、この僕の技術が通用している。いつの間にか、僕は拳を握り込んでいた。

　莫大な計算力を持つCBMSへの、僕らが考案した対抗策。それはAIの〝世界を狭める〟ことだった。一川が極限まで現実を模倣した《環境》を作り上げ、CBMSの世界を広げたのとは正反対の手法だ。

　機械学習で扱うデータは（その本質を損なわない限り）次元が低い方が良質とされる。映画を見ながら料理をしていると、結局ストーリーが頭に入ってこないのと同様、過分な大きな情報はAIを愚鈍にする。学習を困難にし、計算量を肥大化させる。

　そこで、僕達はこの複雑怪奇な首都圏交通網を簡略化した。道路をエッジ、交差点や行き止まりをノードとして、道路網をグラフ構造に落とし込んだのだ。道幅や道路の角度、障害物の配置、車の台数等々の情報は削ぎ落とされてしまい、現実との乖離が大きくなるが、三次元地図を直接扱うよりも圧倒的に次元を削減出来る。さらに、そのグラフを主成分分析によって少数の主成分ベクトルの集合で表現し、重ねて次元削減を行う。

　これをGCN（グラフコンボリューショナルネットワーク）モデルに入力し、強化学習を行ったのだ。目論見は成功し、五嶋制作のFPGA百二十機との組み合わせで、外付け逃走経路選択AIはベースラインから約二万四千倍の高速化を実現した。

　しかし、この程度ならばまだ、《環境》の質の差でCBMSが上手だろう。最後の決め手は一川の愛嬌だ。六分圏内の近傍に封鎖線があるという言葉から、ＡＩの思考を狭め、探索範囲を絞り込み、さらにシミュレーションを高速にする。

汗が頬を伝い、顎から基盤に垂れそうになるのを、慌てて拭う。消費電力と熱量の都合から長くは保たない。だが、十分までなら対抗出来る。ＣＢＭＳが六分以内に勝負をかけてくるのなら、それだけ保てば充分だ。

ドラッグストアの駐車場を抜けて、鶴川街道に出て十字路に差し掛かる。右手から調布警察署と思しきパトカー、左手からＣＢＭＳ装甲バンが現れる。無論、逃走経路探索ＡＩはそれも読んでいた。

笛吹きドローンの一機が先行し、パトカー前をライトアップする。瞬間、パトカーが急ブレーキと急カーブをかけ、盛大にスピンする。Adversarial Exampleで道端に子供が飛び出したように見せかけ、Ｎ社製の自動ブレーキシステムを起動させたのだ。道を塞がれた装甲バンが、パトカーへの激突を避けて横転する。武装ドローンもしばらくは出てこられまい。団地の狭間を走り、公園横を抜ける。

「三ノ瀬ちゃん、こっちに車道付きの橋はないわけなんだが、もしかして……」

「鉄道橋を渡ります」

五嶋は笑った。

「京王相模原線、私鉄か。賠償金が怖いね」

　賠償金額も強化学習の《報酬》に含めておくべきだったと、僕は思った。しかし、もう遅い。正面から装甲バンとタイヤ型の工作ドローン三機。時間がない。大きく尻をふって右折。小さな茶畑を突っ切って、柵を破って正面の線路に飛び込む。

　線路の石、バラストが巻き上がる。上下振動が脳を揺らす。逃走経路探索AIの予想では、あと一分の辛抱だ。あと一分でヘリを振り切れる。赤い雲を置き去りに出来る。

　京王多摩川駅のホームを突っ切る。濡れ傘を持った主婦集団が唖然としてこちらを見ている。そのまま鉄道橋にさしかかる。近頃は鉄道障害復旧も高速化されてきているが、この騒動で多摩方面サラリーマンの帰宅時間が一時間は遅れるだろう。微かに満員電車に揺られていた頃を思い出す。しかし、感傷に浸れたのも、ほんの十秒の間だった。

「三ノ瀬ちゃん、お次の注文は？」

「このまま橋を渡って、対岸に渡りきる前に左下です」

「オーケー、左下だな！」

「「…………下？」」

　声が揃った。もう一度三次元地図を見直す。推奨進行ルートでは、《ホエール》は確かに橋を渡りきる寸前に、河川敷に飛び込んでいた。

分厚い窓に額をつければ、眼下で水量を増した多摩川が荒れに荒れていた。河童だろうが流してやる。そんなメッセージを感じさせる力強さだ。

「本物のクジラだって川は登らないぞ！」

上手く着地出来れば、逃亡成功率八十五％を超える。逆に日和見で飛ばずに逃げようとすると、逃亡成功率は五％未満だ。僅か二百四十二回の探索で足切りされている。

「取りうる経路は一通り物理演算エンジンにかけてますから。《ホエール》の車体強度なら何の問題もありません」

「俺達の強度は⁉」

五嶋の質問に、僕は頬をかいた。

「愛嬌でどうでしょうか」

「それは、許せないタイプの、愛嬌だ。三ノ瀬ちゃん」

橋の先がパトランプで光っている。パトカーが即席のバリケードを作り始めていた。もう一度ボウリングしてもいいが、その先にどれほどの罠が待っているか。

「四の五の言ってる暇はねぇか！」

五嶋はゲームパッドの×を押し込んだ。《ホエール》は虚空の先に輝く未来を確信したまま、橋を飛び出した。

5

昔から、低気圧に弱い方だった。どこか気分が沈むし、耳鳴りがする。雨が降ったらおやすみ出来るカメハメハ大王を羨んだものだが、今回ばかりはその体質が幸いした。

「おはよう、三ノ瀬ちゃん」

耳の痛みで目が覚めた。落下の衝撃で意識を失っていたらしい。眠っている間に、五嶋が一人で運転してくれていたようだ。五嶋の強度が足りていて良かった。

窓の外にはのどかな田園風景が広がっていた。のどかと言っても、台風はますます勢いを増していて、小さな民家は今にも吹き飛ばされそうになっているのだが、銃を持った追手がいないので相対的には牧歌的だ。三次元地図上では、青い点が奥多摩を走っていた。ダウンロードしておいた気象予報では、台風の中心部に近づいているようだ。ドローンは三機残っていて、それぞれ電池残量が四十分ほど。何とか追跡を振り切るまで保ちそうだ。

「警察は？」

「来ないね。手筈通り、ドレスアップが仕事したぜ」

一機のドローンが笛吹き男を投影し、残り二機が《ホエール》の車体に変化し続ける紋様を投影している。監視カメラ対策だ。百％CBMSを欺けるとは思えないが、探索範囲を広げる役には立つ。

CBMSは首都圏一帯を覆う巨大セキュリティAIだが、実際のところ、その力を十全に引き出せるのは都市部に限定される。地方にゆくほど、監視カメラの密度も、CBMSの拠点数も、ドローン基地局の密度も減る。人口密度や犯罪発生件数、経済的重要性を鑑みれば、当然のことだ。CBMS捜査圏外まで残り四キロ。最適経路はほぼ揺るがず、逃走成功率は九十九％から百％の間を行き来している。映画ならカット必須の長閑な逃走であった。

「そういや、三ノ瀬ちゃん。分け前の使いみち、決まってるかい？」

「それ、今する話ですか？」

「俺はベトナムに家を買うね」

五嶋が強引に話を進めるということは、映画のお約束だから察してくれ、ということだろう。

「もちろん、プール付きのやつだ。昼はITベンチャーに投資して、夜は個人シアターで一人上映会。ピザとしるこ缶片手に次の悪巧みをする。三ノ瀬ちゃんは？」

「まず六条さんに借金を返して……」

　言葉に詰まった。返して、どうするのだろう。職はない。家は引き払う。両親もこの世にいない。行く宛も戻る場所もない。それに万が一表社会に戻れたとしても、そこに待ち受けるのは、きっとまた人間社会のしがらみだ。純粋な技術の世界を追い求められるのは、もしかすると、今日が最初で最後だったかも知れない。

　僕が答えに迷っていると、五嶋は話題を変えた。

「ま、いいか。それよりTテレ見ろよ。一川センセったら、愉快なもんだぜ」

　確かに、ワイドショーの空気は見ものだった。番組スポンサーの一川を気遣うような、冷めた雰囲気が漂っていた。さもありなん。白昼（？）堂々、現金輸送車が監視カメラ網から抜け出し、所在不明。警察ならば十年来、ＣＢＭＳにとっては前代未聞の不祥事である。けれど、あまり胸のすく光景とは言いづらかった。勝利の高揚感よりも、共感性羞恥が勝っていた。

『これですよ』

　しかし、一川は不敵に笑ってみせた。

『皆さんは、二〇一五年に行われた将棋電王戦ＦＩＮＡＬをご存知でしょうか？　強化学習史に残る、プロ棋士と将棋ＡＩの団体戦です。当初、棋士側の勝利は絶望的と思われました。それまで三回の電王戦は全てＡＩ側が勝利を収めていましたし、将棋ＡＩは年三百ペースでレートを上げていましたから。ですが、結果は三勝二敗でプロ棋士の勝ち越しでした。一時のことではありましたが、人類は栄冠を取り戻したのです。なぜだと思います？』

スタジオの幾人かが回答したが、どれも的外れなものだった。

『正解は、彼らが棋士と戦う棋士でなく、ＡＩと戦う人であることを選んだからですよ。正面から四つに組むことをやめ、貸し出されたＡＩを徹底研究する棋士が現れたのです。結果、第一局Seleneは探索バグを突かれて敗退。第五局ＡＷＡＫＥはハメ手に翻弄され僅か二十一手で投了。進化しないＡＩを打ち負かすのならば、事前に千局打って一局勝ち筋を見つけ、その精度を極めれば良かった。無論、乱数着手や評価関数へのノイズ付与といった乱数性はありますが、本質は変わらない。柔軟なる汎用知性には決して及ばない。これこそが、従来のオフライン型ＡＩでは対処不能な技術的障壁です。笛吹きジャックはその限界を再確認させてくれた』

仮に僕が同じことを言えば、負け犬の遠吠えと笑われたことだろう。しかし、一川の表情にはそう思わせないだけの迫力と自信が漲っていた。

『認めましょう。笛吹きジャックはＣＢＭＳを上回った。ＣＢＭＳの強化学習モデルに拮抗し、AIの目に対策し、その穴を突く術を身につけた。しかし、それまでです。CBMSは〝自己進化するAI〟です。後悔を忘れない。屈辱を失わない。《ホエール》に撃墜された記録を、犯罪者如きに出し抜かれた失敗を、全て糧にする。分散非同期強化学習により、過去の失敗に完璧なる回答を導き出し現実にフィードバックする。それこそが進化するAIの進化するAIたる所以なのです』

「往生際が悪いね、一川センセも」

五嶋はせせら笑ったが、僕はどこか背筋に薄ら寒いものを感じていた。

『多摩の奥地で行方不明。探索範囲に比べ戦力が少なく、捜査線を薄く伸ばさざるを得ない。彼らと接触出来るのは、装甲バン一台と積載無人機一ダースがやっとです。ですが……』

そうだ。一川のこの声色には覚えがある。この表情には覚えがある。

『申し上げましょう。一台で十分です』

これは、僕にクビを宣告した時の顔だ。

「……おい。三ノ瀬ちゃん、あれ」

五嶋がつぶやく。見れば、水田脇の細道の先に、ぼうと黒い装甲バンが浮かんでいた。

逃走経路選択AIは警告音を発しなかった。つまり、こちらの予想を超えた配置だった。

一川はペンでタブレットを撫でると、スタッフに指示を飛ばす。

『大至急、送ったアドレスの映像を画面に出してもらえますかね？　通信障害でバンからの映像はとれませんので』

映されたのは、ただの田舎の田園風景だ。台風の風に煽られ稲穂が暴れている。眉をひそめるパネラーに、一川は一言こう告げた。

『画面はそのまま。三十二秒で主役の登場です』

五嶋が舌打ち混じりでパッドのスティックを弾く。《ホエール》が尻を大きく振って、半ば水田に突っ込みながら反転する。同時に機関砲が起動。装甲バンの車軸を破壊する。振り切らんとアクセルを吹かす《ホエール》。装甲バンの側面が開き、中から一ダースの武装ドローンと、タイヤ型の無人機が二機湧き出してくる。しかし、僅か十四機で何が出来るのか。六秒もあれば殲滅可能だ。《ホエール》の機関砲が唸る。だが……。

「おい、冗談はよしてくれよ」

五嶋の声が裏返った。目を疑う光景だった。当たらないのだ。CBMSドローン達の動きは、これまでとまるで別物だった。嵐を乗りこなすようにひらりと舞い、いとも容易く射線を潜る。秒間数十発の銃弾を、まるでないもののように扱っている。《ホエール》のエイミングを読み切っているのだ。

『笛吹きジャック君には礼を言いたいぐらいですよ。市街地での軍事車両の戦闘データはそう得られるものではない。値千金だ』

ワイドショーで一川が勝ち誇っている。チャンネルを変えてやりたいが、余裕がない。

武装ドローンが反撃に転じ、銃弾が雨あられと降り注ぐ。バチン、とゴムの破裂のような音がして、《ホエール》を揺らす微細な振動が消えた。機関砲が破壊されたのだ。

次の瞬間、陽気な笛吹き男が掻き消えた。迎撃手段を失ったことで、プロジェクター付きのドローンが全滅したのだ。《ホエール》が一瞬、五嶋の操作を離れる。即座にフロントガラス内側の予備プロジェクターを起動し、笛吹き男を再出力する。しかし、その一拍の間が命取りだった。足元で異音。工作ドローンがタイヤに取り付いた。右前輪が破裂する。《ホエール》は車体を大きくゆらし、そのまま電柱に激突、一回転して水田に突っ込む。額をガラスにぶつける。胃の中がシェイクされる。

『投了ですな』

一川が呟く。スタジオのモニターには、無様に泥だらけになった《ホエール》の姿が映し出されていた。向かいの電信柱の監視カメラ映像だ。

三十二秒で主役の登場。一川の予言が当たったのだ。

「……お手上げだな。一川センセが一枚上手だった」

五嶋は首を鳴らした。

「三ノ瀬ちゃん。レッドカーペットに向け、最後のアドバイスだ。裁判じゃ、明るく素直に悔しがること。無理して気にしてない風を装うのが一番ダサい」

一川の勝利宣言も、五嶋のアドバイスも、右から左へ流れていく。

それよりも、僕は外の音が気がかりだった。パトカーのサイレンはまだ聞こえない。装甲バンも先程の一台で打ち止めのようだ。付近に人はいない。だから、ここは余計な邪魔の入らない、CBMSドローンと僕の舞台だ。

僕は彼らの世界に思いをはせる。ドローン達は四十分足らずの間に機関砲を躱すまでに〝進化〟した。観測した機関砲の挙動を仮想首都圏に書き起こし、撃ち落とされたドローンの記憶を幾度となくリピートして攻略法を確立した。報酬設計を見直す時間はなかったはずだ。わずか四十分の試行で、CBMSの自己進化AIは人の手も借りず、曲芸的な回避を生み出した。……本当にそんなことが可能なのか？

「……いや、実際に可能だったんだ。でも、だからこそ……」

「おーい、聞いてるかい、三ノ瀬ちゃん」

「……まだです。五嶋さん、予備のドローンをスタンバイさせてください」

「もう十分映画ポイントは稼げたよ。檻で筆舐めながら、オファーを待とうぜ」

「いつでも出発出来るように、コントローラーから手を離さないでください」

「現実を見ろよ、三ノ瀬ちゃん。《ホエール》すら無力化するCBMS様相手に、素手で何が出来る?」

五嶋は幼子を諭す調子で僕を説得した。素人と違って、自分は場数を踏んでいる。ここで暴れるのは刑期に不利だ。映画になれば金に困らない。

「安心しなよ。三ノ瀬ちゃんに都合悪くなるような証言はしないさ」

五嶋の言うことは正論だ。僕だってそう思う。今から僕がやろうとしていることは、誤りだ。純粋で統計的な知性ならば、決してしない選択だ。けれど。

「そんな話はどうでもいいんです」

「何?」

「立場でも、善悪でも、損得でもない。僕は今、技術の話をしているんです」

五嶋はしばらく黙り込んでから、「相棒選びがピーキー過ぎたな」と小さく両手をあげて、降参のポーズを見せた。

左手にアタッシュケースを握りしめ、汗ばんだ右手をドアにかける。

CBMSドローン達は八つの回転羽を巧みに動かし、台風を物ともせず、安定して飛行している。その動作は知性の結晶だ。空気抵抗を計算し、浮力を計算し、風の流れを数秒先まで予測し、最適な羽の制御を算出し……。ハエですら無意識で行っていることを、AIは意識的に、計算によって導いている。そこは人とは異なる知性の世界だ。感情も立場も善悪も関係ない。期待値の大小のみが語る純粋にして統計的な知だ。

僕はそんな彼らの世界を知りたかった。そして、いつまでも彼らの隣を歩いていたかった。あの時、一川の言葉にうなずいていれば、自己進化AIを肯定していれば、きっと道は続いていた。……それでも、僕は。

その時、光が差した。稲のざわめきが消えた。風が止んだ。台風の目が訪れたのだ。

始めよう。ドアを開けて、ぬかるみに一歩踏み出した。アタッシュケースを振り上げて……近くのドローンを殴りつけた。骨のしびれる感覚は、僕の推察を証明してくれた。

「冗談だろ、当たった？」

五嶋が呆然と呟く。CBMSドローン達が一斉にいきり立ち、銃撃を始める。だが、走行中の乗用車のタイヤを撃ち抜けるはずの射撃は、のろまな僕の腿を掠めるのがやっとだ。射撃の反動をまるで制御出来ていない。ある機体は発砲の衝撃で墜落する。ある機体はアタッシュケースを避けようとして、すっ転んで泥に溺れる。ある機体は同士討ちする。ある機体はただふらついて墜落する。

『なんだ……どうした⁉　バグか⁉　何が起こっている⁉　撃て、飛べ、撃て！』

《ホエール》の運転席から、一川の悲鳴が聞こえてくる。僕はお構いなしにアタッシュケースを振り回し、次々にドローンを叩き落とした。

無風の中を飛ぶなど、そう難しい問題ではない。しつこいが、ハエですら無意識で行っていることだ。だが、侮るなかれ。その無意識こそ、生物誕生から億を超える時間をかけ、莫大なデータを蓄積し、進化の果てに獲得した知の結晶なのだ。

ＡＩは何の知識も持ち合わせない状態から、ごく僅かな経験に頼って知の階段を駆け上がる。だからこそ、彼らの知性は統計的な安全性に欠け、時に人間には滑稽に映る——Adversarial Exampleのような——欠点を持ち合わせる。

その正体こそ、機械学習屋が最も恐れる現象〝過学習〟だ。進化するＡＩ、ＣＢＭＳが学習したのは、軍用機関銃すら回避しうる汎用軌道制御法などではない。〝台風の中で軍用機関銃を躱す方法〟に過ぎない。一時間足らずの僅かな経験に特化した、井の中の蛙の知性だ。ＣＢＭＳドローンの軌道制御アルゴリズムは強風の利用に最適化され、代償に無風状態を忘却した。ハエの叡智を捨て、アタッシュケースに殴られるほどに退化した。そんなものは、学習でも、進化でもない。ただの局所最適化だ。

石を投げつけ、最後の一機をはたき落とす。悲鳴をあげるドローンの筐体をひっくり返すと、懐かしき古巣のロゴが刻まれていた。

「だから言ったんだ。自己進化なんて、まだ早いって」

歪められた彼らの世界に、僕は三秒だけ黙禱を捧げた。

6

サイレンの音に悩まされなくなったのは、CBMS圏外へ出てから三十分後のことだった。人里離れた山間部に《ホエール》を停め、衣装を着替える。僕は薄汚れたスーツに、五嶋はいつものアロハシャツに。

五嶋がアタッシュケースからビニール袋を取り出す。その中に詰まった体毛や皮膚や体液、その他遺伝情報に繋がるものを、運転席に満遍なく撒き散らしていく。どれも都内各所の駅やネットカフェで収集した、見ず知らずの遺伝子ゴミだ。

その間に、僕は《ホエール》の金庫を破った。この一言で流せる程度に簡単な仕事だった。《ホエール》の金庫は指紋及び虹彩認証を採用している。登録された人物以外は開くことが出来ないとの触れ込みだが、3Dプリンタで印刷した手袋と偽眼球であっけなく突破出来た。元手になった情報は、水島銀行某支店の副支店長が通い詰める会員高級ホストクラブから頂いたものだ。いつの時代も、最大のセキュリティホールは人間なのだ。

　分厚い装甲に覆われた金庫が開くと、そこには現代の黄金郷が広がっていた。現金すし詰めのジュラルミンケースの数々、そして重々しい紙幣鑑定機が鎮座していた。

　ジュラルミンケースをドリルでこじ開けると、半年ぶりの福沢諭吉との対面だ。十億という現金を前に五嶋はこれでもかとはしゃいだが、僕は映画向けの反応が返せなかった。

「札束って、想像より硬いですね」程度のことしか言えなかったと思う。頭をハンマーで殴られたかのようにボーッとして、現実味がなかったのだ。

　五嶋が金庫に籠もって遺伝子工作をしている間に、青いライトバンが僕らを迎えに来た。六条とその部下だ。《ホエール》周辺の証拠を洗いざらい確認、金を僕らごと回収する。

　ライトバンが発進し、見る間に《ホエール》が遠ざかっていく。

「いや、五嶋さんならあるいはと思っていましたが、本当にやり遂げるとは」

　六条はニヤケ面を隠そうともしなかった。放っておけば、五嶋の肩を揉み始めそうだ。

「スタッフが優秀だったんだよ」

「なるほど。ご苦労だったな。三ノ瀬センセイ」

　硬い感触が脇腹を押した。薄々、予想はしていたからだろうか。否が応でも正体が解ってしまう。拳銃だ。

「お前は投資額以上に働いた。スナッフフィルムはなしでいい」

どうやら、話が振り出しに戻ったようだ。僕は殺され、どこか遠い場所に捨てられる。口封じにもなるし、取り分も増える。一石二鳥だろう。六条の目があまりにも無感情なので、Adversarial Exampleで騙せないかと思ったが、プロジェクターはどこにもなかった。

助手席の五嶋はどこ吹く風といった様子で、サングラスに濡れた木々を映している。彼は最初からこの結末を知っていたのだ。

「この裏切り者！　って叫ぶシーンだぜ。三ノ瀬ちゃん」

僕は首を振った。今にも無数の悪態が喉を突いて溢れそうだったが、裏切り者の四文字だけは言ってなるものかと思った。その台詞を口にすることは、仲間意識を認めることだ。しがらみに囚われず技術に浸る喜びを、それを肯定してくれた相手への感謝を、認めてしまうことだ。僕は五嶋に貸し出された道具の一つでしかなかった。徹頭徹尾それでいい。安いヒューマンドラマを演じてしまえば、五嶋の映画が完成してしまう。

「なるほどね」

サングラスの奥の瞳が、じっと僕を見据えた。

「六条ちゃん。三ノ瀬ちゃんの身柄、俺の取り分で買い取れないかな」

六条は目を瞬かせた。当然だろう、当事者の僕ですら耳を疑う台詞だ。つい先程、金の使い道を話し合ったばかりなのに。

「リース契約からの買い上げなんて、そう珍しい話でもないだろ？」

しばし、六条はタブを千個開いたブラウザのようにフリーズした。

「し、しかしですね。万一こいつがサツに駆け込んだらどうするんです？」

「俺が監視するから問題ない。たらふく儲けたんだし聞いてくれよ。これぐらいのワガママはさ」

「そりゃ、五嶋さんにはこれからも世話になるつもりですし、ケツ拭いてもらえて金まで入るんなら文句は……。いや、しかし……正気ですか？」

「正気の奴が現金輸送車なんか盗むか？」

かくして、とある地方都市で僕は解放された。もちろん、五嶋が僕を監視することを条件にして、だ。

寂れた公園のベンチに座り込み、まばらな車をぼうっと見つめる。命は助かった。一川の鼻をあかせた。ＣＢＭＳに僕の技術は通じた。それに、正直楽しかった。

お尋ね者になってしまったのは痛いが、臓器売買されることを考えれば万々歳の結果だったはずだ。にもかかわらず、重いものが胸にのしかかっている。巻き込まれただけだの、犯罪者になりたくないだの、散々文句を垂れておいて情けない。結局、僕は負けたことが悔しいのだ。

「だから言ったろ。裏切りは最もチープなどんでん返しだって」

五嶋は自販機のしるこ缶を差し出してきたが、僕はその手を払った。徹頭徹尾解らない人物だった。仕事は噛み合ったが、性格は噛み合わなかった。なぜ、自分の取り分を蹴ってまで僕の命を助けたのだろう。人生を買える金額だったはずだ。

「すまん、三ノ瀬ちゃん。そんな目で期待されても応えられないからな」

解るのは、尋ねてもまともな答えは返ってこないということだ。

「これからどうするんです。隠れ家に戻って、映画でも見ながら祝杯ですか？」

「何言ってんだよ、三ノ瀬ちゃん。祝杯ってのはな、仕事が終わらないと挙げられないの」

終わってから、だって？　僕は耳を疑った。もうとっくに全て終わってしまった。何をどう叫んでも、福沢先生は戻ってこないし、六条はほくほく顔だ。

五嶋は僕の隣に座ると、無造作に拳を突き出した。

「ほい、これ」

　握った手が開かれると、そこにはダイヤが乗っていた。澄んだ色味で、街頭の光を乱反射して……文学的な表現は出来ないが、とにかく三次元の多角形だ。よく見ると引っ掻き傷のようなものが見て取れる。値打ちものかどうかは、僕の目には解らなかった。

「金と一緒に移送されてたもんだ。サイズからして、四百万は下らないだろ」

　四百万。以前の僕ならば飛び上がって感激した金額だが、今はどうにも色褪せて見える。

「選択肢は二つだ。これを受け取って祝杯あげて、人生やり直すか。それとも、こいつをベットして、笛吹きジャックを続けるか」

「続けるって、そんな」

「あるんだよ。金を取り戻す作戦がな」

　僕は五嶋の目をじっと見つめた。サングラスの奥の瞳には、少年じみた情熱が宿っている……かどうかは解らない。けれど、彼と一緒なら退屈することはないかも知れない。統計的優位とは言えないが、そんな予感がある。僕は意を決した。

「聞きたいだろ？」

「別にいいです。危ないし、犯罪なので」

　ダイヤを受け取る。五嶋はしばし自分の手を見つめて、空気の重さを確かめて、サングラスをずらして目をこすってから、またじっと手を見つめた。

「三ノ瀬ちゃん、空気読めって言われたことある？」

「三、四回ぐらいですかね。一人につき」

「ふーん、あ、そう。へえ。ところで、さっき俺億の金投げ捨てたんだけど」

「その節はどうも。では、僕はカプセルホテルを探しますので、約束の監視の方、よろしくお願いします」

僕は五嶋に頭を下げて、スマートフォンで駅の方向を探し始めた。どうやら五キロ圏内の宿泊施設はビジネスホテルが一軒 だけのようだ。手持ちの小銭を計算するに、ネットカフェに泊まった方が良いだろうか。

「ところで三ノ瀬ちゃん、どのルートで盗品捌くの？」

画面から顔を上げて、僕は五嶋の目をじっと見つめた。サングラスの奥の瞳には、中年じみた嫌らしさが宿っている。とにかく彼と一緒にいる限り、僕に安息の日は来ないだろう。統計的優位とは言えないが、そんな確信がある。

「これからよろしく、三ノ瀬ちゃん」

「こちらこそ、五嶋さん」

固い握手で、笛吹きジャックは再結成された。なお、僕は握力負けして指を痛めた。

ACT Ⅱ　裏切り者のサーカス
Tonkotsu Takers Slave Snake

0

サニーの話をしようと思う。それが僕の原点だから。

サニーはある子供向けアニメのキャラクターだ。僕が小学校に上がる前の頃、日曜の朝九時から放送していた。不思議なロボットのサニーが、冴えないヨワシ君を不思議な道具で助けてあげるという内容で……言ってしまえば、某国民的ご長寿アニメのパチモノだ。

筋書きもそのままで、ヨワシ君が学校でアイダ君にいじめられてはサニーに泣きつき、不思議な道具で解決する。

一応の差別化要素がないわけではなく、明るいタッチで人工知能の悲哀を描いたストーリーが一部にウケ、今でもカルト的人気がある。

中でも二十九話は語り草だ。いつものように学校でいじめられたヨワシ君が、いつものようにサニーに泣きつくのだが、いつもと違って、サニーは不思議道具を出さない。なんと担任に相談し、クラス分けを変えることで同意をとって問題を解決してしまうのだ。これ以降いじめっ子のアイダ君は登場しなくなり、彼の下手な歌が三十話以降聴けなくなる。純粋で統計的で合理的な知性さえあれば、不思議道具は必要ない。サニーがそれを証明した瞬間だった。

さておき、サニーはヨワシ君の友人であり、サポート役であり、ヒーローであり、保護者でもあった。そして、当時の僕にとっても、サニーは唯一の友達だった。

……つまり、他に友達がいなかった。

ある日、父は僕にこう言った。

「またお隣のマサト君と喧嘩したんだって？」

母と父は二人とも僕を叱ったが、叱り方に役割分担があった。母は注意で父は諭す。父が僕に説教するというのは、根の深い問題だという印だった。

「ぶったのは、あいつだよ」

「でも、それはお前が乾布戦隊マサツンジャーをつまらないって言ったからだろ？」

「サニーよりつまらない」

僕は自信を持って断言した。これについては、三十年近くたった今でも同じく断言出来る。

「人が嫌がることは言っちゃいけないって、何度も言っただろ？」

言われたけど、それが何だ。人が嫌がるかどうかなんて、やってみないと解らないじゃないか。そう思って膨れていると、父はこう言った。

「じゃあ、そうだな。もし父さんがサニーのことダサいとかかっこ悪いとか言ったら、どうする？」

「父さんを、みかぎる」

「そうか、見限られちゃうか。父さんは……」

父は困った風に頬をかいた。ネクタイを少し緩めて、冷えた麦茶を飲んで、父は言う。

「まぁ、でも、見限るのも正解かもな。世の中誰とでも仲良く出来る子ばっかりじゃない。父さんだってそうだし、それはしょうがない。苦手な人とは、なるべく関わらないようにすればいい。マサト君ともな」

しょうがないならいいんだな、と思って僕は席を立とうとしたが、父さんに頭を抑えられた。

「まだ話は終わってないぞ。いいか、誰とでも仲良くしなくてもいいが、誰かとは仲良くならないとダメだ」

「なんで？」

「以心伝心……って言うと難しいかな。顔を見ただけでどんな気持ちでいるか解ってしまう、そういう相手がいるといないとじゃ、生きる楽しさが違うんだよ」

生きる楽しさ。僕にとって初耳の概念だった。僕にとっての楽しいとは、アニメを見たり、ブロックでロボットを作ったりすることで、生きることそのものが楽しいかどうかなんて考えたこともなかった。

「楽しいんだ」

「そう、楽しいぞ。父さんには母さんがいた。お前もたった一人でいい。解りあえる友達を作るんだ」

解りあえる友達。僕は口の中で、何度かその言葉を反芻した。まるで、秘密の戸棚から大人のお菓子をそっと渡してもらったような心地だった。

でも、誰となら解りあえるのだろう。マサト君はダメだ。乾いた布を振り回してるだけの馬鹿だから。幼稚園の先生もダメだし、同じ組の子もダメだ。口を揃えて「人が嫌がることはするな」とか「相手の気持ちを考えろ」とか言う人はダメだ。他人の心なんて、覗けるはずもないのに。

幼児の僕が出した結論は、原点回帰だった。

「サニーでもいい？」

「残念だが、ダメなんだ。サニーはアニメの登場人物だし、何よりロボットだ。サニーを本当に解ってあげられるのは、発明した博士だけだぞ。だから……」

「じゃあ」

僕は父の言葉を遮って、決意表明した。

「僕がサニーを作るよ」


笛吹きジャック事件からおよそ二週間。世間の報道も徐々に落ち着き始めたが、未だ僕らは謎に包まれた正体不明の現金輸送車誘拐犯であり続けている。ニュースキャスターが一川をこき下ろしつつ、僕らが持ち出した十億でどんな音程の高笑いをあげているのか、想像の羽を広げている。

曰く、愛人を連れてフィリピンに高飛びしている。曰く、仲間割れで自滅している。曰く、黒幕に消されている。エトセトラ。

正解はこちらだ。

「でな、こっちの里美ちゃんは照明技師なんだ。なんでも、最近のLED照明はスポットライトを落とす瞬間の色味までコンマ数ミリ単位で出せるようになったんだと」

丸テーブルの向かいで、二日酔いの口臭を垂れ流しながら、五嶋が美人気味の女性とのツーショットをトロフィーのように見せてくる。

　ここは博多郊外の一軒家。五嶋が所有する隠れ家の一つだ。二階建てで小さな庭があり、見た目は普通の民家そのものだ。内装も普通の民家そのもの。普通でないのは、住人二人が逃走中の現金輸送車強盗犯であることぐらいだ。

「先週の女性も照明係じゃありませんでした？」

「演出が解ってる女が好きなのさ。化粧で化けるタイプも好きだ。そういうのと遊んだ翌朝は、必ず寝たふりですっぴんを確認する」

　言うまでもなく、博多は日本有数の観光地だ。地域の特色をこれでもかと持っている。とんこつラーメン、辛子明太子、モツ鍋、水炊き、その他海鮮料理、櫛田神社、大濠公園、マリノアシティ福岡、天神地下街、ヤフオクドーム、マリンワールド、キャナルシティ博多、福岡タワー、それから、極めつきのアレ。

　五嶋はその全てを味わい尽くしている。しかも女連れで。けれど、僕に与えられたのは、ゲーミングマシン四台と、変なしるこ缶と、こだわりのない出前の豚骨スープと、推薦入試の終わった高校生さながらに伸びきった細麵だけ。せめてもう少し緑が欲しい。

「そう不景気な面するなよ。ほら、明太子やるから」

五嶋は丸皿の上の辛子明太子を一房こちらに寄越そうとしたが、僕は手で断った。
「なんだよ、三ノ瀬ちゃん。明太子苦手？」
「五嶋さんは、たまの明太子でしょ。でも僕の明太子は違うんです。辛子明太子、辛子明太子、普通の明太子を経由しての辛子明太子なんです」
「タラの霊に呪われそうだな」
他人事のように言っているが、名物だからと滞在初日に二ヶ月分買い込んだのは五嶋だ。つい不平が口から出そうになるが、ぐっとこらえる。今はその時ではない。
僕はスマートフォンのメッセージ履歴を見て、自分の作戦を再確認した。
YMO＞　いい？　三ノ瀬クン。まず、相手に感謝の気持ちを伝えて、ガードを崩すの。友好的な雰囲気を演出して
自分＞　はい
YMO＞　人間は味方の顔色は窺う生き物だから。この雰囲気を維持したいと思わせればもう勝ち。それとなく要求を匂わせれば、相手が勝手に気をつけるから
自分＞　参考になります
YMO＞　こういうのは理屈よりも流れだから。君の大好きな細かい理屈とかいらないか

らね
自分＞　ありがとうございます。八雲さん。相談出来る人がいないので助かりました
ＹＭＯ＞　ガツンとやってやれ！
ＹＭＯ＞　ちなみになんで同居なんて始めたの？　相手何してる人？

　ということで、先程の問題の答えは〝元同僚に共犯者の生活スタイルの改善方法について相談している〟だ。当てた人には拍手を送りたい。

　参考までに、ここ一週間の五嶋の生活スタイルをざっと並べてみよう。まず朝から話したいところだが、残念ながら五嶋に朝はない。彼は大まかに午後二時に起きるからだ。起きるとすぐにトイレに入って昨晩の酒の残りを吐き捨て、シャワーを浴びる。そして僕が僕のために作っていた冷やし中華を顔色一つ変えずに食べて、こう一言。

『ゴマダレも悪くないけど、俺は醬油ダレ派かな』

　ゴミ出しと昼食当番と庭木の毛虫についての進言を無視して、僕がクリーニングしたスーツとシャツに袖を通し、外に出かけていく。それから十時間ほどの平穏が訪れて、運が良ければ里美ちゃんと過ごすと電話一本入って、翌日までラッキータイムが延長される。運が悪いと五嶋は帰宅する。泥酔状態で転がるように帰ってくる。それからしるこ缶を飲

みながら、鶏が鳴くまでウーファーを効かせて映画を見続ける。正直、軟禁されていた時の方がまだ遠慮があった。スマートフォンという自由と引き換えに、とんでもない重しをのせられた気分だ。

だからこそ、僕は八雲の力を借りて事態の打開に臨むのだ。交渉事は苦手だが、この苦痛から抜け出すためならば四の五の言うつもりはない。

（まずは感謝の気持ちだ）

僕は深呼吸して、なるべく柔らかい声色で喋りだした。

「日頃から五嶋さんには感謝しています」

「要求はなんだ？」

作戦失敗。諦めて、率直に意見する。

「夜中に映画を見るなとは言いません。でも深夜にウーファーは勘弁してください。枕の中のポリエステルが共鳴して震えるんです」

「言いたいことは解るぜ、三ノ瀬ちゃん」

経験則で申し訳無いのだが、〝言いたいことは解る〟という言葉は、しばしば〝お前の意見は脇に置くぞ〟と同義に使われるように思う。

「しかしな。映画は本来、映画館で鑑賞されるためにあるものだろ？　だが、上映終了した作品となるとそうもいかない。だからこそ、せめて疑似環境を作って、監督の思いを汲んでやるべきなんだ。プロジェクターを用意し、最高画質のディスクを用意し、12.1CHサラウンドで映画に入り込む。ウーファーは贖罪の気持ちなんだよ」

「五嶋さんがまず贖罪すべきは、寝不足の僕と、枕のポリエステルと、枕元のタラの怨霊です。あと毛虫が放置された庭木も」

「いや、順序的には銀行じゃねえの？　強盗したんだから」

「それは、まあ、はい」

ぐうの音も出ない正論だ。正論だが、ピントが違う。いつもこうだ。どんな不平を言っても、何となくウヤムヤにされる。どうにも僕は口下手で、海千山千の五嶋と組み合ってもいなされてばかりだ。

「そもそも、本当に六条さんが博多に来るんですか？」

「何度も言ってるが、それは間違いない」

五嶋は自信満々に断言するが、僕は彼が同じく自信満々にうん百万の値がつくと断言していた、あのダイヤの一件を忘れてはいなかった。

意気揚々と持ち帰ったダイヤだったが、五嶋が知り合いの宝石商に持っていったところ、それはもう酷い値をつけられたそうだ。曰く、『成金社長の奥様も騙せない』とか。『目が焦げる』とか。『天然石への冒瀆』とか。『地球の圧力と二十億年の歴史に謝れ』とか。売れないダイヤを握りしめて戻ってきた五嶋の表情は、寝不足の野良犬同然であった。

僕の視線から意図を悟ったのだろう。五嶋はため息をついた。

「六条の目的は四郎丸《しろうまる》への借金返済だ」

そう言って、五嶋はタブレットを操作して二枚の隠し撮り写真を表示した。

写っているのは、黒服に囲まれた壮年の男だ。短く刈り込んだ白髪に、控えめに日焼けした肌。盛り上がった胸板と、年齢に似合わぬ体幹の強さを感じさせる立ち姿。右頬が古傷で引き攣っており、その部分だけがつるりとした肌質になっている。

と、ここまで並べれば歴戦の九州男児といった容貌だが、目付きだけがどこか爬虫類的な雰囲気をまとっていた。

彼こそが、博多の黒幕と呼ばれる男、四郎丸だ。五嶋曰く、六条は四郎丸に大金を借りているらしい。だからこそ、ここ博多で、僕らから奪った売上（?）のうち七億を四郎丸に返済するはずだ、と。組織の資金繰りが怪しくなって、僕からの返済を焦っていたのもそういう理由だそうだが。

「でも、わざわざ九州のヤクザの足元まで届けに来るものですかね」

「来るさ。あの金は送金出来る質でもないし、量でもない」

「四郎丸側から受け取りに行ったかも知れないじゃないですか」

解ってないな、と五嶋は首を振ってタブレットで地域マップを見せてきた。

「見てみろ。はなまる金融。イトハシクリーニング。にこわら化学。鮫田工務店。坂本運輸。内藤電気。スーパーまるもと。その他有象無象と、極めつきのカジノ、セントラルベイ博多。それ全部が四郎丸のモンだ」

「多角経営ですね」

「ああ。その意味が解るか、三ノ瀬ちゃん」

「はぁ、組織運営が安定するとか？」

「人を見つけるのも、バラすのも、洗うのも、溶かすのも、隠すのも、全部自前でやってのけるってことさ」

僕はげんなりした。

「その上……」

五嶋は演出のために息を潜めて、演出のために表情をこわばらせ、演出のための台詞を吐いた。

「奴は海蛇って始末屋を雇ってる」

始末屋。あまりに現実感の薄い単語に、僕は半笑いになった。本当にそんなものがいるのか。もしかして、毒蛇をけしかけて暗殺でもするのだろうか。

「笑いごとじゃないぜ。なんでも、奴はＡＩの〝例外〟を引き起こすらしい」

僕の半笑いが全笑いになった。

「その話が本当なら、今頃世界を牛耳ってるでしょうね。無料の昼飯なんてありませんから」

「……昼飯？」

「ノーフリーランチ定理。万能アルゴリズムを否定する定理です。ＡＩの精度と汎用性はトレードオフの関係にあって、どんなに優秀なＡＩでも、この世全ての問題に満点は出せません」

あらゆる問題に対応させようとすると、個々の問題の精度が落ちるし、一芸特化すれば他の問題への対応力が失われる。無料のランチなんてうまい話はないのだ。

「あらゆるＡＩに想定外、例外はつきものなんです」

「ＣＢＭＳのドローンが三ノ瀬ちゃんに殴り倒されたみたいな？」

「極端には、そうですね。ノーフリーランチ定理がある限り、例外を引き起こす技術なんて魔法の杖みたいなものですよ」

例外はＡＩの天敵だが、それは意図的に作り出せないからこそ天敵なのだ。そんなことが出来るなら、ぜひ論文にしてもらいたいものだ。

「誇張の入った宣伝文句だってのは解ったが、結果は出してんだぜ。こいつの存在で、近頃勢力を伸ばしつつあったドローン使いのメキシカンマフィアが見る影もなくなった」

それは単純に武力とかではないのか。いずれにせよ、素人丸出しの誇大広告屋の技術なんてたかが知れている。

「ともかくだ。パワーバランスからして、六条は自ら貢物を献上にあがる。俺たちはそれをかっさらう。ハゲタカのようにな」

「それって、僕達も海蛇に狙われませんか？」

「だから、今度は派手な真似は出来ない。表沙汰にならない金を、表沙汰にならないように、しっとりと奪い取る。知的な盗みだ」

現金輸送車を盗んだ時も、知的がどうとか言ったわりに、結局銃撃戦と肉弾戦だった覚えがあるが。

「アタッシュケースを振り回さなくていいと願いますよ」

「まあ、そうカリカリするなよ。心配しないでも、観客を飽きさせない作戦を考えた。ちゃんと相棒にも見せ場を用意してある」

「相棒？　他に仲間が居たんですか？」

五嶋は一度しるこ缶に口をつけて、それを一気に飲み干した。そして、E.T.のように目を見開いて、E.T.のように人差し指を突き出した。僕は十秒近くかけて、五嶋の突き出した人差し指がE.T.のポーズではないことに気付いた。

「あ、僕のことですか？」

「なあ。俺たち、CBMSを一緒に倒した仲だよな？　銃弾の雨をくぐったよな？」

「はい。脅されて」

「大枚はたいて六条を追っ払ったよな？」

「その節はどうも」

「もう米ソの特殊工作員だってお互いを認めてる頃だぞ」

感謝はしている。恩義は感じている。五嶋は僕を軟禁したことはあったが、僕に対して加害者になったことはない。命も二度救われている。しかし恩義と信頼の相関係数はそれほど高いものだろうか。

「命の恩人で、顔も良くて、ユーモアがあって、しかも配役はライアン・ゴズリングだぞ。もしくは『ファイト・クラブ』のブラッド・ピット。俺の何が不満なんだ？」

「強いて言えば、夜中にウーファーを効かせることですかね」

五嶋は少し伸び始めた顎髭を撫でた。苛立たしげにしるこ缶をゴミ箱に投げ込んだが、見事に外れて、床に小豆が二粒転がった。

「三時半以降は切る。これでどうだ？」

「一時で」

「三時でいいだろ」

「一時」

「一時半。これ以上は譲れない」

「一時」

「……負けたよ。強情な奴だな。約束する。一時以降は低音抜きで鑑賞する」

五嶋に条約締結の握手を求められる。良かった。初めて交渉が通じた。これで夜の安眠はほんの少し保証される。枕のポリエステルも満足だろう。僕は見た目よりしなやかな手を握り返して、こう言った。

「じゃあ十二時で」

握手は振りほどかれた。

「バディ解消な」

五嶋は立ち上がって、缶と小豆を一つ拾って、（もう一つ残っているが、気付いてないようだ）分別せずにゴミ箱に放り込んだ。

それから、クローゼットを開いて、僕にスーツを投げよこした。

「レンタルだ。相棒だったらプレゼントだが、これはレンタル」

「はい？」

「仕事だよ、三ノ瀬ちゃん。相棒でもない奴に毎日毎日タダ飯食わせとくわけないだろ。ノーフリーランチ定理だ」

「ノーフリーランチ定理ではないですが。何故スーツ？」

「博多で、スーツで、金の匂いと言ったら？」

僕が答えに窮していると、五嶋は呆れたように首を振った。

「カジノだろ」

1

博多のカジノは浅い歴史に反してオールドファッションだ。

電子通貨化に伴い規制と浄化が進められたマカオや、エンタメ全般に裾野を広げたラスベガスに比べて、現金をチップに替えて掛けるという純粋なカジノ感が売りである。裏を返せば、電子通貨化の遅れや健全感の薄さが強みということなので、あまり褒められた話でもないのだが。

そのあたりは国もカジノ法成立当初から問題視していたようで、博多カジノは県警とは別に独自の警察署を持ち、客や運営の不正監視に当たらせている。

高度化する知的犯罪に対抗するため、カジノ警察は産学連携で先端のサイバー技術をふんだんに取り入れた警備体制を敷いている。中でも有名なのが、二年前に導入された……。

「個人認証チップ、か」

『コインを入れてください』

僕の目の前には、スロットがあった。ウォーターサーバーぐらいの小型なもので、レバーと画面とカメラアイがついている。地面に設置されているわけではなく、自身の二輪で移動する。カジノエリア全体を徘徊し、空いている客に声をかけて遊ばせるという、自販機のようなお手軽ミニスロットだ。

ミニスロットに手をかざすと、その画面左上に赤い枠で囲われた僕の顔が映り、デポジット額も表示された。

『コインを入れてください』

催促されていることから察せられるように、僕はまだコインを入れていないし、カードの類いも挿入していない。カジノエリア共通キャッシャーで入金処理を行っただけだ。ではどうしてデポジット額が表示されているのかというと、個人認証チップが僕の顔と入金額を結びつけているからだ。

個人認証チップとは、読んで字のごとくチップと顧客を一対一対応させるシステムである。カジノ卓を通さないチップの受け渡しや、チップの盗難を防ぐ目的で設置されたものだ。

現在、博多には十七のカジノがあり、これらの間で個人認証チップは共有されている。チップ共有化により、博多カジノ全体が一つの巨大カジノと呼べることも売りの一つになっている。大抵はカジノフロアの入り口に設置されるキャッシャーが、博多ではなんと港にもついている。というより港に最大のキャッシャーがある。つまり、入国、円買い、即カジノの流れが出来ている。アジア圏や中東から豪華客船で訪れた富豪達が、港で湯水さながらに金を注ぎ込むというわけだ。

チップと人の結び付けは画像認識によって行われる。カジノ内推定六千とも言われる監視カメラと警備ドローン、警察や警備員の持つカメラの映像をカジノ警察が持つ中央サーバーが管理し、顧客の容姿ＩＤと電子チップに一対一の対応をつけるのだそうだ。

『コインを入れてください』

ミニスロットの画面に表示された挿入口らしき場所に、そっと左手を差し出す。すると、画面上に僕の手と鏡写しの手が表示された。一つ違うのは、その掌には黄色いチップが乗っているということだ。拡張現実である。右手でそのチップをつまんでみる。すると、チップは指に同期して動いた。回してみる。弾いてみる。まるで本物のチップがそこにあるかのように、違和感ない反応が返ってくる。

ノイズが多く、照明条件が非常に悪いカジノにおいて、リアルタイムに指関節レベルの三次元座標推定が出来ているということだ。Kinectの普及によって、体の関節レベルの推定はメジャーな問題となった。その後VRブームなどにのって、指関節のオープンデータも増えてきたということだろう。感慨深いものがある。

『コインを入れてください』

「コインを入れてやれよ」

しびれを切らした、とばかりに背後から五嶋の声がかかった。

「すみません、つい。あともう少しで終わるので」

「一回目のもう少しから十分経ってんだぞ。三ノ瀬ちゃんのもう少しは何時間なんだ？」

「〝もう少し〟から十分引いてまだ〝もう少し〟なら、実数では定義不能じゃないでしょうか」

「論旨」

　五嶋は一言で僕の意見を切り捨てた。

「顔を上げろよ。俺たちは日本唯一のカジノに来てるんだぜ？」

　言われた通り、顔を上げてみる。ぎらついたネオンで描かれた富士山風の何かが、地面を青白く照りつけている。ねぶた祭り風の大入道の巨大バルーンが、空から僕らを見下ろしている。よく解らないタイミングでよく解らない花火が打ち上げられている。どうも、日本風ならば、九州との距離関係はこの際無視する方針のようだ。

　集まった人々も中々のものだ。ごく普通の正装男女やドレスの女性もいるのだが、それだけではない。舞妓さんらしき着物の女性が歩いているし、金箔に塗られた男が台の上でロボットダンスをしているし、ガマの油売りが何かの口上をたれている。もちろん、祭りにつきものの酔っ払い達も負けじと何かをわめきながら、お茶の間向けでないものを吐き散らしている。人種も様々で、日本人は二割か三割程度だろう。強力わかもとの広告が出ていないのが不思議なぐらいだ。

「大道芸人のパフォーマンス、際どいコスプレの姉ちゃん。目の保養がいくらでも転がってるだろ」

「そうですね」

　率直に言って、僕はこういうサイバー日本的な雰囲気は嫌いではなかった。むしろ好きだ。プロデュースしたのが日本人ではなく、ラスベガスのプロモーターだと言うのが若干皮肉だが、ともかく好きだ。

「なのに、なんでスロットの回らないスロットマシンと睨めっこしてるんだ」

「すみません、つい」

『コインを入れてください』

「ほら、ミニスロットも悲しそうだろ」

　馬鹿なことを。僕は一笑に付した。悲しいなんて感情が簡単にプログラム出来るなら、誰も苦労しない。

　今度は、僕は仮想コインをつまんで、挿入口に半分だけ入れてみた。まだコインはスロットに飲み込まれない。指でつまんでいるからだ。

　つぎに、そっと指を離し、コインが落ちそうになった瞬間、つまんでみる。しかし、仮想コインはするりと僕の指を抜けて、ミニスロットに飲み込まれてしまった。コインが入り始めた瞬間から、接触判定が切られているのだろう。

　入りかけたコインをつまむほど細かい処理をしようとすると、百分の一秒レベルのリアルタイム処理が必要になるので、精度に不安が出るのかも知れない。指の座標が暴れて、加速度推定に失敗すると、仮想コインが弾丸のように吹き飛ぶことにもなりかねない。

　ミニスロットは水を得た魚のように光り出した。興奮を煽るようなBGMを鳴らし、役を目まぐるしく回転させ始めた。

『レバーを引いてください』

「景気付けだ。しっかり狙えよ」

　伸るか反るか、というのが好きなのだろう。五嶋が身を乗り出してスロットを覗き込むので、僕は彼に場所を譲った。

「どうぞ」

「は？」

「賭け事は嫌いなんです。平均を捨てて分散を買う行為ですから」

　感激したのだろう。五嶋は深く息を吐いた。

「三ノ瀬ちゃんとは絶対にバカンスに行かねえ」

　僕らは三千円払って観光用カートを借りた。カジノエリアをぐるりと一周しながら、見どころの解説をしてくれる乗り物だ。鈍足だが、一応自動運転になっている。日本では未だ一部の特殊車両を除いて完全自動運転車は認められていないのだが、公道ではないので法律に抵触しないらしい。

カートが酔っぱらいを避けていく様は面白いが、解説自体は別段面白くもないものだった。カジノエリアにある十七のカジノやホテルを順繰りに回って、劇場の催し物の日程、和洋の文化融合などを話して、地域に貢献する健全なアミューズメント施設なのだと殊更に強調してくるだけのものだ。

それこそ、ラスベガスであるならば、映画や事件、著名人のエピソードにこと欠かないのだろう。しかし、博多のカジノは創業十年に満たない。誇るような歴史もない。

「あ、見てください、五嶋さん。ドローンの無線給電塔ですよ。あそこから指向性の電波を出して、充電してるらしいです」

「上ばかり見るなよ。集中しろ、三ノ瀬ちゃん」

五嶋は無人の運転席に足を投げ出しながら、講釈をたれた。

「まず、建物の配置や道の繋がりを覚えること。場の空気を飲みこんで、録画抜きで頭の中に流せるようにするんだ」

最初から要求が高い。

「次に、普段との違いを見つけておけ。例えば……そうだな、向かいのホテル１Ｆのホールでレプリカヴィンテージカーの博物館が期間限定開催されてる、とかな。イレギュラーは突破口になりやすい。犯行現場に戻る犯人は三流だが、犯行現場に行かない犯人はそれ以下だ。泥棒に下調べは必須なんだよ」

理屈は解るが、受け入れがたい言葉だ。犯行という単語には身につまされる感じがある。ちょうど、カートがカジノ警察署前を通りがかった。カジノエリア内なら、通報から四十秒で武装ドローンが、二分で軍隊並の装備を持つカジノ警察が、二ダースの武装ドローンを連れてやってくるそうだ。しかも、装甲車に乗って。ホエール抜きの僕らでは、アクション映画のマネごとも出来ない戦力差だ。

「本当に、六条がこんなところで借金の返済を？」

金を返すだけなら、もっといい場所があるのではないだろうか。薄暗い倉庫街だとか。

「するさ。何せ、ここは四郎丸のお膝元だ」

カートが大きな松の横を曲がる。すると、目の前に富の塊が登場した。ラスベガスからそのまま引っ張ってきたようなカジノで、巨大な噴水を無駄に四方に備えている。他のカジノに比べても一際豪奢で、自らが博多の王であると主張するかのようだった。

『右手に見えますのが、セントラルベイ博多。博多の十七カジノの中でも最大級のカジノです。ピーク時の売上はマカオのカジノリゾート、シティ・オブ・ドリームスにも匹敵します』

と、カートが解説し、「客層、腹黒さもな」と、五嶋が補足した。

「このカジノのオーナーが四郎丸だ。奴は博多全てのカジノの内部構造を熟知してる。ツテも多い。そして、カジノなら借金の回収以外にも出来ることがある」

出来ること。連日見せられた犯罪映画の影響で、僕はすぐにそれに思い当たった。

「ロンダリングですか？」

「その通りだ。古くから、カジノはマネーロンダリングの王道だった。カジノマネロンの常套手段は大きく二つある。一つ目は、『客同士で直接チップを受け渡す』方法だ。汚れた金を持った男が現金をチップに変えて、軽く遊んで退散する。そして、裏で仲間にチップを渡して換金させる。傍からは一人が大負け、一人が大勝ちしただけに見える。つまり、因果関係が途切れる」

拍子抜けするほど呆気ない方法だ。しかし確かに、運が絡まず堅実に金を洗えるし、チップと現金は価値の互換性が保証されているから、中間搾取もないに等しい。理想的な金洗いだ。

「最も効率的な方法ってのは、しばしば呆れるほど単純なものなのさ」

と、五嶋は言った。

「しかし、この方法はカジノ側には何の旨味もないから対策されやすい。『個人認証チップ』なんかがまさにそれだ。よって、六条が選ぶのはもう一つの手段になる」

「もう一つ、と言いますと？」

「『ゲームを通じてチップを受け渡す』方法だ。古典的にはディーラーを抱き込んでイカサマするのが主流だが、奴らの手管はより効率的だ」

「自分のカジノでやるから？」

「いや、四郎丸はよほどの上客以外、自分の店の軒先で金は洗わせない。奴はよそのカジノのVIPルームでポーカーをさせる。六条の耳にマイクロイヤホンを仕込んで、四郎丸側の指示通りに行動させる。客対客の勝負だから、ディーラーに分前を要求される可能性はない。六条の手元を離れた金は、複数のカジノで巧妙に回され、追跡を困難にした上で四郎丸のカジノで消費される」

ある意味、仮想通貨のミキシングをカジノで行っているようなものか。自分のお膝元だからと言って決して油断せず、巧妙に己の臭いを消している。このような細やかな気配りこそが、黒幕に重要な素養なのだろう。

「カジノの勝敗記録がサーバーに保存されるのは一週間だ。それを過ぎれば金は完全にまっさらに生まれ変わる。六条はこれまで三度この手で四郎丸に金を流している。今度も同じ手段を使うはずだ」

僕は納得すると共に、安堵した。慎重な作戦は、相手の理性を示している。合理的に動く相手ならば、合理的に裏をかける。五嶋の見込み通り、洗浄中の金を盗まれても、彼らは警察に届けないだろう。件の始末屋は呼ぶかも知れないが。

「よく調べられましたね」

「007流のソーシャルハッキングさ。三ノ瀬ちゃんも、愛人作るなら〝年収÷二千万〟人以下に抑えとくんだな」

生涯参考にならない話だ。

「まとめよう。六条から金を盗み返すには、奴とチップの絆を引きちぎる必要がある。六千のカメラとAIによって結び付けられた、強烈な絆をな」

「それも、誰にも悟られずに」

「その通り。で、作戦だが……」

僕が口を開きかけると、五嶋は右手で制した。キメるから喋るな、の意味だ。

「Adversarial Example の出番だ」

五嶋はそう言って、タブレットに一枚の図面を表示した。

博多に十七あるカジノの一つ、博多グランドホテルの二階の内部構造だ。ゲーム盤の場所やスロットの場所、バーの位置やVIP出入り口だけでなく、監視カメラの取り付け位置や型番、施工業者までもが事細かに記録されている。

「カジノに入っても、六条はＶＩＰルームに直行しない。まず三十分近くバーで飲んで、指示があるまで待機する。そこが隙になる」

バーの入り口付近を指す。

「ここにカメラの死角がある。六条の入店タイミングで、Adversarial Example を使って、六条と三ノ瀬ちゃんの個人認証チップを入れ替える。六条がＶＩＰルームに入室しようとして、自分が自分でなくなったことに気付く前に、キャッシャーでチップを現金化し、逃げる。スムースで、スマートで、インテリジェンスな作戦だ。何か質問は？」

僕は俯いてしばし沈黙した。頭の中で問題を定義しなおし、解法を組み上げる。システムのインプットとアウトプットを明確化する。何を目的関数にし、何を微分すべきなのか。次にデータのバリエーションを、取りうるデータ量を、ハードウェア構成を、考える。

「四つあります。ここが四郎丸のお膝元なら、僕らもう見つかってません？」

「そりゃないな。個人認証チップのデータは、カジノ警察にしか開示されない。四郎丸が覗けるのは、あくまで手駒の大牟田警備のカメラだけだ」

「そうなんですか」

「元々、博多カジノで取れたデータはベガスの総合オーナーに保護される予定だったんだがな。芝村議員を中心とした超党派議員連合が、産学連携のAIとIoTの実験都市にしたいって、条例を整備したんだと。歩くスロットもその賜物らしい」

ベガスの総合オーナーといえば、かの検索最大手G社とも繋がりがあったはずだ。カジノは消費活動と異常行動データの宝庫である。そこで生まれるデータは、ひょっとするとカジノの利益以上の価値があるかも知れない。

思い返すと、会社員時代に一川の口から何度か芝村議員の名を聞いたことがあった。彼は誇大妄想を語る傍ら、地道にデータ集めの首尾を整えていたのだ。

「では、次の質問を。博多グランドホテルに絞って話した理由はなんです？」

「仕込みポーカーでマネーロンダリングをするには、警備が手薄いところじゃないと無理だ。十七のカジノのうち、VIPルームのチェックがゆるいのは四件。四件のうち二件は、過去にロンダリングに使っている。最後の決め手になったのは……」

五嶋は指を一本立てた。

「宿の予約情報を聞き出した」

それを最初に言ってくれ。

「Adversarial Example の投影はどうするんです？　まさか、カードゲームのあるカジノ内にカメラとプロジェクターぶら下げたドローンを連れて入れないですよね」

「照明担当の里美ちゃんがな、業者の坂田主任の不倫を見ちゃったんだと。しかも相手はヤクザの嫁」

脅して、演出用プロジェクターに不正プログラムを仕込ませるというわけか。たらし無双のジェームズ・ボンドみたいだ。しかし、まだ疑問は尽きていない。

「個人認証チップシステムを騙せたとして、キャッシャーには人が居ますよね。現金化する時にバレませんか？」

「ああ。だから、三ノ瀬ちゃんには今日からいかり肩を勉強してもらう」

「何です？」

「何です？　じゃなく、何だとこら、だ」

「……何です？」

「大概の人間は、相手を大雑把な特徴でしか認識しない。背丈、髪型、色、雰囲気、ｅｔｃ。そこだけ合わせて機械のお墨付きまで得れば、三ノ瀬ちゃんはいつでも六条になれる」

変装しろと言われているらしい。確かに、六条の皮を被るには、五嶋では背が高すぎる。幼稚園の演劇発表会で木のオーディションに落ちた僕に務まるかは不安だが、他に手もないだろう。

「ＯＫ。これで三つ回答したな。最後は何だ？」

単純な質問だ。勿体ぶるような内容でもない。

「Adversarial Example の素材が足りません」

思い出して欲しいのだが、Adversarial Example を作るには、騙す対象となるニューラルネットの情報が必要だ。

現金輸送車強盗の時には、ホエールのモデルは五嶋の海外の知り合いから入手した。武装ドローンのモデルは手に入らなかったが、市井の武装ドローンを騙すノイズを事前に実地で潜在変数をベイズ最適化しておく余裕はあった。

個人認証チップを含めた博多カジノのシステムは、ＣＢＭＳに比べて圧倒的に小規模で高密度だ。監視カメラ一台あたりの人間の目の数が違う。レンズの前で不審な行動を繰り返せば、すぐに要注意人物リストに入ってしまう。

「そこはそれ。盗みに行くのさ。安田ちゃん」

「安田？」

いきなり名前を間違えられて、僕は困惑した。相棒呼びしなかったことへのあてつけにしても、時間差があり過ぎる。

返し方に迷っていると、一枚の名刺を押し付けられた。そこにはこう書かれていた。

〈ハノイ先端セキュリティ　日本支社情報技術部　主務　安田智昭〉

2

グローバルテック社主催、TECH AI EXPO博多。博多カジノエリアの一角、博多グランドホテルの地下一階のイベントホールを貸し切って行われる技術展だ。

〝ビジネスに繋がるAI〟の文言を旗印に、国内外五十を超える企業がスポンサーになっている。広大なホールに透明感と統一感あるデザインのブースが二百以上並び、明るくも目にうるさくない照明と、竹馬履いてるんじゃないかと疑いたくなるスタイルのコンパニオンたちに彩られている。

個人認証チップの開発元であるジャパン電子インダストリアルICTも参加しており、デモ展示を行っている。人の認識とトラッキング、仮想チップとの結びつけを実践してみせているらしい。

意外に思われるかも知れないが、僕はこの手の催しがあまり好みではない。ここは学会発表とは違い、ビジネスの場だ。誇大広告気味の技術展示と、同業他社に警戒して詳細を省いたポスター。見た目は良いだけに、寸止めされている気分になるのだ。うなぎの匂いに釣られて店に入ったら、白めしだけ出されて、ここはうなぎの匂い屋だと言われたのと同じ感覚だ。

参加者としてもそうだが、説明員としては極めて好みではない。つまり嫌いだ。日々の業務を中断されるし、喉は嗄れるし足は痛くなる。デモ制作はお偉いさんの鶴の一声で右往左往するし、自動車系大企業の社員はヒラでも肩で風を切っているし、それをアテンドする自社の営業まで、肩でかまいたちをお見舞いしてくる。おまけに会場付近は電車も混むし、大概昼食も高い。上司に説明員出張を命じられるたび、気が重くなったものだ。

まあ、それでも、他人になりすまして参加するよりは幾分マシではあったのだが。

「……本当に行くんですか？」

僕は首に下がった安っぽいネームプレートを摑んだ。そこには、すましたフォントでハノイ先端セキュリティと書かれている。ベトナム経済の成長に乗って近年めきめきと力をつけてきた警備会社だ。ベトナム外商銀行とも付き合いがあるらしい。

もちろん、僕も五嶋もベトナム企業の社員ではないし、招待状を貰う権利もない。五嶋が知り合いのツテで入手したものだ。この手の展示会の招待状というのは、ダイレクトメールさながらに送りつけられる安いものなので、五嶋の謎人脈ならば朝飯前に集まるだろう。

あとは、事前に入手しておいた名刺をネームプレートに挟んでおけば、僕はハノイ先端セキュリティ日本支社情報技術部の安田主任になれるし、五嶋は営業の沢城参事になれる。心持ち以外は。

もし、関係会社や同じ会社の人間にあったらどうすればいいのだろう。おまけに、会場には大牟田警備のブースもある。四郎丸オーナーのセントラルベイ博多の警備を担当する会社だ。笛吹きジャックの顔が割れていてもおかしくない。

「縮こまってどうしたよ。簀巻き状態でヤクザ共に啖呵切ったあの勢いはどこ行った？」

「あれは技術的な指摘ですので」

「思うにな。安田ちゃんはプライドが高いくせに自信がなさ過ぎるんだよ。成功体験の不足から、自分を過小評価して、ライアン・ゴズリングの相方は勤まらないと思い込んじまう」

新入社員研修で受けさせられたストレス耐性テストを思い出した。五項目あるストレス耐性の中の一つが平均よりやや下で、残り四つが最低ランクだった。講師に対処法を聞いたところ、『自分の特性を理解しましょう』と大変ためになるコメントを頂けた。

「よし、今俺はコンフリクトを提示したからな。セオリー的には、あとは解決と演出だけで感動だ」

　解決のウェイトが軽い。

「生み出そうぜ。感動を」

「イヤです」

「イヤでもいいから気合い入れろ。この仕事には、リスクに見合うリターンがある」

　五嶋の言う通り、僕らは観光で危険な橋を渡りに来たわけではない。

　目的が二つある。一つは、カジノのＩＴシステムについて探ることだ。武装ドローンの性能、特異行動の監視網、何よりキーとなるだろう個人認証チップの運用法、リアルタイム性、通信速度等々について、可能な限り情報を仕入れておきたい。

　そしてもう一つは、個人認証チップのプログラムを盗み出すことだ。この展示会では、デザイン統一のため、説明員は主催企業の貸出ノートＰＣを使うことになっている。デモ用の計算環境は外部サーバーに置いて、ノートＰＣからデモ用のアカウントを使ってＳＳＨ接続で利用する。個人認証チップのプログラムもそのサーバーに格納されている。それを頂く。

「流れはこうだ。安田ちゃん」

五嶋は作戦を再度口にした。

「個人認証チップのブースに行って、ポスターよりも深く踏み込んだ技術情報を聞き出す。主導権はこっちで握るが、具体的に掘りたい内容の勘所はない。安田ちゃんの誘導が必要だ。頃合いを見て、いくつかＬＩＮＵＸターミナル上の操作が必要な内容を質問する。ジャパン電子はＩＳＭＳの自社規定で、無操作で五分以上のＳＳＨ接続はタイムアウトするようになってる。デモをいじるとなればログイン必須で、必ずパスワードの入力が行われる」

「あとは、これの出番ですか」

僕はポケットに仕込んだスマートフォンを汗ばむ手で握り直した。この中には、ノートＰＣの打鍵音からパスワードを推論する音認識キーロガーを仕込んでいる。二人して箸を握れなくなるまで打ち込んでデータを作ったので、上手く行ってくれなければ困るのだが……。

「再確認ですけれど、本当にパスワード認証なんですよね？」

「もちろんだ。セキュリティリスクの面から、秘密鍵を貸出ノートＰＣに置くことはあり得ない。ＳＳＨなら確実にパスワードだ」

「パスワードを盗めたとして、ＩＰで弾かれる可能性は？」

「外部サーバー側はＩＰによる接続制限を行っているだろうが、この会場は動的ＩＰ割り当て必須だから、単一ＰＣを識別するまで細かい設定は不可能だ」

つまり、デモ用アカウントのパスワードさえ解れば、会場のどこからでも個人認証チップのプログラムをダウンロード出来るということだ。

一見、流れにおかしい点はない。その困難さに目をつむれば。

「到底容易とは思えません。五……沢城さんは、大企業の社内教育を甘く見てます」

ジャパン電子インダストリアルＩＣＴは、あの誰もが知る大企業、ジャパン電子の子会社だ。

一般に大企業は新興企業に比べてコンプライアンスに厳しい。特に、今回はカジノ警察に関わる技術だ。官公関連の案件は法律の縛りが特に強く、同業他社との接触はご法度だ。お上に関わる社員は徹底的に教育されており、いくら新興企業の名札で金の匂いをちらつかせたとしても、そうそう口を滑らすとは思えない。

中には脇の甘い人物がいないでもないが、それでもこちらが解っていると思われると、途端に公開情報以外口にしなくなる。ガードを固めた企業技術者から、システムのディテイルを聞き出すのは非常に困難だ。パスワードを打たせることなど尚更だ。

「おっしゃる通り。困難演出用の台詞をありがとう。安田ちゃん」

「そんなつもりはありませんが。何か策があるんですか？」

「テクがあれば、策がいらないこともある。相手をよく観察するんだ」

ジャパン電子インダストリアルICTのブースは、ライトブルーを基調としていた。一台のカメラが取り付けられていて、撮影した画像を大型TVに投影していた。そこにはブース前を行き交う人々だけでなく、彼らを括る矩形も表示されていて、リアルタイム認識の成功をアピールしている。

ポスターには『当社独自のネットワークで実現されたチッププレスカジノ』と、力強い宣伝文句が踊っていて、その下に彼らが独自性を主張するニューラルネット構造が図解されている。四人の説明員がひっきりなしにやってくるスーツ達に同じ説明を繰り返している。

残念ながら、ミニスロットの展示はないようだ。ジャパン電子インダストリアルICTはあくまでIT企業なので、ロボットの制作は別のグループ会社に委託しているのかも知れない。

五嶋は左右に目を走らせると、すぐに一人の青年に目をつけた。

「右から二番目の兄ちゃんが一回休憩入って、二度目に説明に立ったら行く」

四年目前後の若手だろうか。ネームプレートには西原と書かれている。背筋が通ってない立ち姿で、髪もネクタイもよれている。仕事を放り出して無理に動員されたのか、どことなくテンションが低い。

僕は五嶋から半歩だけ遠ざかった。

「……彼を007するんですか?」

「怒るぞ安田ちゃん。こういう時はだな、向上心はあるが会社に不満を持った若手技術者を狙うんだ」

また随分と限定的な狙いだ。

「ビジネスよりの展示会で紹介される技術ってのは、お題目と現実がかけ離れているモノも多いだろ」

僕は頷いた。それも深めに頷いた。

「若い技術者はその乖離が我慢ならないんだよ。会社の命令とは言え、テレビショッピング顔負けの浮ついた説明をするたび、自分の舌を引き抜きたくなってるんだ。んで、そういう奴の前でシステムを褒めちぎってやると、イラつきが頂点に達して、〝現実〟をつい口にしてしまう。技術者の自尊心を発露させる。それが最も正確で価値ある情報だ。そこまで行けば、あとはこっちの思うままだ」

なるほど。意識したことはなかったが、言語化して分析されてみると、経験に照らし合わせて納得出来る要素が多い。隅っこ技術者の精神をよくご存知だ。

「技術屋に限った話じゃない。押すか、引くかのアプローチの差はあれど、情報を引き出すために必要なのは自尊心を刺激することだ。悪党やるなら覚えた方が良い」

僕はしばらく感心したあと、ふとあることを疑問に思った。

「……前にどこかで会ったことあります？」

「毎日アジトで会ってるだろ」

「いえ、そうではなくて」

「観察と折衝は俺がやる。安田ちゃんは自然にしてろ」

話は終わりとばかりに、五嶋はネクタイを締め直して鞄を摑んだ。


ジャパン電子インダストリアルＩＣＴのブースを遠巻きに窺いつつ、大牟田警備との鉢合わせを避けながら、会場を周回する。怪しまれないようにルートを変え、ブースを変え、お土産のボールペンでダーツが出来そうになってきた頃……。

「どうですか、沢城さん。ダンベルが、ダンベルが軽いんですよ本当に」

「ああ、そうかい」

僕らは介護用パワーアシストスーツのブースを訪れていた。と言っても、それは従来の介護用パワードスーツとは一味違う。なんと、介護者ではなく、要介護者が着るスーツなのだ。

　体験試着可能とのことなので、無論着せてもらったが、これが目を見張る出来だった。通電によって伸縮する繊維を利用したものだそうで、消音で薄型、着込んでいる感覚が全く無い。腰元のバッテリーを除けば、腹巻き程度の厚みしかない。上にワイシャツを着て出社しても、恐らく誰にも太ったかと聞かれはしないだろう。

　ＡＩ制御というのもいい。動作の起こりを感知して、自然にパワーアシストを行ってくれる。電気自転車に乗っているような感覚で体を操作出来る。心なしか背筋も伸びる。

「今なら二十キロのダンベルだって片手で持ち上げられますよ」

「俺普通に持ち上げられるけどな」

　出力の低さは難点であるものの、『日常生活を支障なく送るため』という用途であれば、何の問題にもならない。この手の発想の転換は好みだ。半導体も、古くは制御不能な導性を持つ使えない物質扱いだったが、今では文明の担い手だ。

　僕は五嶋から強めに鎖骨を掴まれるまで、スーパーマン気分を味わった。

「いや、やっぱり動くものが目に見えると違いますね、沢城さん」

「うん、そうだな」

　やはり、この手の展示会は専門から少し離れたところを巡るのが最も賢い楽しみ方だ。

詳細を聞き出そうにも概要の把握で精一杯なので、うなぎの匂いだけで満足出来る。

五嶋が居てくれるおかげで、電子系の分野は特に聞きやすい。一度聞いて理解しきれなかったところを、僕の知識に合わせて噛み砕いて補足してくれる。

「では、次はビル環境統合プラットフォームの展示を回りましょうか。空調AIが凄いらしいですよ」

「あー……。初デートの彼女みたいなテンションのとこ悪いが」

「僕みたいな彼女と付き合ってたんですか？」

「吐き気のこみ上げる表現はやめろ」

五嶋は声を潜めて、しかし力強く言う。

「いいか、目的は覚えてるよな？ ヤ・ス・ダちゃん」

「当たり前じゃないですか」

僕は頷いた。

「本命はもちろん、指向性クラウドアンテナですよ」

そう言って、僕はタブレットの会場案内アプリを叩いた。何でも、複数の安いアンテナを統合して、一つの高精度な巨大アンテナを組み上げるという技術らしい。低精度でノイジーな情報を統合して高精細にするとなれば、当然機械学習が使われていると見て間違いない。

「沢城さんの解説、期待してます」

「屈託ない笑顔が嫌いになりそう」

五嶋は額を抑えた。

「西原が復帰した。行くぞ」


テンションの上がらない僕のネクタイを締め直し、五嶋はごく自然なタイミングで西原に声をかけた。

「ご説明伺っても？」

西原はちらと他の説明員の様子を窺い、自分しか空いていないことを確認して頷いた。ぎこちない営業スマイルで、個人認証チップについてパネルをなぞるような説明を始める。喉は嗄れていないが、緊張が抜けきっていないらしい。通り一遍の内容で、〝出来たこと〟だけを話していく。作業的で面白みのない解説だ。

これではダメだ。ポスターもあやふやで、「なんだか凄いぞ金を出せ」としか言っていない。

「ところで、このシステムはそっくりな双子が居ても問題ないのですか？」

澱んだ空気を破ったのは、五嶋だった。

「実は私、双子の弟が居るんですがね。あいつばっかりくじ運がいいんですよ。だからこう、上手くすり替わってですね」

西原は苦笑しながら答えた。

「残念ながら、立ち位置が違いますから」

〝立ち位置が違う〟。良いワードを貰った。さり気ないが、重要な発言だ。個人認証チップは、単なる人物検出だけではなく、複数カメラを繋いだトラッキングも行っているということだ。

個人認証チップの基本的な仕組みは、画像ベースの個人認識だが、スマホのロック解除に用いられるような顔認証とは少々問題が異なる。

普通の顔認証は位置情報や時間情報を考えない。例えば、Aさんが鹿児島で顔認証を行った時、同時に、全く同じ顔をしたクローンのA′さんが東京で顔認証を行ったとする。普通の顔認証だと、この偽A′さんもAさんだとして認識されるが、もちろんそれは望ましい結果ではない。

カメラの位置や照明条件が違う中、時間や空間的情報も加味して、複数のカメラ間で人物追跡を行う……。こういった問題は、Re-idと呼ばれるタスクに属する。個人認証チップで採用されているのは、Re-id用のニューラルネットだろう。

（予想はしていたけど、裏付けが得られた。一歩前進だ）

その後も、五嶋は的確に雰囲気作りをこなしていった。西原の口元に少しずつグリスが塗られていく。

僕は時折一言二言口を出しつつ、西原の発言の要所から、頭の中でアルゴリズムの候補とシステム構成の候補を絞っていく。だが、まだだ。まだ確度が足りない。もっと踏み込まなくては。

「失敗例というのはないのですか？」

タイミングを見計らって、五嶋は試金石となる質問をした。ここで百％あり得ないと口にするようなら、西原は真摯に話すつもりがないということだ。返答はこうだった。

「もちろんあります。統計的なものですから、手違いが全く無いとは言えません。博多カジノエリアでも、実施からの三年間で七件のミスが報告されています。しかし、結果として盗難の被害額に統計的優位な減少が認められました。実チップと違い履歴を辿れるので、リカバリも容易です」

率直に言って、この数分ほどのやり取りで、僕は西原に好感を抱いていた。技術に真摯で、相手が見知らぬ企業であっても、正確な発言を心がけている。若干の知識不足は見られるが、年齢を考えれば十分だろう。展示内容は『当社独自のネットワークで実現されたチップレスカジノ』と謳っているわりに、新規性に薄いが、こうした展示会ではよくあることだ。

（まあ、それでも騙すのだけど）

罪悪感はあるが、やるしかない。生き延びるには金が必要だし、何より、僕はもう音認識キーロガーを作ってしまった。知能とは他者との関係によって定義されるものだ。どのような形であれ、社会に関わってこそ人工知能だ。ＡＩは実験しなければ完成しない。

「素晴らしい。それが御社独自の技術ということですか。勉強になります」

ターニングポイントを作ったのは、もちろん五嶋だ。

「新興国企業の支社に勤めて、彼らの熱気を日々感じていますと、どうも日本はＡＩ時代に立ち遅れているのではないかと感じていましてね。しかし安心しましたよ。御社のような日本企業には、まだまだ世界をリードするポテンシャルがある」

顔色一つ変えず、五嶋は歯の浮くような美辞麗句を並び立てた。この過剰な日本企業持ち上げぶり、憎々しいほど解っている奴だ。

ことＡＩの分野において、現場の技術者達は日々敗北を感じている。論文参照数で米国に並ぶ勢いの中国。一般企業のＧＰＵサーバーでは十年かかる学習を三日で終えるＧ社。

著名学会の発表者、参加者は韓国に大きく引き離されている。五年前は日本人の四分の一だったベトナムのＡＩ技術者の工数単価は、今や逆転の兆しすら見えている。

もちろん、日本にも著名な研究者はいる。世界と戦わんとするベンチャーも出ている。けれど、根本的に小規模なのだ。

「独自、ですか」

西原が自嘲気味に笑う。

「まあ、そう言ってはいるんですけどね」

ガッツポーズを堪えた。彼の技術者倫理が、独自を主張する重みに耐えられなくなった。

（……釣れた！）

「実際、うちの会社がやってることはＭＳの論文のちょっとした変形ですよ。人物検出器のConvolution関数のワープ構造をいじったのと、特徴抽出器をdeeper dense netに変えたぐらいで……」

貰った。僕は悪人らしく心の中でほくそ笑んだ。ついにモデル名を得ることに成功した。

deeper dense netは、GitHubからクローン可能なオープンソースのモデルだ。トップカンファレンスの一つであるＣＶＰＲに採択されており、当時の物体認識最高性能を達成した実績がある。下手に自己流のネットワークを使うより堅実な選択だろう。僕らのような犯罪者の存在を無視すれば、だが。

「では、こちらにあるパラメータの自動カスタマイズというのは……」

「ええ、それはですね……」

口が回りだす西原。もはや顧客対応というよりも話したいから話しているようだ。五嶋と目配せする。まだ踏み込める。仕上げの時間だ。録音機のマイク感度を一段上げる。

「ところで、モデルサイズを伺ってもよろしいでしょうか？」

「サイズですか？」

「博多カジノでは専用線を引いていらっしゃるようですが、弊社の顧客には回線が細い施設も多いのです。中央集権型での処理が難しい場合、端末に載せられないかと思いましてね」

「ああ、なるほど。今の所モバイル向けは検討していませんが、ちょっと調べてみますね」

西原はかがみ込んでノートPCに触れた。説明スライドの全画面表示を解除し、WINDOWS用のLINUXターミナル、cygwinを起動させる。historyコマンドから、これまで打ち込んだSSHコマンドの履歴を探し出す。

僕は前のめりに一歩踏み込んだ。ポケットのスマートフォンのマイク位置に気をつけて……。

その時だった。

「あー、すいません。その前に俺も質問、いいですかね」

蛇の舌を耳の穴に突っ込まれた経験はあるだろうか。僕はないのだが、その感覚だけは今体感出来た。体を動かさず、そっと目だけで隣の顔を窺う。

そこに居たのは、白スーツに身を包んだ、スキンヘッドに銀縁眼鏡の男だった。のっぺりとした起伏のない顔で、細い目と蛇のように裂けた口。一度見たら忘れられない容姿だ。事実、僕は四年経っても忘れられていない。

「その話聞く限り、オタクの独自要素ってのがよく解んなくてね」

促されてもいないのに、その男は喋り始めた。それだけで、僕は胃を摑まれたような気分になった。年輪のように蓄積したトラウマが、汗と共に吹き出してくる感覚だ。

僕は知っている。この男を知っている。そして、彼がこれから何をするつもりかも。

「モデルはオープンソース、データはカジノ、運用はカジノ警察。じゃ、オタクは何をしたわけ？　天下のジャパン電子さんさぁ」

西原の頰にさっと朱がさした。表情を隠すのに慣れていないのか、これほど喧嘩腰な社会人を目の当たりにしたことがないのか、動揺が見て取れる。まずい。自尊心があらぬ方向から動かされた。せっかく作った空気が変わってしまう。西原が守りに入ってしまう。

　空気を察して、五嶋がすかさずフォローに回る。

「失礼。まだ私共が説明を頂いているところですので、込み入った議論でしたら後ほど」

「……ですから！」

　しかし、フォローを遮ったのは西原だった。以前、五嶋がしるこを飲みながら言っていた。脈絡なく「だから」「ですから」を使い始めたら、もう理性的な議論は望めない。

「ですから、検知器の Convolution 関数に当社独自のワープ構造を採用しておりまして」

「それって、オタクのカッコイイポスターの右上にあるやつ？」

「ええ、ですから！」

「じゃあ、看板を変えるべきだな。『借り物使って大儲け』に」

　スキンヘッド男はあからさまに鼻を鳴らした。

「この構造は、四年前の NeurIPS でＤＭが発表した一般化 Atlas Convolution の一種として記述可能だ」

　え、と間抜けな声をあげて、西原の視線が左右にぶれた。

「Appendix の2に示された例に、数学的に等価なモデルが示されてる」

「それは……！」

西原が口を開きかけ、そして閉じた。彼は個人認証チップの技術担当者だ。かの論文を読んでいなかったわけではない。恐らく、提案モデルと一般化 Atlas Convolution が数学的に等価であることに気付いていなかったのだろう。いや、恐らく今も理解しきれていない。それは単なる知識量ではなく、根本的な理解度に起因するものだ。一朝一夕で身につくものではなく、三割の努力と七割の才能によって生まれる実力だ。

三十秒に満たない議論で、西原はスキンヘッドに技術者として完敗した。

しかし、僕は知っている。この白スーツスキンヘッドは、まだ終わらない。

「西原さん、もう一つ質問しとくわ。無知か、盗作か。あんたの会社はどっちだい？」

スキンヘッドは、トドメを刺す。

西原の自信が見る間に萎んでいくのを目の当たりにしながら、僕は助け舟を出せなかった。

スキンヘッドの言葉は正しい。個人認証チップは堅実な手法をとっているが、新規性という面では今一つだ。実社会に組み込むシステムとしては正しいあり方ではあるが、お題目にある〝当社独自のネットワークで実現されたチップレスカジノ〟とは言いづらい。

ポスターには特許取得済と銘打っているものの、記載されたＦＩターム（特許分類コード）を見る限り、ＡＩ関連特許ではない。システム特許だ。積み木を組み合わせた全体構造さえ新しければ取得可能で、積み木のパーツそれぞれに目新しさは必要ない。回避は容易で権利的な意味は薄い。資金豊富な大企業ならではの権利防衛及びアピール用特許だ。

だから、僕に言えるのはせいぜいがこれぐらいだった。

「四年経っても社会常識は身につかなかったんだな、九頭《くず》」

僕はスキンヘッド男をよく知っている。嫌というほど知っている。彼こそ、僕が三十余年の人生で出会った最も性格の悪い男だ。

「はっ、社会常識？　鏡見てからモノ言えよ。三ノ瀬。いや、今は安田か」

売り言葉に買い言葉。それからの睨み合い。僕らの相性は、NNアナリティクス時代と変わらないようだ。

「聞いたぜ？　一川に突っかかって辞めさせられたんだってな」

「自分から辞めてやったんだ」

「で、引き止められたのか？」

言葉に詰まる。噂には聞いていた。九頭が退職した時、一川は倍の給与を提示して引き止めにかかったと。幹部室に怒号が飛び交うほどの騒ぎになっていたらしい。

僕の時の一川は、ほくほく顔で退職願を受け取った挙げ句、こう付け足してきた。

『自分を見つめ直せそうな文章だ。社内ウェブに掲示してもいいかね？』

憎たらしい一川の憎たらしい顎髭の憎たらしい白髪を思い出した上で、僕はこう言った。

「もちろんだ。三倍払うって言われたよ」

「へえ。それって社内ウェブの退職願掲示料か？」

僕は頭を抱えそうになった。確かに好きにしろとは言った。しかし、あれは売り言葉に買い言葉で、頭に血が上っていたからで……。本気だとは思わなかった。

「どうしたよ。言い返さないのか？『そういう君はどうなんだ』とか」

僕はちらと九頭の胸元を見た。ネームプレートは提示されておらず、胸ポケットに突っ込まれていた。僕が言い返せば、そこからG社研究開発主任の肩書を見せつけてくるのだろう。

知っている。九頭はNNアナリティクスを離れ、世界トップの企業で研究開発に携わっていた。僕らの間には、もう比べるのもおこがましいほどの差が開いている。

「いい気味だって言いたかったよな？ 俺の失敗を笑いたかったよな？ ごめんね。期待に応えられなくて」

そして、九頭は僕のネームプレートをわざとらしく手にとって、指で弾いた。

「NNアナリティクスを蹴り出されて、警備会社に転職か。なるほどね。お似合いの砂場を見つけたってわけだ」

「砂場だって？」

「ああ。python 書けりゃ先生扱いの世界だ」

顔が火照るのを感じた。

「分野外の連中に囲まれるってのは気分がいいだろ？　まともな社会人なら、自分の専門外には敬意を払うもんだ。流行り技術となれば尚更だ。そして、誰もお前のレベルに気付かない。最高のお砂場だ」

そんなことはない。僕は一川に勝ったんだ。そう言い返したかった。

しかし、喉が支えて言葉が出ない。有効な反論が何も浮かばない。

事実なのだ。五嶋も六条も、機械学習のキの字も知らなかった。僕は、たまたま五嶋に人工知能技術者のツテが無かったから生きながらえ、悪天候と一川の高飛車な性格に助けられて勝ちを拾った。僕だから出来たわけじゃない。ＡＩ技術者であれば、誰にだって出来たことだ。

「おっとごめんな。言い過ぎたわ。久しぶりの顔なんでつい嬉しくってな」

九頭は僕の頭を撫でて、五嶋に言った。

「お別れの前に、一つ助言しときます。上司のアンタ、こいつの特許の登録率調べた方が良いですよ？　出願料をドブに捨てる前に」

しっかりとトドメを刺してから、九頭は満足したのか、僕に背を向けて去っていった。

五嶋は気まずそうに頬をかいた。

「あー……。気を取り直して、って言ってもOK？」

西原からの返事はなかった。僕も出来なかった。

個人認証チップの盗難は失敗だ。次の手を考えなくては。

3

つくづく思うのだが、みんな本物の〇〇論が好き過ぎないだろうか。

本物のお金持ちは性格がいい。本物の美人は性格がいい。本当に頭のいい人は説明が上手い。本物のワルは堅気に手を出さない。能ある鷹は爪を隠す。弱い犬ほどよく吠える。

ひとたびSNSを開けば、そんな言葉が向こうから掃いて捨てるほど転がり込んでくる。

けれど、一つ問いたい。そんな言葉を書き捨てている人のうち、本物のお金持ち（資産いくら以上を指すのか解らないが）と統計的有意な数だけ知り合っている人が何人いるのだろう。

正常性バイアスというやつだ。自分よりも社会的地位が高い悪徳な輩の存在は、ただそれだけでストレスになる。だから、本物の○○なるイデア界の使者を召喚して、打ち払ってもらうのだ。

残念ながら、（統計的に有意ではないが）僕は性格の悪い金持ちを知っている。本物のワルに手を出された。それから、吠える強い犬のことも知っている。

それが九頭だ。

あのスキンヘッドは控えめに言って知的攻撃性の塊だったし、オブラートに包んでもマウントモンスターだった。

彼のいる勉強会は戦場だった。彼が会議に出席すると、そこは叫喚地獄になった。少し間違えたことを言うだけで、平気で小馬鹿にする。些細なミスを決して見逃さない。相手がたとえ肩で風切る大企業であっても、柔らかな表現なるものを決して使わない。

何より厄介なのは、彼は常に理屈で勝つということだ。理論と結果で完勝されてしまうと、もはや反論は感情ベースでしかなくなる。それは技術者の恥だ。九頭との議論で自分がレベルアップしていることに気付いたら、尚更何も言えなくなる。

そんなわけで、九頭は職場の殆どに（特に勉強会メンバーに）畏怖されていた。特に僕とは犬猿の仲だった。技術者でない人にはごく普通に嫌われていた。まともに話しかけていたのは、八雲ぐらいのものだったろう。

九頭はあからさまに僕らを馬鹿にしていた。だから、同僚とのプライベートの付き合いはなかったし、ただでさえ少ない飲み会にも全く参加しなかった。まあ、僕も出席率五十％程度だから、あまり人のことは言えないが……。

しかし、奴も一応人の子らしい。自身の昇進祝いともなると断りきれなかったようで、渋々ながら居酒屋に顔を見せたことがある。

驚いたことに、九頭は酒に異様に弱かった。ジョッキ一杯どころか、ビール一舐めでべろべろになった。爬虫類はアルコールを分解出来ないのかも知れない。

据わった目でどこか遠くを見つめる九頭を、斜向いの席からぼうっと眺めていると、ここぞとばかりに隣の八雲が質問した。

「九頭クンってさ。どうしてこの会社入ったの？」

それは八雲のみならず、僕ら一川組の中で共有された疑問だった。九頭の学歴は申し分なかったし、日本最高峰のＩＢＳＭＳや機械学習トップカンファレンスの一つであるＩＣＭＬにも論文を通している。ＮＮアナリティクスは三流だとまで卑下するつもりはなかったが、超一流ではない。彼なら、それこそ海外の大企業の研究所を目指せたはずだ。

「鶏頭牛尾ってやつ？」

「トサカだ」

「はい？」

「頭の上のトサカが俺」

八雲は反論しなかった。僕も出来なかった。してもトサカにくることを言われるだけだろう。九頭は焦点の定まらない目で、おしぼりをいじりながら続けた。

「聞けよ、八雲。それから三下。人間ってのは、なあ、知性を誇る生物だ。爪を持たず、牙を持たず、器用な腕と脳のみが武器だ。だからこそ、自分を超えうる知性には敏感に反応する。落胆か、危機感か。AIってのは常に敵愾心にさらされてきた」

アルコールが回っていても、これぐらいのことは言えるらしい。

「この拒否反応は、自分のことを頭がいいと思っている連中や、AIなしで上手くやってきた連中が多いほど大きい。おかげで、日本は今や〝持たざる国〟になりつつある。日本の大学が束になっても、米国大企業の足を舐めるのが精一杯だ。国は〝選択ミスと集中〟を推し進めているし、企業は株主の顔色窺って挑戦を捨てた」

意外な発言だった。いつも自分以外全てを冷笑していた彼が、そこまで周りを見て物を考えているとは思わなかった。

「夢が必要なんだ。未来図を描き、啓蒙し、規制を払いのけ、投資を呼び込むための夢が。小石一つに躓いて、今の足場に固執すれば、この国のＡＩは二度と飛躍出来なくなる。そこで、あれだ。一川センセイの登場だ」

「一川さんが？」

「あれは誇大妄想狂だ。自己愛でネジが飛んでる。確実にサイコパスだ」

君もね、と僕は口に出しそこねた。

「だがそれがいい。奴の妄想は警察なんていう、利権の城に食い込む力がある。そして、ここにはその誇大妄想に色を塗ってやろうって連中が集まってる。つまり、その、あー……

……」

珍しく、九頭が言いよどんだ。

「この会社、サニーを作りそうに見えたんだよ」

「サニーって？」

八雲は聞き返したが、九頭はそれきり話を打ち切った。そして、いつも通り世の全てを斜めに見た雰囲気を醸し出した。

けれど、僕には解った。これは彼の本心だ。

個人認証チップの奪取作戦は失敗した。Adversarial Example の素材は手に入らず、打鍵音認識キーロガーもその役割を果たせなかった。残ったのは指の節の痛みだけだ。

アジトに戻った僕らは、思い思いの方法で腹の中のままならなさを消化しようとしていた。つまり、五嶋は007ゴールドフィンガーを見て、僕はそれに付き合わされた。

勝利の前祝いとして用意していたワインボトルが、台所から恨みがましくこちらを見ている。

「やってくれたぜ。九頭野郎」

五嶋は十五回目の台詞を吐いた。

「どうします？　もう暗がりで六条さんに殴りかかります？」

「シャラップだ、三ノ瀬ちゃん。エンターテイナーの矜持を忘れるな。面白くなけりゃ、俺たちはそのへんのゴロツキと変わらない」

現金輸送車強盗に見下されるなんて、そのへんのゴロツキが可哀そうだ。しかし、僕も本気で言ったわけじゃない。五嶋はともかく、暴力素人の僕がヤクザにその手で勝るとは思えない。

映画では、金髪の太った男がイカサマカードゲームに興じていた。愛人を使った手札の盗撮だ。愛人にホテルのベランダから相手のカードを覗かせているのだ。007はイカサマ男の部屋に侵入すると、三十秒足らずでその愛人とねんごろになり、イカサマの仕掛けを奪っていた。男がいたらどうするのだろう。

五嶋は映画を見ているが、心ここにあらずといった様子だ。甘ったるいしるこ缶を飲みながら、クールに、エレガントに、と時折ぶつぶつ呟いている。

五嶋は優秀な人物だ。頭はキレるし、度胸も体力もあり、人心掌握術に長ける。技術者でも、経営者でも、表で生きれば一端の成功者になっていたに違いない。

しかし、それでもここは砂場なのだ。彼はＡＩの素人で、僕でなくとも、彼の相方を務められる技術者はいくらでもいる。僕より度胸も体力もあって、頭のいい犯罪者もいるだろう。彼がそれに気付いた時、僕はどうなるのだろう。

そんなことを考えていると、五嶋はこちらを一瞥もせず、こう言った。

「ハゲの挑発はもう忘れろ。あんなのは金箔の女と一緒だ」

僕はたとえ話が通じていない時の顔をしたが、それも数分のことだった。画面に答えが出てきたからだ。全身に金箔を塗られた女性が、ベッドの上で倒れていた。宇宙人かなにかかと思ったが、どうやら暗殺の被害者らしい。全身に金箔を塗られて、皮膚呼吸が出来なくて窒息死したと説明されていた。

「皮膚呼吸で窒息死ってしませんよね」

「しないが、問題はそこじゃない。この時間も金もかかる面倒くさい殺し方に、何の意味もないことだ」

　僕は「え？」としか言えなかった。ここから始まる謎とドラマに期待したのに。オープニングでもがっつりフィーチャーされているのに。暗殺者は何を考えているんだ。タオルでもシーツでも、窒息死させるための道具があるのに、何故そんな無駄に金《かね》と金《きん》のかかる手段を。犯罪組織にも予算消化のノルマがあるのだろうか。

「冒頭の一事件には関与するが、ソレ以降はなかったも同然。意味深なだけ。それが金箔女だ。あのハゲも同じ。さっさと忘れろ」

　気にしてなどいない。九頭の指摘は事実だが、とうに解っていたことだ。事実をただ事実として突きつけられたとて、現実は何も変わらない。

「まあ、なんだかんだ気晴らしにはなりましたよ。アシストスーツの展示は面白かったし」

「ミニスロットもあればよかったな」

「ええ、そう、です……ね」

　ミニスロット。その単語がトリガーだった。背筋にばちりと電気が走り、脳の奥に痺れるような感覚を味わう。久々だが、忘れられない気分だ。これは閃きだ。

「どうしたよ、三ノ瀬ちゃん。ブラクラ踏んだみたいな顔して」

「六条さんって、当日にチェックインするんですよね」

「ああ」

「駐車場から博多グランドホテルのエントランスまで、何台ぐらいミニスロットと会いました？」

「さあ。三、四台はあったかな」

「それらのミニスロットの画面、盗撮出来ませんか？　出来るだけ正面から」

「ん？　ああ。カジノ外なら警戒も薄いから、カメラぐらいどうにでもなるが」

僕は考える。今回の場合は、西原から得た情報でモデルの構造は解っている。元ネタ論文と彼らが提唱したネットワーク構造は知っている。事前学習の方法も、そのチューニング方法も聞き出した。データはないが……。

「やれるかも知れません」

ミニスロットのモニターに表示されていた画像と矩形位置、確信度。あれらは個人認証チップの出力だ。ミニスロットのカメラ画像を得たときに、個人認証チップが1：N認証をどう処理したのか、その結果が表示されている。

システムの入力があり、出力が提示されている。さらに、モデル構造も知っている。道は拓けた。

「ミニスロットの画面出力を使って、個人認証チップのコピーを作り出すんです。あとは、それを騙すノイズを作ればいい」

「ミニスロットの金箔が剝がれたな」

五嶋は手を叩いた。

「よくやった、三ノ瀬ちゃん。Z級映画の無駄歩きシーンより退屈な二十分は無駄じゃなかった」

五嶋は台所に駆け寄って事前祝杯を取ってきた。

「精度を担保するために、最終的に六条をミニスロットに写して現場でチューニングする必要がありそうですが」

「かかる時間は？」

僕はこれまでの経験からざっと検算した。盗撮画像の鮮明化、三次元座標を意識した回転、矩形の抜き出し、その他クレンジング、ラベル付け。コピーモデルの学習、評価、テスト。それを騙すAdversarial Example生成器の学習、評価、テスト。

「ざっと一時間もあれば充分です」

五嶋は掲げたワインボトルをそっと机に置いた。

「十分？」

「一時間です」

「なあ三ノ瀬ちゃん。六条がホテルのバーに入る瞬間に、個人認証チップを騙して入れ替わろうって作戦なのは覚えてるよな？」

僕は頷いた。六条が確実に通るカメラの死角はバーの入り口しかないし、入れ替わりのタイミングもそこしかない。バーを出る時では遅いのだ。ＶＩＰルームに入ろうとすれば、顔認証で入れ替わりに気付かれる。

「駐車場から、ホテル二階のバーまでの百六十メートルの距離を、一時間かけて歩いてもらうのか？」

僕は押し黙ってしばらく考えたが、やがて考える内容がないことに気付いた。

「ええと、チェックインは？」

「電子化済」

微妙な沈黙の微妙な帳が降りる。五嶋はコルクに刺してしまった栓抜きを戻そうと四苦八苦していた。

作戦の肝はスピードだった。六条のＶＩＰルーム入室よりも先に、バーでくつろいでいる間に現金化手続きを済ませる必要があった。チャンスは一度きりだ。バーに入り込まれたらもう手出し出来ない。

「並列化して高速に処理出来ないか？」

「一川先生に頭を下げてAWSを貸してもらえれば」

「前回と同じように、専用回路作って並列化……いや、無理か。学習は出来ないもんなアレ」

「一時間、六条さんの足にしがみついて引き止めましょうか」

「いいね。Adversarial Example で俺らをスリッパにしてもらうか」

「検証してみましょうか？」

「皮肉だから結構だ」

「僕もそのつもりです」

五嶋は喉を唸らせ、無言で映画に戻った。敵に捕まった007は囚われの身とは思えないほど自由奔放に歩き回り、空でも陸でも女を口説いていた。しかしとうとう親玉の大目玉を食らって監禁されてしまった。一応牢屋の概念がある世界なんだな、と僕は思った。

すると、いつものように、五嶋は唐突なことを言った。

「前フリをくれないか。三ノ瀬ちゃん」

前フリを要求されるのは人生で初めてだったので、僕は怪訝な顔をした。

「ミニスロットの件みたく、前フリをくれ。〝逆転〟ってワードを思い起こさせてくれよ。早く」

「もしかして、何か思いつきました?」

「まだ思いついてないぞ。閃きには前フリが必要だからな。忘れる前に早く。ゴールドフィンガーに絡めて」

後付の前フリに何の意味があるのだろう。

「007の逆転が楽しみですね」

「十二点」

五嶋は人心掌握術に長けていると先述した。あれを撤回させて欲しい。

「だがそれだ」

「それですか」

「六条がVIPルームに入る前に事が片付かないのなら、入ってからカメラの外に追いやればいいんだよ。逆転の発想ってやつ」

始めは「何を言っているんだこの人は」となったが、理解が進むと膝を打たずにいられなかった。逆転と呼ぶにはシンプル過ぎるが、五嶋の言う通りだ。解けない問題があるのなら、問題を変えてやればいい。分解能を変える思考は重要だ。

「バーで下剤を飲ませてトイレに籠もらせれば」

「いい線行ってるが、一歩足りない。一つに、六条もアレで若頭だ。ここ一番の大勝負となれば、漏らしてでも席を立たない可能性がある。二つに、四郎丸の手下に勘付かれる可能性がある。三つに、雰囲気がない」

「雰囲気ですか」

「雰囲気を馬鹿にしちゃいけないぜ。ゴールドフィンガーがガバガバ脚本でも名作なのは、ひとえに雰囲気作りの力とクライマックスのインパクトだ。ジョン・ウィックもわりと普通に車にひかれるが、雰囲気は無敵だ」

僕は気のない返事のレパートリーが尽きたことに気付いた。

「そこでだ、一つ雰囲気作りの提案があるんだが……」

そして、五嶋は雑な前フリから生まれたとは思えない構想を語りだした。身振り手振りを交え、演技し、奇声をあげ、得意げに締めくくった。

「どうよこれ？」

僕は考えた。頭の中で検証した。五嶋の提案の実現可能性を。メリットとデメリットを。

そして。

「機械学習に絶対はありませんが」

と前置きして、事前祝杯のコルクを抜いた。

4

作戦完成からの十九日間は、忙しくも地味極まりない日々だった。日がな一日コンソールとにらめっこし、博多グランドホテルの照明系にプログラムを仕込み、警備の合間をぬってわずかな実験を繰り返す。五嶋曰く、アップテンポなロックと共にザッピング映像で流されるような時間を過ごした。

そして、決行の日はやってきた。


博多グランドホテルは、十七のカジノの中では中堅かやや下のランクに位置している。その名の通り宿泊施設が本業で、十一階建ての二階から四階までがカジノだ。一階はフロントやレストラン、五階は従業員用の設備となっており、六階から上は客室だ。

ＶＩＰルームを除くカジノの内装は、五嶋が事前に撮影している。それを三次元再構成し、ＶＲゴーグルを使って何度も歩き回った。スロットの場所、バーの位置、テーブルの位置、監視カメラの場所と角度、柱の数、観葉植物の鉢植えの配置、ボーイの定位置その他、構造は全て把握していた。

しかしだ。それでもだ。カジノに入っての感想は、場違いの一言に尽きた。

絨毯はふわふわしているし、照明も上品でふわふわしており、給仕のサンドイッチはやたらパン生地がふわふわで、中のローストビーフまでふわふわだ。ワインを味わう余裕はないが、味わわずともすでに意識がふわふわしている。着慣らしたはずのスーツも着心地が悪い。

博多カジノの客層は別にお上品ではない。いかにも成金然とした人物もいるし、自分では一銭も稼いでいないであろうボンボンもいる。しかし、共通しているのは、どのような由来であれ、彼らは金を持っているということだ。僕が現金輸送車を襲ってまで手に入れようとしたものを、彼らは何の罪も犯さず持っている。その重圧が、きっと僕をふわふわにしているのだ。

『呑まれるなよ、三ノ瀬ちゃん』

耳に仕込んだマイクロイヤホンから、五嶋の声がした。彼は事前に客として潜入し、照明関係の工作の最終調整を行っているはずだ。

実のところ、既に計画の第一段階はつつがなく終了していた。ミニスロットを送って六条を個人認証チップに認識させ、その結果を盗撮してサーバーにアップした。今は僕を六条化するための Adversarial Example 生成モデルの学習中だ。

『アライグマはバーに入った。今お仲間と偶然の出会いを演出してるとこだ』

ここで言うアライグマとは、もちろん六条のことを指している。その愛らしい見た目がたとえ話の可愛い六条にお似合いであるし、金を洗うし、一匹三千円で駆除されて欲しいし、ぴったりのあだ名だ。

『それじゃ、あとは手筈通りに』

僕はローストビーフ入りのサンドイッチを二枚つまんで、このカジノで数少ない監視カメラのない場所に向かった。

やたらとふわふわした絨毯を踏み、僕はジュラルミンケースを持ってトイレに入った。

世の中のテカリには二種類あると思う。安いテカリと高いテカリだ。安いテカリというのは中華屋の床のような油のテカリで、高いテカリは大理石とかその手のテカリだ。当然、ホテルのトイレは高いテカリをしていた。自宅の床よりこのトイレの床の方が清潔だと確信させるほどには掃除が行き届いていた。

目を見張るほどの清潔感だったが、もっと目を見張らなければならない事態があった。

スマートフォンを即座に立ち上げ、小声で助けを求める。

『緊急事態発生。コードBです』

『なんてこった、コードBだと？　……で、何だっけB』

『便器のBですよ。個室が全部埋まってるんです』

『集団食中毒かよ』

トイレフロアそのものは小学校の教室よりも広いのだが、一室一室がファーストクラスなせいで、何と全部で四室しかない。

左から一人目は明らかに長丁場だ。彼を個室から引きずり出すには、消化器系の医師を連れてくる必要があるだろう。

真ん中の二人はより深刻だ。力みではなく嗚咽が聞こえてくる。どうやら信じ難い程負けたらしい。彼らを悲しみの底から引きずり出すには、腕利きのカウンセラーか札束を連れてくる必要があるだろう。

最後は打って変わって深刻さゼロだ。トイレどころか、何と新聞紙（このご時世に紙媒体！）をめくっている音がする。狙うならここだろうが……。

『何とかするんだ、三ノ瀬ちゃん。六条の奴がバーから出たらご破算でご破産だぞ！』

『何とかって、具体的にはどうすれば……』

『ほら、相席をお願いするとか』

『OKされたらどうするんです？』

『じゃあバケツで水でもぶっかけて追い出せよ！』

『トラブル間違いなしでしょう。あれ結構リアルに寒いんですよ』

『お、おう。……やられたことあるんだ。何かゴメンな』

しまった。全く意味なく墓穴を掘ってしまった。

とにかく、ここは自分の力で乗り切る他ないようだ。五嶋の手を借りず、新聞男を個室から引きずり出すのだ。

思い出せ。己の胃腸の弱さを。思い出せ。ストレス耐性の低さを。思い出せ。昼食べた黒豚トンカツがどうも古い油で揚げた感じがしたことを。僕は大学入試の一ヶ月間で正露玉を百二十個飲んだ男。やってやれないことはないはずだ。

二秒の精神統一ののち、僕は己を解き放った。

「す、すみませぇん……。あの、もう済まれましたか……？」

会心の出来であった。蚊よりもか細く、線香一つで即死しそうな声だ。犯罪のためにトイレに駆け込むという極めて情けない状況が、情けない僕の内なる情けなさを覚醒させたのだ。

これならば、非情な新聞男も無視は出来まい。僕はそう確信した。

確信したのだが、僕は己の確信の確度はあまり高くないことも知っていた。

「…………」

返事がない。ただ、ページをめくる音だけが響き、隣の大損男の嗚咽に溶けて消える。

「あの……！」

「お前、七並べは好きか？」

ドアごしの一言で僕は直感した。これは五嶋系の人種だ。演出過多で、意味不明な自意識と美意識にまみれていて、関わるべきでない人物だ。

「俺は大好きだ。娯楽に不自由しない家庭だったが、最新のプレイステーションよりも、五十二枚の紙束こそ俺にとっての最高のゲームだった。思い出すよ。ジョーカーの尽きたフィールド。憤るクラスメートの少女。彼女の目尻に次第に泪が溜まっていくのを横目で見ながら、俺はスペードの四を握りしめていた。……思えば、あれが初恋だった」

僕はバケツの水をぶっかけたい衝動を必死でこらえた。

「すみません、もう我慢が……」

「出来なくても、せざるを得ない。お前はスペードの三だからだ」

三ノ瀬だけにか。

「お前もこのホテルの客ならば、理解しているだろう。俺たちは人より優れている。何故なら人より金を持っているからだ。だが、同時に平等でもあることを、お前は嚙み締めているはずだ。先生などと呼ばれるようになっても、他人に見られたくない生理的欲求は抑え切れない」

「あの、漏れそうで」

「福沢諭吉は学問こそが人の貴賤に繫がるのだと説いたが、私の考えは少々違う。スペードの四だ。ルールを理解し、命綱を握る。それこそが肝要なのだよ」

　よし、と、僕はバケツを探し始めた。とりあえず洗面台に水を溜め始めたところで、大きな泣き声と共に乱暴にドアの開く音がした。振り返ると、負け犬感あふれる男が顔を真っ赤にしていた。彼は何かしらの何かを喚くと、どこかへ走り去っていった。もしや、新聞男の説教が効いたのだろうか。

　ともかく、僕はすぐさま空いたトイレに駆け込んだ。

「他のプレイヤーに救われたな」

　新聞男が言う。

「スペードの四を預けよう。次の見世物があるのでね」

　男はすぐにドアを開けて、軽やかな足取りで去っていった。僕は彼にあらん限りの罵詈雑言をぶつけたかったが、五嶋に急かされた上、勇気がないので止めておいた。

トイレに籠もるや否や、ジュラルミンケースを開いて、仕事場を作り上げる。HDDなしでSSDのみの小型軽量ノートPC。この日のために選びぬいた打鍵音ゼロの薄型キーボードにゴム製カバー。そして、WIFI中継機。

ネット回線を制限した前回と違い、今回は（暗号化の手間があるとは言え）自由にネットが使える。重い処理は貸しサーバーに任せて、手元のPCはあくまで端末に徹する構えだ。

腹痛男に聞こえぬよう、そっとPCを起動すると、モニターにホテルの廊下の映像が表示された。五嶋の胸ポケットのペン型カメラから中継されたものだ。

五嶋がワインを探す体で周囲を見渡す。ブロックノイズの多い荒い画質の映像に、剃り込みの入った後頭部が写った。

（……見つけた）

六条だ。大股でバーを練り歩き、仕草のみで威張りくさっている。いかり肩でタバコをふかし、いかり肩でウェイターにガンをつける。とてもじゃないが、これからイカサマポーカーで借金返済に挑む人間とは思えない。中々の演技派だ。

さて、もし事前知識なしに僕達の犯行を眺める人物──例えば映画の観客──がいるとすれば、彼らはここで当然の疑問を抱くはずだ。

すなわち、『時既に遅しなんじゃないか？』と。

再確認になるが、六条の金はすでに個人認証チップに換金されている。バットで殴りかかって盗めるものではない。個人認証チップを騙すAdversarial Example生成モデルは未だチューニング中だ。

もしAdversarial Example生成モデルが学習されたとしても、入れ替わりのチャンスは六条がバーを出る時のみだ。六条はすぐにVIPルームに向かうだろうし、その時チップ残高が露呈する。六条はキャッシャーに連絡を入れ、自身のIDの取引を一時停止させるだろう。

VIPルームは個室になっていて、ドアの前には生身の警備員。中に入れば手出し出来ない。巨額が動くゲームの進行は、中央のサーバーで監視されている。無理に侵入しようとすれば、警察が駆けつけて、あっという間にお縄だ。VIPルームの六条をカメラ外に引きずり出す手段はどこにもない。

『だから、僕達は六条のマネーロンダリングを、指を咥えて眺めることしか出来ない』

『いいねぇ、その不可能煽り。三ノ瀬ちゃんも演出ってもんが解ってきたじゃないの』

そう言いながら、画面の向こうで、五嶋が給仕の盆から白ワインを受け取った。

『さて、裏切り者のサーカスと行こうか』

通話ごしでも、五嶋のニヤケ面が目に浮かんだ。

5

俺の名は六条。ラッキーワードは〝身の程〟の男。とある任侠団体の若頭を任されている。

この稼業をやっていて常々感じるわけだが、個人の暴力に差はない。チャカ一つあれば、小学生だってプロボクサーを殺せる。３Ｄプリンタが普及した今なら、チャカ一つの差ってのはないも同然だ。

重要なのは、そんな当たり前の事実を、世間に気付かせてはならないってことだ。弱者が力を自認すると、必ず悲劇が起こる。テロなんてのはまさしくその象徴だ。身の程知らずが増えることは、社会不和の原因だ。

世の中の全ての人間が身の程を弁えれば、世界平和が実現するはずだ。素人は素人らしくカモになり、サツはサツらしく雑魚犯罪者をしばき、俺たちはプロの仕事をする。

弱者の抵抗無き弱肉強食こそ、真に人間らしい社会だ。

だからこそ、俺は身の程社会の普及に尽力している。時には威圧で、時には金で、時には痛みで、カモ共に格の違いを思い知らせ、暴力の平等性から目を背けさせている。一種の社会貢献だ。

粋がった半グレ連中をフクロにしてやるのも、刑事告訴をチラつかせやがった馬鹿の家族に松阪牛を送るのも、『店の雰囲気にそぐわない』とプランター契約を拒否しやがった料理屋にゴキブリを放り込むのも、そして、いっちょ前に取り分を要求しやがったカモ技術者から金を巻き上げるのも、すべて美しく円滑な身の程社会のためだ。

さて、この俺が身の程を弁えた時の話をしよう。俺には田代という幼馴染がいた。近所で有名な悪ガキで、小学校からの付き合いだ。奴はどういうわけか、給食の残りを全部混ぜ合わせたアレ……通称〝地獄シチュー〟にご執心で、ムカつく先公には必ずそいつをぶっかけていた。食い残しをぶっかけるという行為は、暴力以上の屈辱を与えられる。手っ取り早く他人に身の程を知らせるにもってこいだった。

俺たちはすぐに意気投合し、様々な連中に身の程を教え込んでいった。地元中学高校を卒業し、一度パクられたあと、奴は俺と別れて九州に移り住んだ。風のうわさでどこぞの組に入ったと聞いたが、十年近く顔を合わせることはなかった。

そんなある日のことだ。仕事用のスマホに電話がかかってきた。番号をどこで知ったか解らないが、ともかく田代からだ。

奴は震える声でこう言った。

『午前一時までに、博多の産廃処理場に来てくれ』

声色からただならぬ様子を感じた俺は、部下にゴキブリ投擲の仕事を中断させて、すぐに博多へ車を走らせた。

しかし、生憎と事故渋滞が重なって、現場についたのは一時三分になってしまった。俺は祈りながら、酢の臭いをかき分け、消灯した工場を歩いていった。

すると、そこには懐かしき地獄シチューがあった。細かく砕かれたプラスチッククズに混ざって、大きく浅漬けの具が浮かんでいた。どうにも人のような形をしたそれは、どうにも悲鳴らしきものを発していて、それは誤魔化しようもなく田代だった。

「あー、少しいいか」

声の方を見ると、男達が簡素なテーブルでトランプ遊びに興じていた。そのうちの一人……場違いな高級スーツを着た男は、俺を一瞥もせずこう言った。

「お前、七並べは好きか」

俺は声を出せなかった。……と、思う。もしくは声が小さすぎて、田代の悲鳴にかき消されたのかも知れない。

ともかく、男はまごつく俺を心配して、こう追加してくれた。

「友達を助けに苛性ソーダのプールを泳ぐのと、どっちが好きだ？」

それで、俺はどうしたか？　聞くまでもないだろう。

部下と揃って日が昇るまで七並べを楽しんだ。身の程を知っているからだ。

その後、故あって親父が件の男に借金をすることになったわけだが、返済期限は一度として破ったことはない。もちろん、今日もだ。

その件の男こそ、博多の黒幕、四郎丸だ。


『酒の時間は終わりだ。仕事に入るぞ』

左耳のマイクロイヤホンから、野太い声が聞こえた。四郎丸の小間使い、内藤だ。小うるさい大男で、姑のように細かい野郎だが、無視は出来ない。奴は四郎丸のマネーロンダリング全般を取り仕切る実力者だ。逆らうことは俺の身の程に合わない。

顔パスで（個人認証チップで）バーの勘定を済ませて、席を立つ。その時だった。

「うわぁ！」

ひどく間抜けな声と共に、脇腹にひやりとした感覚を覚えた。一瞬、刃物を疑ったが、違う。ワインを引っ掛けられたのだ。

「す、すみません、申し訳ありません」

髭面の男がペコペコバッタの如く謝りながら、俺の袖にしがみついた。男はやたらと細かい動きでまとわりつくと、スリのような手際で俺の上着を奪い取った。

「テメェ、何を！」

「すぐにでも洗浄させてください！　弁償ならばいくらでも致しますので！」

上着を持っていこうとする男の首根っこをふん捕まえようとするも、イヤホンを庇いながらなので妙に手こずる。男を捕まえてなだめるまで、実に三十秒近くかかってしまった。

「大変なご迷惑を……」

普段なら髪の毛引っ摑んで、テーブルの角で額を割ってやるところだ。だが、今は余計な騒動を起こしたくない。俺はヤツの差し出したクリーニング代十万を黙って受け取り、軽く肩をはたくに留めた。運のいい野郎だ。

男はちょこまかと頭を下げ、腰にバネでもついているのかという勢いで謝りながら去っていく。

　どうにも胡散臭い男だった。計画が漏れているとは思えないが、何か細工をされた可能性がある。

　そこで、俺はふと気付いた。左耳から音が聞こえない。耳のつまり具合からしてイヤホンが抜けたわけではないが、音がない。

　冷静な俺は冷静に上着のポケットからスマートフォンを取り出す。ロックはまだかかっている。触られた様子はない。設定メニューを確認する。距離が離れたせいか、イヤホンの Bluetooth 接続が切れていた。再接続する。

『……いているのか。三番テーブルだ』

　内藤の声が聞こえた。何の問題もない。計画は続行している。俺はＶＩＰ会員用のゲートをくぐり、三番テーブルに向かった。


　三番テーブルでは、四人の男が俺を待っていた。老紳士然とした男、トレーダーらしき若造、企業の重役風のたぬき腹の男、スジ者風の男……。互いに素知らぬ顔をしているが、全て四郎丸の部下だ。

「よろしく」

素っ気なく挨拶して、ディーラーに差し出された席に座る。たぬき腹とスジ者風の間、四番目の席だ。浅黒い肌に天パのディーラーが俺の前に赤黄緑のチップを山と積む。顔認証チップが記録していた俺のチップ残高だ。

「では、始めましょう」

テキサスホールデムは、世界のカジノで最も遊ばれているポーカーのルールだ。自分の手札のみで勝負するのではなく、二枚のホールカード（手札）と、場にオープンされた最大五枚のコミュニティカードをあわせて役を作る。

ゲームはまずコミュニティカードが零枚の状態で始まり、三枚、四枚、五枚と増えていく。それぞれプリフロップ、フロップ、ターン、リバーという名がついていて、各タイミングで、プレイヤーはコールやレイズやフォールドといったアクションを選択する。

アクションはＳＢ（Small Bet）と呼ばれるプレイヤーから時計回りで行われる。ＳＢの次はＢＢ（Big Bet）、最後のプレイヤーはＤＢ（Deller Button）と呼ばれる。ＤＢの席にはそれを示すマーカーが置かれ、そのマーカーもゲームごとに時計回りに移動する。

共有情報量が多いことから、普通のポーカーよりも実力の要素が増えるが、結局のところ金と運とハッタリのゲームだ。

ビビリを演じてフォールドだけしていれば金の受け渡しは簡単なのだが、あからさまなやり方は監視の対象になる。忌々しい人工知能とやらで分析されているらしい。

『勝負は五ゲーム目からだ。一周は流れで行く』

ゴリラ声を耳元で聞かされ続けるのは気分が悪い。

『ゲーム中の行動履歴はＡＩで分析される。くれぐれも非合理なプレイは避けろ。滞りなく、ボスにボスの金を返せ。解ったな』

始めの五ゲームは、宣言通り緩やかな流れであった。役こそストレートなどの派手なものがあったが、掛け金は精々が八百万前後で収まっている。ゲームの最低掛け金にあたるブラインドが十万であるため、この程度は大した金額ではない。

凡人が一年かけて必死に稼ぐ金額を、涼しい顔で右から左へ。これぞ俺の身の程だ。七億を持つ男の程だ。

誰もが無意味なゲームと知りながら、配られたカードに一喜一憂する。エキストラ達の演技力もあり、場は十分に温まった。

『始めるぞ』

内藤の言葉で身が引き締まる。ディーラーが黙々とホールカードを配る。端をめくって確認する。ハートのジャックとハートの四だ。役が作れるほどではないが、スートは揃っている。悪くはない手札だ。

まずＳＢの老紳士が十万、ＢＢのトレーダーが二十万、強制的にベットする。次にたぬき腹が余裕の笑みを浮かべて、黄色のチップを一枚、百万分差し出した。

「レイズだ」

ＢＢの隣はＵＴＧと呼ばれ、他人の出方を見る前に行動しなければならないので、通常最も悪い席だ。ここで百万は身の程知らずのプレイである。もちろん、イカサマがなければの話だが。

『レイズしろ。二百万だ』

内藤の指示に従い、黄色を二枚差し出す。続いて、スジ者風がコールで黄色二枚。ＳＢの紳士風じいさんがコール。ＢＢのトレーダー風がフォールド。

これで、五人中四人がフォールドせずにフロップに進む。

集まったチップをディーラーがポットにかき集める。積まれた金額は二百万×四とＢＢの初期ベット二十万合わせて、八百二十万。まだ序の口だ。

ディーラーが山札の一番上を捨て、三枚のコミュニティカードをめくる。スペードのジャック、ハートの九、ダイヤの五がオープンされる。

『役があるなら舌打ちしろ。そうでなければ首をかけ』

自分の手札と場を入念に確認する。手元のカードはハートのジャックとハートの四。作れる役はジャックのワンペアだ。俺は舌を鳴らした。

エセ老紳士は俺の様子を観察しつつ、一気に赤色のチップを三枚……。実に三千万分を上乗せしてきた。

「ベット」

次にたぬき腹が赤色チップ三枚でコール。これで、場には既に六千万以上の金が無造作に放り出されていることになる。

『レイズしろ。一億追加だ』

（フォールド渡しか）

役の存在を確認した上で高額ベットさせるということは、『初手が良くて強気に出たが、相手の勢いに押されてフォールドする』というシナリオを描いたのだろう。細かく数度繰り返せば、確実に四郎丸に綺麗な金を渡せる。

「レイズ」

赤色チップ十枚をベット。プロの目からも重い金額なのか、ディーラーの眉が僅かにあがる。スジ者が舌打ちしてフォールドし、老紳士とたぬき腹がコールする。これで、ポットには三億と八百二十万の金が積まれた。

フロップが終わり、ターンに移る。ディーラーによって、コミュニティカードがもう一枚オープンされる。ハートの二。役に変化はない。

『九を含むワンペアより強いなら首を傾げろ。そうでなければ首をかけ』

俺は首を傾げた。合図の意味もあるが、質問の意図に首を傾げたかったからでもある。

確かに、これは場合によってはフラッシュも狙える手札だ。まだ強気にベットしても不自然ではないが……。既に掛け金が跳ね上がっている。そろそろフォールド指示を出す頃合いではないか。

「ベット」

SBの紳士ジジイが五千万をかける。そして、たぬき腹がさらに五千万レイズ。これで一人頭の合計掛け金は二億と端数だ。胃の弱い野郎ならば、既に卒倒している金額だ。

『コールしろ』

指示通りにコール。全員コールで、最終ラウンド、リバーに移行する。

ディーラーが最後のコミュニティカードをオープンする。

（ハートの五、か）

まとめると、コミュニティカードはスペードのジャック、ハートの九、ダイヤの五、ハートの五、ハートの二となった。

場だけで五のワンペアが出来上がっている。先程のジャックのペアと合わせれば、ツーペアが出来上がるが……。

（なんてこった。それ以上か）

場にハートが三枚。手元にハートが二枚。ハートのフラッシュが完成した。

『五のスリーカードより強い手なら右手首を摑め。そうでなければ左手首だ』

俺は右手首を摑んだ。

「ベット」

紳士面ジジイが当然のように五千万ベット。たぬき腹が五千万レイズ。一人頭の掛け金は三億にまで跳ね上がる。

（潮時だな）

三億という額は十分な圧力を持っている。既にベットした二億も決して安くはないが、手持ちの三分の一と考えれば、損切のタイミングだ。

俺は内藤のフォールド指示を待った。だが、左耳から聞こえてきたのは、頭を疑う一言だった。

『レイズしろ。一億』

（……レイズだと？）

ポットには既に六億分のチップがうず高く積み上がっている。さらに一億乗せれば、一人頭の掛け金は四億超。手持ちの半分を超える。まるで金の圧力で相手をフォールドさせるようなプレイだ。

（正気か？）

例えばそう、『勝負に熱が入ったところで、運良く強力な役が出来る。チップを全て投入するが、負けて素寒貧になる』というシナリオならいい。よくあるカモの動きだ。工作は一度でよく、ボロを出しづらい。

だが、それは決して降りないカモの戦い方だ。これ以上チップを投げて戦わず引き下がったらカモですらない。ただの慈善家だ。サツに目をつけられてもいいのか？

『もたもたするな。レイズだ』

しかし、俺は身の程を知っている男だ。そして、巽の唱え方を知らない男だ。

早く終わってくれと願いながら、震える手で一億のチップを差し出す。

「リリレイズ」

紳士ジジイが再び五千万リレイズ。ここに来て、たぬき腹が折れる。

「重すぎる。フォールドだ」

三億の金をドブに捨てる、無念の棄権だ。

（よし、助け舟だ！）

たぬき腹のアクションで、意地を捨てる流れが出来た。これでフォールド出来る。逃げられる。俺は救われた心地になった。脂ぎった額が大黒様にすら見えた。これでようやく、馬鹿の綱渡りからも解放され……。

『レイズ。五千万』

一瞬、俺は振り返って内藤のゴリラ面を探しそうになった。

（まだ続けるのか？ ショーダウンまで持っていくつもりか？ だったら、何故五のスリーカードより〝強い〟役かを確認した？）

次々と浮かび上がる疑問を、しかし必死に噛み殺す。落ち着け。身の程だ。落ち着け。考えるな。田代を思い出せ。四郎丸相手に思考は身の程を弁えない行為だ。ただ金を差し出す機械になればいい。指示を違えれば殺されても文句は言えない。

「レ、レイズ」

指先だけでなく、声まで震えだした。赤色のチップを差し出すことを、骨髄に染み込んだ身の程が拒絶している。身の程の許容限界が近い。

掛け金五億と端数。現金輸送車を襲わせて得た金の大半が、フォールドによって失われる。

「レイズ」

紳士風クソジジイが飄々と五千万上積みする。そして。

『レイズしろ。一億だ』

（……違う）

こんなことは間違っている。場とポットと合わせて、現在の合計掛け金は十三億を超えた。レイズすれば十四億だ。ジジイが応えれば十五億以上。多すぎる。大きすぎる。重すぎる。俺の身の程はその重みに耐えられない。

汗腺すべてから脂汗が流れ出す。酸素が足りない。耳鳴りがする。

どうしてフォールドさせないんだ。どうして逃げさせてくれないんだ。指示を聞き間違えたのか？　三度も？　いっそ無視してフォールドするか？　馬鹿が、身の程を知れ！

内藤が俺をはめようとしている？　あり得ない！　これまで、俺は忠実に金を渡してきた。東京の女だって抱かせた。しかし、もし指示通りレイズして、もしジジイがコールしたらどうなる？

（もし、勝ってしまったら……どうなる？　もし、ポットの十三億を、四郎丸の金を奪ってしまったら、一体どうなる？）

頭の中が地獄シチューだ。酸の風呂で田代が暴れている。頬肉が溶けて笑っているように見えて、それでも断末魔は止まらなかった。

俺は頼んだ。「ヤツを介錯させてください。ダチなんです」

四郎丸は言った。「それはダイヤの八を置くより重要なことか？」

違う。違うんだ。もう止めてくれ。助けてくれ。フォールドさせてくれ。俺の身の程が決壊する！

だが、俺の脊髄は服従を選ぶ。

「レイズ」

そして、ジジイは手札を確認し……。チップを出した。

「コール」

無重力に投げ出された心地だった。掛け金が揃ってしまった。

「ショーダウンです」

浅黒いディーラーは無慈悲に言った。俺はヤツの天パを摑んで毟り取ってやりたくなった。

「最後にレイズされた六条様、ハンドの公開を」

コミュニティカードはスペードのジャック、ハートの九、ダイヤの五、ハートの五、ハートの二。ホールカードはハートのジャックとハートの四。出来上がった役はハートのフラッシュ。

「六条様、公開を」

俺は身の程を知っている。俺は身の丈を全うした。内藤の言う通りに動いた。

だが、それでもフラッシュだ。強力な役だ。カードを七枚使うテキサスホールデムにおいても、成立確率三パーセントの役だ。

これを見せたら、俺はどうなる。どうなる。勝ってしまったらどうなる。どう……。

「フルハウスだろ」

溶けかけの田代が言う。地獄シチューの底で言う。

「ジジイの役、フルハウスだろ」

(あ、そうか。そうだよな)

流石田代だ。地獄シチュー考案の男だ。目の付け所が違う。そうだ、フルハウスに決まっている。コミュニティカードだけで五のペアが出来上がっているのだ。あとはジャックか、九か、二のペアを手札に持っていれば、簡単にフルハウスが出来上がる。五を一枚と、ジャックか九か二を一枚でもいい。フラッシュなんて、この場では大した役でもない。内藤には『スリーカード以上か』を聞かれたが、そんなこともうどうだっていい。

そうだ。フルハウスだ。フルハウスだ。フルハウスだ。フルハウスだ。フルハウスだ。フルハウスだ。フルハウスだ。フルハウスだ。フルハウスだ。フルハウスだ。フルハウスだ。フルハウスだ。

「六条様！」

「フルハウスだ！」

俺は手札を投げ出した。ディーラーは眉をひそめた。

「フラッシュのようですが」

対戦相手のジジイの顔が歪む。そいつは投げ出すようにホールカードを……。

ハートの十とスペードの五を公開した。

俺はフルハウスを探した。五が三枚揃っている。あとはワンペアが出来ればいい。ジジイのホールカードに十があるのだから、コミュニティカードに十があって当然なのだ。

そう、絶対にあるのだ。ジジイの役が五のスリーカードで終わるはずがない。スペードのジャック、ハートの九、ハートの二の中に、十があるのだ。絶対に、絶対に……。

「おめでとう」

ジジイが一言言って席を立つ。

「コレ以上の勝負はないだろう。お開きだ」

トレーダー風が去り、スジ者風も去る。ディーラーがポットからショバ代を抜いて、俺の前に十五億のチップを積み上げる。六億五千万は四郎丸から借りていた金、残りは俺が四郎丸から奪った金だ。

　酸の匂いがする。溶けた田代が笑っている。俺も溶けている。世界が溶けている。

「どうしたんだ？　笑えよ。大勝ちじゃないか」

　たぬき腹が言う。

「どうして、俺は、こんなつもりじゃ……」

「こんなつもりだったんだよ。お前は。最初から。ギャンブルだもんな。当然だ」

　たぬき腹が立ち上がる。

「たっぷり余韻に浸るといい。こんな夜、二度と味わえないだろう」

　違う。違うんだ。間違いだ。あるはずなんだ。あったはずなんだ。フルハウスが、そこに……。

「お楽しみのところ、申し訳ございません」

　背後から声をかけられた。先程までイヤホン越しに聞いていた声だ。振り返りたくない。

だが、俺は振り返る。それが俺の身の程だ。

「六条氏。先方がお呼びです」

　スーツ姿の毛深い大男が立っていた。

「……内藤、さん」

『身の丈以上の演技でしたよ。六条さん』

イヤホンから〝内藤の声〟がそう言った。

6

＞身の丈以上の演技でしたよ。六条さん

僕は捨て台詞をキーボードに打ち込んだ。偽らざる本心だ（嫌味）。

さて、言うまでもなく、先程の六条ポーカーの黒幕は僕らである。六条の通信を傍受して、内容を一部改ざんしたのだ。内藤が『スリーカード未満』として出した指示を、『スリーカードより強い』に変更した。内藤のシナリオでは、六条はスリーカード未満の手に勝負をかけ、ＳＢに討ち取られるはずだったのだろう。

スパイ映画なら二秒で解決しそうな問題だが、少しばかり語らせてもらう。何せ、僕の活躍はそこにしかないのだから。

まず、どうやって六条の通信に割り込んだのか、の話をしよう。

トランシーバーによる通信は監視されているし、電話は外部に通話履歴が残る。六条が使うのはネット回線による通話だ。

六条のＩＴリテラシーはお粗末だが、流石にカジノ提供のルータを無視して、フリーＷＩＦＩを使うほどではないし、暗号化せずに犯罪談義に興じるほどでもない。

彼らは暗号化に一般的なＳＳＬ通信を採用している。いわゆる公開鍵と秘密鍵を使った認証方法だ。一方通行の通話のため、秘密鍵は内藤側が保管しているもので、僕らには預かり知らぬどこかにある。よってネット回線への介入は困難だ。彼らの使う通信アプリの仕様が解れば脆弱性を突ける可能性もあるが、もちろんそんなものは一切不明だ。

つまり、六条のスマートフォンと内藤の間に、介入の余地はどこにもない。

（けれど、スマートフォンから左耳の隠しイヤホンを繋ぐ、Bluetoothとなれば話は別だ）

マイクロイヤホンはBluetooth 5.0の規格である、Bluetooth LEを使っている。LEはLow Energyの略で、その名の通り低消費電力を売りにしている。通信距離は二・五メートル程度。Bluetoothの通信は常にマスターとスレーブのペアで行われ、一度接続が確立すると、スレーブ側はそれ以外の通信を受け付けない。

そこで、変装した五嶋に活躍してもらった。白ワインをぶっかけて、六条の腰のベルトにBluetoothとＷＩＦＩの薄型中継機を仕込んだのだ。さらに、上着を奪うことで六条のスマートフォンとイヤホンの通信を切断し、その間に中継機をマスターとして、イヤホンとペアリングさせる。これで、イヤホンのコントロールを奪うことが出来る。

だが、それだけでは不十分だ。肝心の内藤の指示が傍受出来ない。

最後の仕上げは主演がやってくれた。六条はスマートフォンとイヤホンの接続をやり直したつもりだろうが、実際のイヤホンは既に専有されている。彼がスマホから繋いだのは、Bluetooth名を偽装した中継機だ。

彼が中継機とペアリングしたことで、〈内藤→スマートフォン→中継機→僕のPC→中継機→イヤホン〉の流れが完成した。

『六条ちゃんが上着にスマホ入れる派で助かったよ』

と、五嶋は言う。

『下手すりゃブリーフまで脱がす羽目になった』

通信の傍受が出来ても、内藤の発言を改ざんするにはもう一ステップ必要になる。

おなじみであろう、音声合成の話だ。

深層生成モデルのメジャーな技術は、大きく三種類存在する。一つ目は、敵対的生成モデル。二つ目は、変分モデル。三つ目は、自己回帰モデル。自己回帰モデルは、波形全体の同時確率を事前確率と条件付き確率の積に分解して表現することで、生成データの尤度

（＝尤もらしさ）を直接最適化出来る。

　今回採用したのは、自己回帰型生成モデルの一種、Wavenet next 3だ。これは画像分野で発展したCNNと呼ばれる畳み込み構造を音声に利用したもので、音をある種の横幅1の細長い画像として表現する手法だ。

　Wavenet next は音声の波形構造をDilated Convolutionで抽出しTransformerで加工する。そして中間層で文章を表現する意味ベクトルと、それに直交する感情ベクトル、人物ベクトルに分解する。

　あとは、PCに打ち込んだテキストを別の言語モデルで意味ベクトルにエンコードして、Wavenet next 上で意味ベクトルだけ入れ替えて音声にデコードすれば、あっと言う間に内藤の偽音声が生成出来る。

　ナマで聞くとまだ違和感を拭い切れない精度だが、そこはマイクロイヤホンの音質の悪さが目くらまし（？）になった。

『アライグマが舞台袖に降りたぞ』

　どうやら、六条が監視カメラの届かないどこかに連れて行かれたようだ。恐らくは高ランクの客室だろう。

　今、彼がどんな顔でどんなことを言っているのかは解らないが、まあ、強盗直後に裏切られた僕よりはシャンとしているはずだ。

『仕上げにかかりましょう』

先程のポーカー、勝ったのは六条で、十五億を手に入れたのも彼だ。僕らじゃない。復讐とはすっきりするが虚しいものだ。虚しいだけで終わらせないために、何よりこの先逃げ延びるために、実利が必要だ。

だから、あとは仕上げだ。六条が勝ったのだから、六条になればいい。

アタッシュケースから取り出したスーツに着替え、ペットボトルの水で脇腹あたりを少々濡らす。ポマードでオールバックに固めて、しかめっ面を作る。ここまで二分少々。日々の反復練習のお陰だ。

僕はとびきりのいかり肩で、美しき嘆きのトイレを脱出した。

7

断りを入れておくが、この先にもうドラマ性はない。そのはずだ。あらゆることが淡々と粛々と手筈通りに終わるのだ。僕は淡々といかり肩の変装をしたままキャッシャーでチップ十五億を現金化したし、五嶋は粛々と逃走用セダンを回し、僕と金を回収した。ちなみに、現金化と言っても万札ではなく千フラン紙幣だ。千フランは十一万円強の価値があるので、量も重さも十一分の一で済むのだ。

予め決めておいた監視の目の少ない市街地ルートを通る。人目を避けるため、ドローンの偵察も使わない。相手はCBMSではないから、高度な監視網を恐れる必要もない。見つからないなら銃撃戦も起こらない。全てが予定調和だ。

雲行きが変わったのは、博多カジノエリアを抜けて七分ほど走った裏通りだった。

中途半端な区画整理のパッチワークで出来たような場所で、真新しいクリニックのすぐ隣におんぼろアパートがあり、その向かいにはあばら家があるといった具合でいびつだった。

「五嶋さん、もう少しアクセル踏めないんですか？」

塀のヒビが目で追えるような速度に、僕はつい不平をたれた。制限時速四十キロの道を三十五キロで走っている。教習所出たての若葉ドライバー並だ。

「安全運転は強者の余裕だぜ、三ノ瀬ちゃん。強盗の一割は無関係の交通事故やスピード違反でお縄につくんだ。人事を尽くしたら、あとは焦るな。果報は寝て待てってやつだ」

「寝ないでくださいね」

五嶋は鼻歌で返事をした。

「そういや、例の子とは連絡とってんのか?」

あまりに唐突な話題転換に、僕は一瞬答えを見失った。

「ほら、しつこくDMよこしてた子だよ」

「八雲さんですか? 元同僚の」

「そうそれ」

「いえ、特に。うかつな情報まいたら迷惑かけますし」

五嶋は「へえ」とだけ言ってハンドルを切った。次の言葉を待ったが、本当にただそれだけのようだ。

「なんですか今の話」

「物事を順風満帆に進めるテクだよ。下手に興味深い情報を提示するとな、余計なイベントが割り込むんだ」

と言いながら、五嶋はブレーキを踏んだ。闇の中からぬっと、黒のプリウスが現れたからだ。車通りがないのをいいことに、ひどく鈍い運転をしている。時速十キロ前後。安全運転なんてものじゃない。アクセルを一切踏んでいないのだ。一通なので抜くことも出来ない。

「割り込みましたね、余計なイベント」

「観客も物好きだな」

軽くクラクションを鳴らすと、プリウスは酷くのっそりと路肩に停まった。五嶋は電柱に気をつけながらそっと横をすり抜けて、アクセルを踏み込んだ。

「次はさらに下らない話で行くぞ。これはスナックで出会ったおっさんの自慢なんだが」

ポケットの中でスマートフォンが震え出した。

「……割り込みましたね」

「客が悪い」

何気ない日常のドライブ中であれば、着信などなんてことない出来事だろう。会話を打ち切って、電話に出ればそれでいい。

けれども、今の僕にはそのバイブ音がダースベイダーのテーマに聞こえた。何故なら、この携帯は犯行用の使い捨て。番号は五嶋と僕以外、誰も知らないはずなのだ。手にとって、画面の表示を見てみる。キャリアの電話番号ではなく、プリインストールされたSNSアプリのIP電話のようだ。相手は非通知だ。

事実を再確認するにつれ、体感温度が下がっていく。遠くカジノから反響するクラブミュージックが、カニの歩みのように遅く感じられる。背筋に嫌な汗が玉になって吹き出る。

選択肢は二つ。電源を落とすか、電話に出るか。

当然、安全なのは電源を切ることだ。余計な情報を与えずにすむ。けれど、それは通話相手の意図を見逃す行為だ。今の時代、古い刑事ドラマのような逆探知装置は存在しない。もし、携帯キャリアの基地局接続情報から居所をトレース出来るのなら、電話をかける理由がない。電話には何らかの意図があるはずだ。

では、電話に出るとどうなるだろうか。間違い電話であれば、それでいい。そうでないのなら、通話ボタンを押すことは、テーブルにつくことだ。敵対者との交渉を許容するということだ。

そして、今最も可能性の高い通話相手は、四郎丸。六条。……海蛇。

「出てやれば？」

五嶋は夕飯のメニューを提案するぐらいに軽く言った。

腹をくくって、スピーカーモードで通話ボタンを押す。無言で待つこと数秒。もしもしの一言も聞こえない。いたずら電話だろうか。しびれを切らして受話器ボタンに指をかけた頃、ずず、と水の音がした。何かを飲む音だ。湯気立つものをそっと口に含む音だ。続いて、喉仏が動く音。

『初めてお呼ばれした家で、の話だが』

バラエティ警察番組の犯人役のような、露骨な合成音声だ。その問いは明確な意図を感じさせるに十分だった。

『俺はコーヒーメーカーを使わせてもらう』

「……そんな客は呼びたくないですね」

僕は注意深く答えた。先程聞こえた囁下音はごく自然なものだった。つまり、電話の相手は音声だけを選択的に加工している。技術屋だ。アプリ屋か機械学習屋かまでは解らないが、少なくとも無駄な拘りを仕込める程度に使える人物だ。

『別に味のこだわりでマウント取ろうってんじゃない。コーヒーメーカーの存在は、家主の人となりを知るのにもってこいだって話だ。カプセル式なら、金持ちかライト層だ。豆から挽くタイプなら、多少は時間に余裕があるだろうし、味にも拘るだろう。インスタントで使い込んだ様子があるなら、単なる眠気覚ましかも知れない。在宅ワーカーか、インドアで打ち込む趣味があるのか。コーヒーメーカーは様々な情報を内包する』

コーヒーメーカーを買う気が失せる話題だ。

『だが、AIはそんなことを気にも留めない』

僕は少し考えて答えた。

「ウォズニアックテストですか」

『ご明答』

ウォズニアックテスト。二〇一〇年にスティーブ・ウォズニアックが提唱した、汎用人工知能を見分けるための試験のことだ。

試験内容は至って簡単だ。初めて入った家でコーヒーを淹れること。ただそれだけ。人間と愛し合う必要もないし、人権（？）運動に参加する必要もない。けれど、たったそれだけが難しい。

家主とコミュニケーションをとって、コーヒーメーカーの在り処を聞き出す必要があり、見知らぬ家の構造を把握し言語情報からゴールにたどり着く必要もある。初めて見るコーヒーメーカーを操作出来なくてはならないし、美味しいコーヒーを淹れるために、美味を理解しなければならない。ここには自然言語処理、物体検知、探索等々、現代ＡＩの抱える壁が丸ごと詰まっている。

その中でも特別厄介だとされるのは、〝フレーム問題〟というものだ。

コーヒーを淹れるという単純なタスクであっても、その中には無限の状態が内包されている。家の間取り、家主の性格、ドアノブの形状は？　引き戸かも知れない。コーヒーメーカーも形は？　電源が入っているだろうか。コンセントはどこだ？　……全ての可能性を列挙するまで動けないとなれば、ＡＩは永遠に止まったままだ。

　だからこそ、解くべき問題の〝枠〟を区切る必要があるわけだが、しかし、妥当性ある枠の定義が困難だ、という話だ。

『第四次ＡＩブームと言われ、人類の職業の八割はやがてＡＩに取って代わられると謳われる。だが、現実のＡＩは十万馬力で人を救うどころか、たかだかコーヒーを淹れることすら出来ない』

　電話口の声は勝手にヒートアップしていく。

『ディープラーニングの発展はＡＩの汎化性能を飛躍的に伸ばした。だが、限られたデータで学習を行う以上、フレーム問題は解決されていない。学習データの存在こそがＡＩの〝枠〟だ。そこから外れた入力を与えられれば、奴らは簡単にバグを起こす』

　僕はAdversarial Exampleに操られるホエールを思い出した。

『結局、今の人工知能もどきは手書きのルールと何も変わっていない。無数のＩＦ文が丁寧に覆い隠され、知覚不能な超高次元空間の超平面として表現されているだけだ』

「なんか、職場に居たら面倒くさそうな奴だな」

　五嶋が小声で口を挟む。僕は「お前が言うな」という文句をすんでのところで飲み込んだ。どっちが上か、かなり微妙なラインだからだ。

　とは言え、これ以上話していても益はなさそうだ。僕は会話を切り上げることにした。

「勉強になりました。これからは社会の枠に収まって生きようと思います。それでは」

『十五億盗んでそりゃ無理だろ』

クロ確定だ。僕は息を呑み、五嶋は息を吐いた。

「メキシカンマフィアにも今の話聞かせたのか？　海蛇」

『スペイン語もイケるもんでね』

メキシコ人もいい迷惑だ。

『まあいい。お前達はもう十二分にルールを逸脱した。だがどうしても、社会の枠に縋りたいってんなら……。そうだな。まずは交通ルールを守れるか、試してみるといい』

その時だった。突如、重力が傾いた。エンジンの唸り声が聞こえ、体がシートに押し付けられる。舌を噛みそうになる。窓の外の光景は、道幅に相応しくない速度で背後へ飛んでいった。

「五嶋さん、強者の余裕はどうしたんですか⁉」

「……言葉を返すがな、三ノ瀬ちゃん」

五嶋は歯を食いしばりながら呻いた。

「ブルース・ウィリスだって、ブレーキが効かなきゃビビる」

五嶋の右足は深々とブレーキペダルを押し込んでいた。

ボタンを押してもいないのに、カーステレオが起動する。ラジオのチャンネルが独りでに切り替わり、ポップな洋楽が耳をつんざく大音量で流れ出す。

「脱出しましょう」

僕はドアノブに手をかけた。だが、ロックは解除されず、ドアは凍りついたように開かない。

『例外を味わえよ、笛吹きジャック』

スマートフォンがせせら笑う。もう十分だ。僕は通話を切った。

車はますます加速していく。外の電柱を目で追うのはもう無理だ。五嶋がカーステレオに対抗して何かを歌いながら（多分『TAXI』のテーマだ）巧みなハンドルさばきで針の先のような小道を抜ける。

「なんか手はないのか、三ノ瀬ちゃん！」

「任せてください」

USBのコードを持って、助手席側に身を乗り出す。座席下の黄色いボックスのソケットにUSB端子をつなぎ、ノートPCと接続する。コンソールを叩き、ドライバーをインストールする。どうやら、正常に動作しているようだ。

「それは⁉」

「イベントデータレコーダー、ＥＤＲです。このデータを吸い出しておけば、後々原因究明の役に立ちます」

「後々？」

「数年前までは完全なブラックボックスだったのですが、昨今は公平性の観点からメーカーでなくともＵＳＢで読み取り可能になっていて」

「読み取り？」

「ええ」

「そこから、車のＥＣＵに命令とかは？」

五嶋にしては珍しい、映画っぽさの欠片もないジョークだ。

「嫌ですね、書き込めたらロガーにならないじゃないですか」

「じゃあ、どうやってこの状況を打開するんだ？」

「でも、データは取れますし……。いや、すみません、つい」

暴走は止まらない。予定外の速度で予定外の道を通り、名前も知らない大通りに出る。カーナビを見る余裕もなくなる。対向車のライトが目を焼く。あわや衝突というところで五嶋がハンドルを切り、車体が横転しかける。

速度計は百十キロに張り付いている。限界速度以上を絞り出して、エンジンが火を噴くまで加速し続ける。もう飛び降りも自殺行為だ。

「ドローンだ、三ノ瀬ちゃん！」

ハンドルに齧りつきながら、五嶋が叫ぶ。

「後輪をパンクさせろ！　早く！」

この車はフロントエンジン・リアドライブだ。後輪を潰せば、コントロールを喪わずに推力を奪えるだろう。

「バランス崩して転びませんよね？」

「スタントの神に祈りな！」

選択肢はない。僕はすぐにアタッシュケースを開けて、武装ドローンを手動モードで起動させた。窓のスイッチを押すが、想像通り開かない。足元のバールを拾って殴りつけるが、流石は強化ガラスだ。ビクともしない。

僕はトカレフに手をかけた。安全装置を外し、スライドを引いて、初弾を装塡し……。使い方は教わっていたが、実際に発砲するのはこれが初めてだ。警察の二文字が頭を過る。けれど、仕方ない。僕は引き金を絞った。

肩を殴られたような衝撃と共に、窓に大きなひび割れが出来る。その割れ目にバールをねじ込み、テコの原理で砕く。

割れた窓からドローンを放つ。だが、車の速度についていけず、どんどん引き離されていく。僕は画質の悪いスマートフォンアプリでドローンのカメラを覗き、なんとかタイヤを狙おうとする。

しかし、ドローンのカメラの明度が急に上昇した。眩しい。一瞬、サーチライトかと思ったが、そうではなかった。ハイビームだ。それも、上から。

見あげると、酷いスローモーションで、それは現れた。頭上の高速道路の柵を突き破り、トラックが降ってきた。運転手が大口を開けて叫んでいる。ハンドルを殴りつけているけれど、クラクションの音は全く聞こえない。

「五嶋さん、避けて！」

叫びながらも、無茶な注文なのは自覚していた。トラックが頭からコンクリートに激突し、生卵のように潰れる。潰れた運転席を軸に荷台を振り回す。それに弾き飛ばされ、僕らは車ごとサイコロのように転がった。

耳鳴りと吐き気を堪えながら、車から這いずり出す。息があるのが幸運だ。意識があるのは奇跡としか言いようがない。霞んだ視界が次第にレッドアウトから回復していく。

弾かれて、横転したトラックが炎上していた。

「無事ですか、五嶋さん！」

叫んでも、答えは返ってこない。車の中を覗くが、姿が見えない。どこかで弾き出されたのか？　……まさか。あの男に限ってあり得ないと思うが、まさか。なんとか立ち上がり、ニヤついたグラサンを探して周囲を見回すが、視界に入ったのは別の人物だった。

事故現場に見合わぬ気取った白スーツ。銀縁眼鏡。スキンヘッドには汗の玉一つなく、その顔には嫌味と軽薄が張り付いている。

「ちっとばかし、派手にやり過ぎたかな」

「九頭……」

なんてことだ。僕は深く息を吐いて、眉間を揉んだ。

蛇だ。男の左腕から肩にかけて、蛇が巻き付いている。うろこが金属光沢を放つ、蛇型のロボットだ。災害救助に用いられているものの転用だろうか。その右手でこれ見よがしに黒光りするトカレフと併せれば、完全に決定打だ。手慣れた様子からして、相当な場数を踏んでいるに違いない。

僕は自分のどうしようもないめぐり合わせを呪った。四年前までは、お互い陽のあたる場所で机を並べていたのに。よもや、こんな掃き溜めのどん底で再会するなんて。

頭の中にいくつもの言葉が湧いては消えていく。やっとの思いで喉から出たのは、これだった。

「君が海蛇なのか？」

「おいおい、今気付いたのか？」

九頭は嘲笑うように鼻を鳴らした。

「コーヒーと言えば俺。聞くだけ野暮だろ」

そうだっただろうか。覚えがない。

「どうして、四郎丸の手下なんかに」

「言葉を返すが、お前は何故強盗に？」

「G社の研究はどうしたんだ」

「自分を棚に上げすぎだろ、三ノ瀬。カジノ強盗とマフィアの小間使いなんて、誰の目にも同じ穴のムジナだろ。加えて言えば、まだ俺の方が毛並みがいい」

解っている。九頭の言葉はごもっともだ。けれど、それでも聞かざるを得なかった。九頭は爪を隠さなかったが、それでも能ある鷹のはずだ。こんなお砂場で遊ぶ人間ではなかった。

「まあいい。足が動くなら車に乗れ。サツが来る前にクライアントのところに連れて行く」

銃を突きつけられるのは、いつになっても慣れないものだ。僕は深く息を吸い込んで、言うべきことを言った。

「いいや、命令するのは僕の方だ」

その瞬間、形勢は逆転した。僕の左背後から伸びたレーザーサイトが、九頭の胸元を撫でていたからだ。無論、サイトに意味はない。警告のためのものだ。

「生身で現れたのは油断だったな」

僕の背後には、羽が折れて墜落した武装ドローンが一台。スクラップに見えただろうが、実はまだ生きている。折れた回転羽を巧みに動かし姿勢を整え、九頭を正確に照準している。一度認識してしまえば、武装ドローンの反応速度に比べ、拳銃の引き金のなんと鈍重で無意味なことか。

「へえ、欠損状態でも飛ぶドローンの論文は読んだが、地面に落ちても動くとはな」

九頭は感心した風に頷いた。

「相変わらず、いい流用をするじゃないか」

（流用じゃない。これは改良だ）

喉から出かかった反論を飲み込む。重要なのは開示した情報そのものだ。感情に左右されるな。主導権を握り続けろ。

「僕の命令は明快だ。まず、クライアントに仕事の達成を伝えてもらう。『笛吹きジャックは摑まえた。追手を撤収させろ』だ。次に、さっき口にした車のキーを頂く。最後に、車に五嶋さんを運び込むのを手伝ってもらう。さもなければ……」

一度言葉を区切る。

「心臓と頭に一発ずつ、銃弾を撃ち込む。確実に、君より早くだ」

しかし、五嶋に倣って作った演出用のタメはまるで効果をあげなかった。九頭は慄くどころか半笑いになった。

「その機械蛇で防ぐつもりなら……」

「サイモンだ」

知っている名前だ。『サニー』十九話に出てきた秘密道具の蛇だ。

「サイモン頼みなら、無駄な足掻きだよ」

ドローンの銃弾は小口径だ。素材によっては二、三発防げるかも知れない。しかし、衝撃は免れない。防弾チョッキを着て銃弾を受け止められる人間は居ても、銃を撃ち返せる人間はそう居ない。九頭に反撃の手立てはない。使う弾が余分に数発増えるだけだ。

「確実？　無駄なあがき？　冗談キッイぜ。まるでもう結果が決まったような口ぶりだな」

無防備にも、トカレフの銃口が明後日にぶれる。僕の方が驚いた。

「技術屋気取るなら、正確性に気を払えよ。お前は起こりうる未来の確率分布を指して優位を主張しているだけだ。サンプリングしなければ、結果は解らない。機械学習に絶対はない。お前の口癖だっただろ？」

「じゃあ、僅かな例外に頼ってみるか？」

九頭は答えなかった。代わりに首を回して、肩を鳴らし、軽くため息をついた。もはや銃を構えることすら止めていた。

「エラブウミヘビは泳ぐのが苦手だ」

コーヒーの次は蛇の話か。世間話のように語りだす九頭に、僕は辟易した。

「海蛇には陸上生活用の腹盤を持つ種と、完全に海に適合した種がある。エラブウミヘビは前者だ。半端者の常として、その泳ぎは魚と比べてお粗末だ。なら、一体奴らはどうやって小魚を捕食すると思う？」

「文化的な会話はいつかにしてくれ。僕の要求は」

「ドメイン知識を軽んじるなよ、ドサンピン。……正解はな、共同で狩りをすることだ。ヒメジやカスミアジと言った大型の魚が、獲物を珊瑚礁に追い込む。その瞬間を狙うんだ。エラブウミヘビはヒメジ達と違って珊瑚の隙間に潜り込める。そして小魚を頂くわけだ」

指先一つに命が乗った状況で、何故こうも悠長に話せるのか、僕には疑問だった。酷く喉が渇く。カジノで冷たい水を一杯飲んでおけばよかった。しかし、九頭は汗一つかいていない。

「小魚の側に視点を切り替えよう。奴らは捕食者に追われ、珊瑚礁に逃げ込んだ。これでゲームは終わりのはずだった。珊瑚礁は不可侵の領域だ。奴らは脳にそのルールを刻んで生まれ、その世界観を持ち、その〝枠〟で生きている。だが、気付けばエラに牙が突き刺さり、ハブの八十倍強烈な神経毒を流し込まれている。それはどういうことだ？」

「いい加減に……！」

「俺が言いたいのは」

九頭はいつでも僕の言葉を遮る。

「海蛇は枠の外からやってくるってことだ」

「何だって？」

言葉の意味が咀嚼出来ない。

「相変わらず鈍いな、三ノ瀬。俺にはそれが出来るんだよ。ＡＩの枠外に押し出した可能性を作り出せる。だから、車載ＥＣＵが例外を引き起こし、ブレーキ信号が車体に届かなくなった。次は武装ドローンが例外に惑わされ、主人を撃ってしまう」

脳裏に五嶋の言葉がよぎる。『海蛇は例外を操る』

「三文ウェブニュース並のハッタリだな」

らしくない、と感じた。僕同様、九頭は技術の誇大広告にはうんざりしていたタイプのはずだ。むしろ、眉唾ものの技術には積極的に殴りかかっていく主義だったと記憶している。ただ、僕は人を見る目に自信がない。なんなら本当に他人を見ているのかどうかも解らない。

ここは理性で考えるべきだ。

九頭はブレーキの故障を引き起こしたのは自分だと言う。状況から見て、それは事実だろう。けれど、それが〝外れ値を引き起こす〟なんて超常現象で発生したとするのは早計だ。

自動車の制御系については、ホエール攻略時に調べていた。車は精密機械だ。外部から独立した系であるCAN（Controller Area Network）を通じて車内のECU同士が情報をやり取りし、エンジンの回転数からブレーキ、エアコンまでも操る。CANのクラッキングについては盛んに研究されており、マイコンの取り付けさえすれば、外部から自由にコントロール出来ることが報告されている。つまり、車に触る機会さえあれば、ブレーキの故障など、細工しておけばどうにでもなる。ホエールは装甲車両の特異な構造によってそれが出来ないからこそ、その目を騙すという曲芸に走ったのだ。

　確かに、世の中に例外を作り出す技術がないといえば嘘になる。Adversarial Exampleも学習データにあり得なかった枠外のデータを作り出す技術の一種だ。だが、その発動には騙す対象のモデルを手に入れる必要がある。市販品をそのまま使っているならまだしも、オリジナル実装の初見ＡＩの騙しうる外れ値を予測出来たら、それはもはや魔法の類だ。

　九頭のハッタリに実があるのなら、その根源はサイモンだ。しかし、蛇一匹に何が出来る？　質量はせいぜいが八キロ程度。武装を積んでいる様子もない。非常用の防弾チョッキを超える役割を持っているとは思えない。

　理性で考えれば、九頭の言葉を肯定する要素はない。単なる時間稼ぎだ。交渉するつもりがないなら、無視して撃ってしまえばいい。

　だが、どういうわけだろうか。靴がアスファルトに張り付いて離れない。理屈を超える感情に支配されている。そんな己が恨めしい。

「痛みが怖いのなら、地面に手をついて、頭を伏せとけ。これは親切心からの忠告だ」

　九頭がフライドチキン屋のマスコットじみた優しい目で僕を見つめている。まるで、出来の悪い後輩が教科書を理解するのを待っているかのようだ。

　妙な感覚が肌をなでる。仕事で、会議で、雑談で、時折感じたアレだ。頭のいい研究者達が、頭のいい次元で会話している。互いの土台、互いの知識、互いの数学力の上で会話していて、その狭間にこぼれた単語しか理解出来ない。質問をしたくても要点すら捉えられず、どこまでも置いていかれる。

もしかすると、自分の認識は致命的に間違っていて、口を開けば底を見透かされてしまうのではないか。そんな恐怖心が鎌首をもたげる。

逃げ出そうとする右足を抑える。カジノの雑踏がやけに近く感じられる。焦燥感で心臓が高鳴る。九頭の胸元でレーザー光が頼りなく揺れている。腰までぬかるみに浸かっているような気分だ。

「そうかい。忠告は聞く気がないと」

九頭は重回帰の意味を聞かれた時のように、呆れた顔をして。

「お前にその気がないのなら、俺が試してみようか」

拳銃を構え直す。

「や……！」

やめろ、などと声を出すのは無意味だし、不可能だ。自分で言ったことだ。動き出したが最後、もはや介入の余地はない。

そして、僕は結果だけを受け取った。

肋骨を打ち付ける衝撃と、頬の皮を擦りむいた痛みによって。

（……何が、起こったんだ？）

僕はアスファルトにうつ伏せになっていた。視界がぐるぐると回って、焦点が定まらない。発砲音は数度。恐らく十を数えることはなかったと思うが、聞き取れる間隔ではなかった。

トカレフに撃たれたのかと思ったが、血の色が見えない。肋骨が折れている気がするが、折った経験がないから解らない。僕は眼球だけを動かして、横を見た。倒れた武装ドローンの銃口がこちらを向いていた。ゴム弾が僕を打ち据えたのは明らかだった。

僕は理解した。九頭の予言が成就したのだ。

ほんの一拍。瞬きほどの間に、全てが終わっていた。機械学習に絶対はない。だが、限りなくあり得ない事象だったはずだ。しかし、九頭は全て計算ずくだった。

これからきっと僕は殺されるだろう。多分、普通よりも惨たらしく。けれど、今はそんなことすらどうでも良かった。

（どうやって）

疑問が脳を支配する。どうやって、九頭はドローンの行動を操った？　Adversarial

Exampleではない。プロジェクターも見当たらない。物理的に触れたとも思えない。出来るはずがない。あり得ないのだ。それこそ、例外を操りでもしない限りは……。

「フレームの外にようこそ」

ぼやけた視界の中、白い男が、九頭が僕を見下ろしている。

「……どう、やって……」

「うーん。教えてやってもいいが」

そう言って、九頭はトドメの笑みを浮かべた。

「お前には難しいだろ」

すう、と、体から血の気が引くのを感じた。今、僕は宣告されたのだ。三ノ瀬という人間はエンジニアではなくユーザーだと。疑問と恥辱が喉につまって、息が止まる。僕はそのまま、ゆっくりと闇の中に落ちていった。

ACT Ⅲ　修士の異常な愛情
Master's Strangelove or:
How I Learned to Stop Worrying and
Love AI

0

目を覚まして最初に得た感覚は、またか、であった。

どうにも僕は簀巻きに縁があるらしい。もしかすると、前世は蛹だったかもしれない。何の蛹かはさておき、羽化出来なかったに違いない。

ともかく、僕はくしゃみをした。冷たいコンクリの上に寝ていたというのもあるが、冷水をかけられたからだ。

そこは薄暗く、だだっ広い場所だった。湿度も高く、もう少し風がなければキノコの栽培にうってつけだっただろう。街の喧騒は遠く彼方だ。割れたトタン屋根の狭間から覗く空には、綺麗な星が浮かんでいた。

僕は何とかここがカジノ警察の取り調べ室だという体で、現実逃避出来ないか思案した。

僕が縛られているのは、過保護気味の逮捕だったから、ということにしておこう。取り調べ室にしてはだだっ広く、窓が割れており、まるで廃工場といった様子だが、これはきっと風通しのいい職場を目指した内装なのだ。遠くから何やら濁った叫び声がひっきりなしに聞こえてくるが、あれはきっとトキの鳴き真似選手権か何かで……。

しかし、目の前の男達を刑事だと思い込もうとしたあたりで限界を悟った。

「やかましい場所ですまんな、三ノ瀬くん」

見覚えのある人物だった。壮年で、顔に古傷と火傷痕がある。彼は油汚れのついた簡素なテーブルについて、胸筋でスーツを膨らませた男とその他黒服二人と七並べに興じていた。僕に水をぶっかけたのは、彼らの横に立つ小間使いの孫受け的なチンピラ達のようだ。

ともかく、僕は驚く他なかった。壮年の男がその声帯を持っていることにだ。

「貴方は、トイレ新聞の……」

「四郎丸だ。よろしく頼む。そこのいかついのは内藤だ。他は覚えなくていい」

頭を抱えようと思ったが、縛られているので手の部分が盛り上がるだけだった。カタギでないにしても、もう少し言葉の通じそうな相手が良かった。

もはや認めざるを得まい。ここは控えめに言って後ろ暗めの方々が、表通りではオブラートに包まずにいられないことをするための場所だ。

僕は海蛇に敗北し、四郎丸に捕まったのだ。どこかからガチョウのような叫びが聞こえてきて、現実を追認した。五嶋の無事について質問しようと思ったが、言葉選びに迷っているうちに、四郎丸が口火を切った。

「単刀直入に言おう。芝村のダイヤはどこだ？」

僕は眉をひそめた。妙だ。普通なら、まず金の話をしそうなものなのに。もちろん、十五億円分のスイスフラン紙幣はとっくに回収されているのだろうけれど。それにしたって、部外者が四郎丸のマネーロンダリングの間に入って妨害したのだ。博多の黒幕の面目丸潰れだろう。

けれど、四郎丸は恨み言を言うより先にダイヤのことを尋ねた。カットの概念を冒瀆したとまで言われたクズダイヤに、ヤクザのメンツ以上の価値があるのか？　それに〝芝村の〟とはどういう意味だ？

「その様子だと、六条の話は本当らしいな。……おい」

四郎丸の指示でチンピラの一人がどこかに行き、しばらくしてガチョウの声が止んだ。

「お前達の盗んだダイヤは、衆議院議員芝村勝利の個人資産だ。あの日、ホエールで渋谷の貸し金庫に移送される予定だった」

（芝村、だって？）

　記憶が確かなら、彼は博多カジノの実験都市化を進めた中心人物だ。与党の重鎮で、老齢ながらＩＴ技術にも知見があるらしい。四郎丸もカジノオーナーであるため、何らかの繋がりがあってもおかしくはない。

　けれど、そんな大物が何故クズダイヤを後生大事に貸し金庫に入れておくのだろうか。実は、ダイヤの形をした特殊な爆弾だとか……。

「まあ、アレが公になったらことですからね」

「駆け引きごっこに付き合う趣味はない」

　四郎丸は舌打ちした。不快を矢にしたような視線に貫かれ、僕は口をつぐんだ。

「どうも、お前はルールと状況の理解が不足しているようだ。いいか。俺はスペードの四を握った。お前と相棒の命をだ」

　五嶋は無事ではあるらしい。少なくとも、現時点では。チンピラがギラついた鉄パイプを見せつけてくる。その質量は、時に銃口よりも説得力がある。

「手札を切れないプレイヤーの選択肢は、たった一つに限られる。どうだ、ついて来られるか？」

　僕はもちろん頷いた。四郎丸の七並べ好きはよく知っている。

「では、互いにすべきことをしよう。もう一度聞くぞ。『芝村議員のダイヤはどこだ？』」

言いつけ通り、僕はプレイヤーとしてすべきことをした。

「パス」

内藤が立ち上がって、こちらに歩いてきた。そして、無造作に僕の耳のあたりに蹴りを入れた。

「真面目にやれ。パスは無い」

僕は頭の中で反響する鐘の音をこらえながら、『せっかくたとえ話に乗ってあげたのに、それはないだろ』と思った。

「解りました。喜んでお話ししますよ。でもその前に、五嶋さんの声を聞かせてくれませんか？　無事を確認したいです」

「手札はないと言ったはずだ。口裏合わせを許すと思うか？」

取り付く島もないとはこのことだ。

さて、ダイヤの在り処を話すのは簡単だ。アジトのごく普通の金庫の中だ。金庫ごと運び出しても苦労はすまい。だが、ここで全てを正直に話したとして、僕は素直に解放されるだろうか。ありがとうとお礼を言われ、握手され、肩を叩かれたあげく、お土産を貰えるだろうか。考えるまでもない。僕の未来はドロドロか、コンクリ詰めか。よくて魚のエサだ。多分、タラの。

（「裏切りは最もチープなどんでん返し」、か）

この絶体絶命をひっくり返すには、嘘が必要だ。四郎丸を信じ込ませ、土壇場で裏切らなければならない。

それはどんな出まかせでも良いわけではない。条件は二つある。一つに、その場凌ぎであっても、この状況を打開出来ること。もう一つに、五嶋も同じホラを吹くこと。

前者はともかく、後者は完全に運だ。五嶋がどんな嘘をつくかなんて、解るわけがない。僕は五嶋がどんなアルゴリズムを以て動作しているか知らないし、五嶋を学習させたデータも知らない。人間の思考が読めるわけがない。

「……B市二丁目一番地の六―二―三です。でも、部下だけ送っても無駄だと思いますよ」

「ほう。その心は？」

鉄味の唾を飲み込む。僕に五嶋の思考は読めない。だから、彼がこちらに合わせてくれることを期待して、自分らしい嘘をつこう。

「生体認証金庫に入ってます。僕らでないと開けられません。一応忠告しますが、死体を持っていっても無駄ですよ」

「ふむ。なるほどな」

四郎丸が吟味するようにこちらを睨めつけた。内藤が僕の髪をひっつかんで、テーブルに叩きつけた。眼の前で火花が散る。四郎丸が僕の眼を覗き込み、スペードの四で額を叩いた。火傷痕がぬらりと光る。

「確認するが、嘘はないな？」

背筋が凍る。この男の機嫌を損ねることが、何より恐ろしく感じられる。表の世界で生きている限り、生涯感じずに済んだ威圧だ。けれど、僕は知っている。合理性は威圧に優先する。

震えながら頷くと、四郎丸は鼻を鳴らして去っていった。内藤や黒服も後に続き、鉄パイプのチンピラ達と僕だけが残された。

机に頬を擦り付けながら、答え合わせを待つ。へたり込む気力もない。冷蔵庫の中のような空気に鳥肌が立つ。チンピラの鼻をすする音だけが時間の経過を教えてくれる。危ないところだった。生体認証の詳細を聞かれたらアウトだった。

一分か、一時間か、主観では評価出来ない時間が過ぎていき、やがて内藤が現れた。

「行くぞ」

どうやら、賭けに勝ったようだ。

1

首根っこを摑まれ、セダンに乗せられる。目隠しをされて、小一時間ほど。

車から放り出された時には、空は朝焼けで真っ赤に染まっていた。時間感覚が狂っているので、夕暮れの可能性も否定出来ないが。

そこは都会から程よく離れた閑静な住宅街だった。二十年ほど前に北九州市周辺のベッドタウンとして生まれた街で、ご近所の繫がりは希薄だ。丁度、住民の世代交代に差し掛かったあたりで、子供の数も少ない。

その一角の庭付き一軒家が、僕らのアジトだった。

「余計な真似はするなよ」

内藤は、僕の肩に手をおいてそういった。

「五嶋さんはどこです？」

「事務所だ」

内藤は端的に答えた。機転の効く司令塔を鎖につないでおくのは、当然の選択だろう。

僕は俯きがちに周囲を探った。

　マフィアは全部で五人。一人が運転手で、もう一人が見張り役。残りの三人は僕についていた。左右に二人。そこから少し下がって、リーダー格の内藤。全員、地元の酒場で遊び呆けて朝帰りしてきたような、ごくラフな格好だった。

　いつぞや、五嶋は言っていた。三という人数には、深い意味があるそうだ。悪党の世界は不意打ちが基本だ。どんなに屈強な男でも、不意を突かれると脆い。二人一組のグループでは、一人不意打ちで倒されると、一対一になってしまう。三人いれば、不意打ちを食らっても数の優位は保てる。

　つまり、内藤達は相手が僕のような軟弱者であっても、警戒を怠っていない。それだけ四郎丸の躾が行き届いているのだ。

「早く行け」

　肩を押されて、門をくぐる。すっかり見慣れた荒れた芝生が、今や処刑台への道に思える。何の木だか解らないがやたらと毛虫のつく庭木も、僕を笑っているのだろうか。

「開けろ」

　キーボード付きの電子錠のドアを前にして、内藤が言った。僕は震える指でキーに触れるが、焦ってコードが出てこない。

「すみません、緊張してど忘れして……。なんでしたっけ。子供が一人家に取り残される映画のタイトル」

「何？」

「そこに悪い男達がやってきて、ドミノみたいな装置で撃退される、あの……」

内藤は少し唸ってから言った。

「ホームアローンか？」

「ああ、それです。どうもありがとうございます」

僕は目立たない程度に深呼吸して、『H0MEAL0NE2』と打ち込んだ。

それが引き金だった。発泡酒のコルクを抜いたような音が三度。続いて、「ぎっ」と短い悲鳴が聞こえて、人が崩れ落ちる音がした。

秘密基地には仕掛けがあるものだ。いや、統計的有意な数を知っているわけではないので、断定は出来ないか。もう少し正確に言おう。僕の手持ちのデータには『五嶋の秘密基地には仕掛けがある』という仮説を棄却出来るだけの情報はない。

『H0MEAL0NE2』は緊急用コードだ。これを入力することで、庭木の枝に設置された監視カメラとセントリースタンガンが起動する。彼らは主人の危機を認識し、不審者を射出型のスタンガンで寝かせてくれるのだ。

無論、百発百中である。機械学習に絶対はないが、百回試行して百回当たる可能性が十分に高いことなら保証出来る。

そして、僕は勝者の余裕を漂わせつつ振り返った。……のだが。

「あれ？　実験と違うな」

内藤と目があった。彼に白目をむかせるはずだった小型スタンガンは、足元で火花を上げていた。

その時、一際大きく鳴いて、庭木からカラス達が飛び立った。僕は即座にバグの原因を理解した。毛虫に引き寄せられたカラスがセントリースタンガンを突いて動かしたのだ。

(だから、庭木の毛虫を追っ払ってくれと言ったんだ)

不意打ちで倒せたのはたった一人だ。残る二人は驚きから復帰し、徐々に瞳に憎しみのゲージを溜め始めている。なるほど。三人組というのはよく出来ている。

「えーと」

僕は一応頼んでみた。

「お二人とも、もう二歩左にずれてもらえません？」

「舐めた真似しやがって！」

返答は拳だった。肩を殴られて、ぐるりと転がりながら、僕はもがいた。逃げなければ。セントリースタンガンの射程内に逃げ込まなければ。ジャケットの袖を摑まれる。万力じみた膂力で引き寄せられる。ジャケットのボタンが飛ぶ。丈の合わないそれはするりと脱げて、脱皮のように僕を逃した。

「逃すか……！　がっ!?」

僕を捕らえんと前傾姿勢になった下っ端が、即座にスタンガンの餌食になる。バットで殴られたパントマイムのように跳ねて、泡を吹いて転がる。その隙に僕は四つん這いでスタンガンの射程圏内へ逃げた。

内藤は舌打ちすると、懐から拳銃を引き抜いた。

「こっちに来い。死にてぇのか！」

動物的な本能が強者に従おうとするが、僕は自分に言い聞かせる。逆だ。行けば死ぬ。内藤は銃を撃てない。サプレッサーはついているようだが、あんな筒に映画のような消音効果は望めない。一発撃てばすぐに警察がやってくる。ご近所中に犯行時間を証明し、線状痕付きの証拠品を僕の遺体に残すことになる。

数秒のにらみ合い。汗に濡れた右手が芝生をすべる。僕は間抜けにごろりと転がった。

内藤は舌打ちして、拳銃と逆の手でスマートフォンを摑んだ。車に連絡して増援を呼ぶ気だ。

（まずいな。ジリ貧だ）

セントリースタンガンは、あくまで一発芸だ。対処法はいくらでもある。例えば、射角を避けて回り込む。盾を用意する。石か何かを投げつける。ケーブルを切る。車から武装ドローンを持ち出す。エトセトラ。アジト内に逃げ込めなかった時点で僕の負けだ。整備の手間を惜しまず、屋根の上にでももう一台設置しておくべきだった。

僕は自分の迂闊さを憎んだ。あとカラスを憎んだ。カラスに対処しない行政もついでに憎んだ。あと毛虫を憎んだ。もちろん、毛虫をどうにかしなかった五嶋も憎んだ。

食物連鎖にまで憎しみが及びかけた、その時だった。救いの神の声が聞こえてきたのは。

それは人の声のような意味を持っていなかった。もっと単調で、フーリエ変換を施すとひどく規則的なスパイクに変換されそうな、端的にはパトカーのサイレンだった。ドップラー効果を効かせて、大通りからまっすぐこちらに向かってくる。

「ちっ、サツかよ」

内藤の判断は素早かった。舌打ちすると、気絶した仲間を軽々と脇に抱えて、捨て台詞もなしに撤収した。

風のように去るヤクザ達を見送って、僕は我に返った。よく考えなくとも、僕は僕で叩けば埃だらけの身の上だ。庭が荒れているし、服も泥まみれ。職質の一つもされたらおしまいだ。

　急いでアジトに退避しようとするも、また焦って入室コードをど忘れしてしまう。うっかり『H0MEAL0NE2』と入力しそうになって、慌てて取り消す。サイレンが大きく、音色高くなるにつれ、ドップラー博士への恨みが増していく。

　なんと、サイレンは我らがアジトの前で鳴り止んだ。恐る恐る振り返る。覆面パトカーだろうか、車種は解らないが、ダークレッドのワゴン車が停まっていた。サイズの合わない帽子のような回転灯を点けている。

　職質の言い訳を思案している間に、ワゴンの運転席から信じがたい人物が降りてきた。

「乗りな、三ノ瀬ちゃん。奴らいまに戻ってくるぞ」

「五嶋さん、どうしてここに」

　彼は待ってました、とばかりにキメ顔を作った。

「演出用のタイミングさ」

2

もう五年は前だろうか。NNアナリティクス在籍時代の話だ。社内で一川組と呼ばれていた僕らのチームは、仕事の傍ら週一回の論文輪講を行っていた。

ある時、メンバーの野口が発表したのは、最適化系の論文だった。

パラメータ最適化アルゴリズムに関する論文は、難解な数学が使われることが多い。いわゆる収束分析や凸条件の緩和等々、発表者ですら理解しきっていないだろうスライドが並ぶ。澱んだ空気が流れる中、九頭はふいに手をあげた。

「前のページの式、間違ってるだろ」

しめた、と思った。いつもやり込められていた僕だが、やり返すチャンスが来た。何せ、その式は既に僕が読んだ論文の引用だったのだ。しかも、arXivの野良論文ではなく、れっきとした著名研究者の国際学会論文の引用だ。ICMLに通すほどの論文だ。誤った式が乗っているはずがない。

僕は元論文のappendixを手に、九頭に反論した。正直に言えば、九頭に一発返せるのなら、他人の褌でも良かった。けれど、返ってきたのはため息だった。

「よく見とけ」

九頭はホワイトボードに数式を並べた。澱みなくペンを流し、十分近くかけて、持論を完璧に証明してみせた。何度見返しても、その式展開に口を挟める要素はなかった。所詮、僕は理解したつもりでしかなかった。

九頭は言った。

「クチバシぐらいにはなれる奴かと思ったぜ」

察しの悪い僕でも、すぐに思い当たった。いつかの鶏頭牛尾の話だ。

その一件が九頭を失望させたと思うほど、僕は思い上がっていない。けれど、それから二ヶ月で九頭は退社して、さらに一週間後に件の論文の誤植が発表された。

よくある話だ。悲劇ではない。恋人が死んだわけでも、家族を喪ったわけでもない。家が燃えてもないし、破産したのでもない。少し恥をかいただけ。映画だったらカット間違いなしの冗長なシーンだ。

それでも、僕はその時改めて思い知った。この脳はサニーを創れない。


スナッチのサントラと五嶋の鼻歌で、僕は目を覚ました。ここはワゴン車の助手席だ。明け方でも車通りの多い道を選んで、四郎丸から身を隠せる別のアジトに向かっているらしい。

アジトの荷物は粗方回収済みのようで、後部座席は封のないダンボールで溢れていた。各種身分証明書、ダイヤ入りの金庫やノートPC、中古のタブレット。衣服はスーツなどの高いものから順に詰め込まれている。流石にサーバーを持ち出すことは出来なかったようだが、高価なＳＳＤとＧＰＵだけは引き抜いてきたようだ。

僕はスマートフォンと自分のパスポートを確保してから、当然の疑問を口にした。

「どうやって、四郎丸の事務所を抜け出したんです？」

五嶋は鳩が豆鉄砲を食ったような顔をした。

「いや、俺捕まってないけど？」

今度は僕が豆を頂く番だった。狐につままれた気分だ。しかし、現に五嶋は眼の前にいるので、正しいとすれば彼の言葉だろう。

なら、一人で尋問を受けたのは、単に僕しかいなかったからか。嵌められた。要らない緊張感を持って嘘をついてしまった。四郎丸達の醸し出す別段無意味な間に、無駄な緊迫感を味わってしまった。

「なら、あの九頭から逃げきったんですか？　それこそどうやって？」

五嶋はバツが悪そうに頬をかいた。

「あー、怒らないよな？」

「おそらく」

「ぶっちゃけるとな。三ノ瀬ちゃんがドンパチする前に逃げた」

「……え、戦う前にですか？」

「なんか空気がヤベェなって」

肩が抜けそうになった。有利な状況だったはずなのに、なんという嗅覚だ。

「いや、もちろん勝ったら戻ってくるつもりだったぜ？『応援せずとも結果は見えてた』とか適当こいて」

失礼を重ねがけされている。

「悪党ってのは自己中じゃないとな」

リスク分散として間違った選択ではないのだろうし、結果として助けられてもいる。責める謂れもないし、つもりもない。ただ、この男には敵わないと痛感した。

なんと言うか、心の荷が降りた気分だ。五嶋は一流だ。軽薄な見た目と裏腹に、常に冷静に状況を俯瞰し、出来る範囲で最適な手札を切っている。ただ、その場に流されて踊らされる僕とは大違いだ。

五嶋は九頭や四郎丸と同じ、才覚がある側の人間だ。僕が居なくてもやっていける。助け出そうなんて、思い上がった考えだった。

「で、三ノ瀬ちゃん。次の手なんだが」

「その件なんですが」

これを口にするのは二度目だ。勇気はいらない。

「僕、降ります」

五嶋が横目で僕の表情を窺う。冗談ではないと悟ったのだろう、ワゴンをコンビニの駐車場に停めた。

「下げのシーンで降板してどうすんだよ。ここからが盛り上がり所だろ？」

「映画じゃないんですよ。殺されかけたんです」

「見捨てられてへそ曲げてるのか？」

「合理的な判断ですから、文句ありませんよ。僕も合理的に行動したいんです」

シルバーアクセサリーを巻いた腕が僕の肩にかかった。五嶋はいつもの悪戯っぽい笑みでいつも通りのことを言った。

「四郎丸をあっと言わせる、いい作戦があるんだよ。全米ナンバーワン間違いなしだ」

「興味ありません」

「毒を食らわば皿までって言うだろ。ここまで食い込んどいて、今更ノーフリーランチ定理かます気か？」

「だから、ノーフリーランチ定理はそうじゃなくて」

「万能アルゴリズム否定の定理、だろ？　海蛇の技術にだって必ず穴があるはずだ。種明かしないでいいのか？　疑問を墓まで抱えて生きる気か？　三ノ瀬ちゃんに耐えられるのかよ」

言葉に詰まる。五嶋の言う通りだ。これから僕は、食事の時も、風呂の時も、布団の中でも、海蛇の原理を考え続ける。どうして、車の制御を奪われた？　どうして、ドローンは自分を撃った？　けれど、正解にたどり着いたとしても、確かめることも出来ないのだ。

（考えるな。忘れろ。堪えるんだ）

宙に浮きかけた思考を手元に手繰り寄せる。いつもこうだ。肝心な時に〝僕〟が勝手に動き出す。毎度これで失敗してきた。一川に突っかかって仕事を失い、強盗計画に口出しして犯罪に手を染めた。ＣＢＭＳのドローンを叩き落とした時も、一歩間違えれば死んでいたし、五嶋の口車に乗って四郎丸の金にまで手を付けた。海蛇と対峙した時も、車のデータ取得を我慢していれば助かったかも知れない。

どれも純粋で統計的な知性とは程遠い、非合理で理解不能な行動だ。いい加減、自分を乗りこなす頃合いだ。

「その手には乗りませんよ」

「無理すんなよ。三ノ瀬ちゃんは性質から逃げられない。だから選んだんだ」

「見下すのもいい加減にしてください。利用されるのはもうたくさんなんです。僕はあなたに雇われた役者じゃない。映画ごっこは一人でやってください」

反論を予想していなかったのだろう。五嶋は一瞬たじろいだが、すぐに反撃に出た。

「言葉を選べよ、三ノ瀬ちゃん。俺達の関係は搾取じゃない。互いにメリットがあったはずだ」

「メリット？　家事当番表が僕の名前で埋まってるのに？」

「俺だって、あれだ、場を盛り上げたりしてたろ！」

「頼んでません」

「そのスタンスが問題なんだよ。人間関係ってもんを築く努力がないんだ。三ノ瀬ちゃんとの会話を弾ませるって生き地獄だぜ？　辛気臭いと思ったら途端に早口になるし、神経質かと思ったら大雑把だし。スマホと喋った方が感情通じてる気分になるね」

「それはそうでしょう。最新のiOSの音声合成は、感情ベクトルの推定方法が」

「やかましい」

モバイル環境における生成モデル音声合成の初歩を解説しようとしたのだが、何故か五嶋に下顎を摑まれた。かなり本気の握力だったので、僕は十秒ほどで喋るのを諦めた。

「こっちはな、鼻つまみ者の三流技術者の命を億で買ってやったんだぞ」

「じゃあ、用済みなら口封じでもしますか？」

サングラスの奥の眼が細まるのが解った。五嶋は車から降りて、助手席の扉を開けた。

「悪くない提案だが、時間と機材が足りない。どこへなりとも行けよ。後処理は四郎丸がやってくれる」

お言葉に甘えて、車を降りる。太陽はすっかり昇りきっていて、日陰者を咎めるように光を投げ下ろしていた。

「言っとくとな、五嶋って本名じゃないからな！」

どうでもいい暴露を背中に浴びても、僕は振り返らなかった。

気がつくと、僕はどことも知れないオフィス街を歩いていた。走りもしたのだろう。脇腹と肺の痛みが、ぼんやりと他人事のように感じられる。夢遊病の心地だ。

（それで、これからどうしようか）

段々と、歩みが遅くなる。意識の外に追いやっていた体の痛みが、神経に流れ込んでくる。逃げたところで、何があるのだろうか。

また五嶋の計画に乗るよりはマシだろうが、危機は脱していない。スマートフォンのGPS曰く、ここは山口県らしい。本州にはついたようだが、五嶋の口ぶりからして、四郎丸の勢力圏外とは言えないのだろう。

元々の逃走計画では、ベトナムへ高飛びするつもりだった。そのためのパスポートも持っているが、生憎航空券は五嶋の手元だ。新しく買おうにも金がない。分前を要求しておくべきだった。

身を隠すツテもなければ、追手を嗅ぎ分ける鼻もない。どん詰まりもいい所だ。自分の非合理を厭ってとった行動のはずが、結局非合理の塊だ。

人間、一度身についた習性はそうそう抜けるものではない。弱った僕はとりあえずＳＮＳアカウントにログインすることにした。何の解決にもならないが、下らない情報で一度脳を洗いたかったのだ。すると、一通のＤＭが届いた。

＞　オマエ　ミツケタ

脅迫めいた本文にみすぼらしい男の写真が添付されている。背筋が曲がり、薄汚れていて、夜道でナイフを握っていそうな男。これは、僕だ。

(見られている)

背筋を走る怖気に促されるまま、振り返る。すると。

「久しぶり」

どうにも僕は思ってもいない時に、思い出したくない相手と出会う才能があるらしい。

「生きてたんだね、三ノ瀬クン」

写真を送りつけてきたのは、元同僚の八雲だった。茶味がかったショートボブで、年相応の落ち着きを持たない女性だ。客先訪問があったのか、職場よりも幾分フォーマルなスーツでネクタイも締めている。

まあ、彼女はいい。思い出したくない相手ではない。問題はもう一人だ。

「驚いたな。こんな所で再会とは」

百八十前後の長身に、伸びた背筋。ジムで鍛えた体に、知性とナルシズムを湛えた口髭。

彼こそ、ＮＮアナリティクス統括技師長。僕や九頭の元上司。ＣＢＭＳの生みの親、一川だった。

八雲の勢いに押され、なし崩し的にスイーツカフェなる場所に連れ込まれてしまった。

女性九割の店内で、壮年の一川と陰気な僕は嫌でも目立つ。オマケに窓際のボックス席に座らされた。人目を避ける身の上としては、気が気でない状態だ。顔を上げれば一川と目が合う状況も辛いし、八雲に僕の隣を陣取られたのも辛い。逃さないという圧を感じる。

さらに言えば、眼の前のパフェもかなりの圧だ。三十センチ定規を嘲笑うかのごとく、うず高く積み上がったそれは、まるで甘味のジェンガだ。

昨日から何も口に入れていないので、エネルギー不足の状態ではあるのだが、流石にこれはヘビーだ。韓国の箸のように細長いスプーンを手に、僕は途方に暮れた。何かを察したのか、一川が微笑む。

「構わんよ。勘定は私が持つ」

出来る男のスマートな気遣いのつもりか知らないが、僕は生クリームが苦手なのだ。そも、気を遣いたいならどうして何を頼むか聞いてくれなかったのか。

「ごちになります」

八雲が頭を下げてしまって、断るタイミングを見失った。恐る恐る、一口舌に乗せてみる。甘すぎる。しるこ缶の方がまだマシだ。

「にしてもさ、三ノ瀬クン最近何やってたの？　全然呟かなかったじゃん。DMもガン無視だし。心で葬式挙げてたよ」

「すみません、色々と忙しくて」

「うーん、ま、生きてたなら赦そう」

鷹揚に頷く八雲に、つい頭を下げてしまう。NNアナリティクスでは僕の方が二年先輩だし、年齢もそうなのだが、彼女と話すとどうも上下関係が逆転してしまう。配属当時は敬語を使ってくれていたのだが……。

「実家は関東だと記憶していたが、こちらに転勤したのか？」

「単なる観光ですよ。先生方はここで何を？」

一川のスプーンが一瞬止まった。

「昔のようにさん付けでいい」

（三ノ瀬クン、今〝先生〟はＮＧワードだから）

八雲が僕に耳打ちする。ワイドショーで散々叩かれたのがトラウマになっているのか。少しやりすぎたかも知れない。一川は咳払いした。

「中電案件だよ。八雲君一人で対応可能な会議だったのだがね。あちらの幹部クフスが顔を出すとなっては、こちらも格を合わさねばならなかったのだが」

「腫れ物扱いで針のむしろでしたよね」

八雲さんの言葉に一川は頷く。

「全くだよ。全国放送であの醜態は痛かった。ＣＢＭＳの名に傷がついただけでなく、私のブランディングにも影響した」

被害額は聞かないでおこう、と心に決める。一川は自嘲気味に笑った。

「三ノ瀬君も見たかね？　傑作だったろう」

「録画しました」

太ももに痛みが走る。八雲につねられたのだ。自分の感覚に自信はないが、いい年した社会人が数年ぶりに再開した時の距離感は、これでいいのだろうか。

「正直者だな、三ノ瀬君は。一川組の中でも、君と九頭君だけは客前に出したくなかったよ」

あの狂犬と同列にされるなんて、かなり心外だ。八雲が深く頷いているのも心外だ。

「しかし、あの一件で改めて学んだこともあった。我々は半人前の張僧繇《ちょうそうよう》だ」

僕が怪訝な顔をしていると、八雲がすかさず検索してくれた。どうやら、画竜点睛の元ネタとなった画家らしい。絵画の竜に瞳をいれて、天まで飛ばしてしまった天才だ。

「先導者が筆をとり、技術者が顔料を作る。筆と色合いが寸分の狂いなく噛み合った時、竜は天に昇る。しかし、その分業は至難の業だ。大きな竜を描かなければ、人の心を掴むことは出来ない。さりとて、身の丈に合わない竜を描こうとすれば、瞳を描く顔料が残らない」

ＣＢＭＳは絵に描いた餅だったと言いたいのだろうが、気取った言い回しだ。

「君も情緒ある教訓を学ぶ頃合いだろう」

一川はブランドもののカバンから、一冊のソフトカバー本を引っ張り出した。

「岩川新書『プロフェッショナルか、夢想家か。一川由伸の仕事論』を読みたまえ。価格は私の名に因んで一一一一円。デジタル派の友人には電子書籍版もおすすめだ」

本の表紙で、腕組みした一川が不敵に笑っていた。その笑顔を避けるように、白いペンで達筆なサインが描いてあった。僕はそれをそのまま左隣の八雲に渡し、八雲は隣の席のOL二人組に渡した。二人は迷惑そうにしながらも、一応受け取ってくれた。多分、一川が有名人だと解ったのだろう。

「いくらになるんすかね、ネットオークションだと」

八雲はそう言い放った。僕は『人に注意するくせに自分はそのノリなのか』と思った。

一川は一瞬鼻白んだが、すぐさま営業スマイルでOL達に手を振った。

彼はパフェの最後の一口を食らって、唐突にこう言った。

「三ノ瀬君。自己進化するAIは、間違っていると思うかね」

正直、面食らう発言だった。NNアナリティクス時代、一川が部下に意見を求めたことなど、一度としてなかったからだ。一川は常に先導し、煽動することだけをした。部下は彼の歩いた道をひたすらに舗装していく。そういう仕事人だった。

八雲がむせ返っているところを見るに、一川の人格が変わったわけでもないだろう。どんな心境かは知らないが、僕の結論は変わらない。

「時期尚早な誇大広告です。彼らはまだ、人間ほど汎化された概念を獲得出来ていない。少量の学習データでオンライン学習なんてさせても、いたずらな局所解を導くだけです」

「四年前と同じ答えだな」

「四年では解決しませんでしたから。……けれど」

　僕は少し言葉を選んだ。

「道に誤りはないと思います」

　そう、あくまで時期尚早なのだ。今ではないが、いずれ辿り着くべき場所。それが僕の認識だった。

「では、その道が絶たれようとしているとしたら、どうする？」

「仰る意味が解りませんが」

「個人情報保護法改正案だ」

　聞き覚えのある名だ。一川がニュースで繰り返し批判していた法案だ。五嶋と出会った日に見せられたTVでも、その名があがっていたはずだ。

「えーと、『動画像を含む一定規模以上の個人情報を取り扱う企業に対し、政府指定の認証機関の認可を必要とする制度』っすよね」

　八雲さんがスマートフォンで検索しながら解説してくれる。

ＩＳＭＳに代表されるような従来の情報セキュリティ認証は、企業の自主裁量に大きく依存するところがあった。そこで、政府機関が直接監査する特別な認証制度を用意する、との話のようだ。

趣旨は解る。昨今の社会は個人情報保護の意識が薄い。ＳＮＳを筆頭とする大企業はあの手この手で個人情報を吸い出し、マルチモーダルなデータを手に入れることに躍起だ。意識の低い中小企業は業務上の顧客データの受け渡しすら、一般のファイル共有サービスを利用することもある。ＥＵはすでに法規制によって介入を試みている。日本も、それに倣って警鐘を鳴らそうと言うのは、そう間違った方向でもない。ないのだが。

「この法律、危ういところがありますね」

僕の言葉に一川は頷いた。

「ああ。よくある天下り先作りの一環に見えるだろうが、実は根が深い。アレは、ビッグデータを扱う企業を一機関が選別する制度なのだよ」

一川の語り口に熱がこもり始める。

「企業のビッグデータの取扱い方に問題があることは事実だろう。しかし、個人情報の提供可否はユーザーが判断すべきことだ。企業はデータに対し相応の対価を約束し、ユーザーはそれに納得して賛同する。その関係性が重要なのだ。一機関による一元的な認証体制はとても賛同出来るものではない」

「でも、与党内でも意見が割れていて、八割型否決の見込みって書いてありますよ？　気にしすぎじゃないですか」

スマートフォンから目をそらさないまま、八雲が質問する。

「そうもいかんのだよ。実態はむしろ可決寄り、いや、それ以上に芳しくない」

一川は横目で周囲の様子を窺い、声のトーンを一段落とした。

「与党側の反対派中核議員が、さる好ましくない人物に弱みを握られようとしている」

「中核議員？」

「芝村勝利だ。名前ぐらいは聞き覚えがあるだろう」

多分、この時僕は動揺を隠せなかった。聞き覚えどころではない。彼のダイヤを巡って、つい今しがた殺されかけたところだ。もし、その好ましくない人物が四郎丸だとすれば。あのダイヤに秘密があるのだとすれば。話が一本に纏まる。

「芝村議員が賛成にまわれば、形勢は一気に傾く。彼は功労者の一人として、認証機関立ち上げにも関わることになるだろう」

「いや、ちょっと待ってくださいよ」

八雲が割って入る。

「その芝村議員って首輪付きなんですよね？　じゃあ、その飼い主が認証機関の幹部として、学者か何かを送り込めば……」

「……日本のビッグデータを、手中に収められる？」

自分で口にしながら、絶句する内容だ。普段なら下らない陰謀論だと一笑に付していたところだが、一川の口で語られたという事実は無視出来ない。

その好ましくない人物が四郎丸であるならば、納得感はある。彼は言っていた。ルールを制定し、手綱を握る。それが彼のやり方だ。

四郎丸は今、自分のホームですらカジノ警察の目を意識せざるを得ない。個人認証チップを始めとしたAI技術はまさに目の上のたんこぶだろう。あれさえなければ、六条のロンダリングなど三十分で終わる話だ。

データ取得を規制し、AIを規制し、実験都市としての役割を殺し、理想のロンダリングレジャーを作り上げる。それが四郎丸の狙いなのだ。

潤沢なデータとAIの実験環境は何にも代えがたい財産だ。ただでさえ、日系AIは資金面で遅れを取っている。この上データ面でまでブレーキをかければ、規制の緩い中国やアメリカにますます水を開けられてしまう。いや、そんな表現では生ぬるい。

「解るかね、三ノ瀬君。日本のAIは、二度と這い上がれなくなるかも知れない」

あまりの壮大さにめまいがしそうだ。ついこの間まで、四百万の借金で（オブラートに包んだ表現で）バラ売りされるところだったのに。信じられないのは己の境遇だけではない。あの九頭が、その計画に加担しているという事実もだ。サニーを作るんじゃなかったのか。

「どうしてこんな話を僕に？」

「生クリームで口が滑っただけさ。三ノ瀬君には有用な情報かとも思うが」

有用だって？　裏社会と国会の話が、一介の無職に？

まさかと思うが、笛吹きジャックの正体に勘付いているのか。確かに、僕には動機はあり、技術があり、アリバイがない。けれど、動機なら貨幣経済に生きる全人類にあるし、技術だってオープンソースだ。顔を隠していたとはいえテレビに映ったのはまずかったが、僕と断定出来るほどの情報は残していないはずだ。精々数いる容疑者の一人程度だ。

ただ、一川は芝村議員と共に博多カジノの実験都市化に携わっていて、パイプがある。そこで何らかの情報共有がなされ、僕に辿り着いた可能性も否定出来ない。笛吹きジャックが今置かれている状況も、そのルートで知っていてもおかしくない。ならば、何の狙いでこの話を？　動揺を誘っているのか？　いずれにせよ、答えは一つだ。

「見込み違いですね。ＡＩエンジニアは辞めたんです」

一川はコーヒーカップ片手に眉をひそめた。それはまるで、山を指さして海だと紹介されたような顔だった。

「君はジョークの才能がないな」

「エンジニアの才能よりはマシですよ」

「口と実力が釣り合わない男だとは思っていたが、それを自覚出来るとは驚いた」

「成長しましたから」

「なるほどな」

一川はコーヒーを一気に呷った。それはまるで、飽きた映画のディスクを早送りするような仕草に見えた。伝票に手をかけ、席を立つ。

「君は、笛吹きジャック事件のワイドショーを録画していたんだったな」

「ええ、それが？」

「見返すといい。小癪だが、あの竜は天に昇った」

一川はそう言うと、伝票を取って去っていった。女子濃度九割のスイーツカフェであることを忘れるほど、支払いもスマートだ。

「一川さん行っちゃいましたけど。八雲さんはついていかないんですか？」

八雲は僕の質問に答えなかった。代わりに、とんでもない球を投げ込んできた。

「三ノ瀬クン、妙なことに巻き込まれてないよね」

生クリームが肺に入り込みそうになり、僕は咳き込んだ。匂わせるだけの一川と違い、彼女はストレートだ。八雲は紙ナプキンを差し出しながら、こう続けた。

「三ノ瀬クン見てるとさ、なんだか従兄弟を思い出すんだよね」

「従兄弟？　どんな人です？」

「うーん、情けない人？」

どうやら、失礼な類の話らしい。八雲はストローの袋に水を吸わせ始めた。

「映画俳優目指してたんだよね。結構努力家で、演技だけじゃなく、脚本や演出も学んで、格闘技も習って、資格も結構取ってたらしいの。でも変にプライド高くて、無名のくせに気に入らない仕事を平気で蹴るから、事務所じゃ煙たがられてて」

頭にスキンヘッドの男が浮かぶ。どんな職場にも一人はいる難儀な人物だ。

「ただ、盤外戦術は得意だったから、お偉方に取り入って大作映画のキャストに潜り込んだわけ」

「汚れずに大仕事にありつけたんなら、普通に大成功じゃないですか」

「それなら良かったんだけどね。監督は木下浩二って人。黒澤明の再来って言われるぐらいの大物で、妥協がなくて……。現場でとにかくこき下ろされたんだって。『皮だけで生きてるのか？』とか言われたらしいよ。口先ばかりで生き方が薄くてリアリティないって」

鬱になりそうな罵詈雑言だ。一般企業ならコンプライアンス違反で即処分だろう。芸術の場に行かなくて良かった。

「結局、大喧嘩して降板。契約違反で事務所も辞めさせられた。本人魂抜けたみたいになっちゃって、変なトコに借金も作って、怖い人に追いかけられだして。うちも結構援助して……ドア蹴るのは止めて欲しかったなあ」

迷惑な親類ランキングを作ったら、かなり上位に食い込めそうな強豪だ。ボケて先物に手を出す両親とどっこいだ。

「とうとう、『俺がリアリティに欠けるってんなら、リアルを俺に引き寄せてやる』なんて訳解んないこと言いだして、翌日夜逃げ」

膨らんだストローの袋をいじりながら、悲惨な家庭環境を語る八雲。しかし、怒っているようには見えない。これが肉親ならではの情というものだろうか。

「それっきり顔を合わせてない。年に一回ぐらいはそれっぽいメールが届くけど、絶対名乗らないし、近況報告しないし、全部違うアドレスでさ」

八雲が苦労していたことは解った。解ったのだが。

「従兄弟さん、僕と正反対じゃないですか？」

役者を目指していないし、盤外戦術も苦手だ。似ているところと言えば、上司と喧嘩したことと、借金で蒸発したところぐらいだ。それだって、僕はまだ半蒸発だ。

「うーん、なんでだろね。目標見失って、紐なし風船みたいになってるっていうか、本能で生きてるっていうか……。きっと、会えば馬が合うと思う」

データ不足のため統計的なことは言えないが、それはない。

「で、こっからが本題なんだけど。三ノ瀬クン、またうちで働かない？」

また面食らった。

「インドネシアで子会社の立ち上げに関わっててさ。今日の案件もそっちに委託する予定だったんだけど……。とにかく人手が欲しいんだよね。イスラム文化だし、特に男手が」

「あんまり男手ってタイプでもないですけど」

「三ノ瀬クン、黙ってれば強面で通るよ。いつ爆弾作るか解らないタイプの」

それは強面ではなくて、犯罪者顔ではないだろうか。犯罪者顔というか、犯罪者なのだが。

「機械学習だけがエンジニアの道じゃないでしょ。ＰＧやＳＥの仕事だって手が足りないの」

僕の沈黙を肯定と受け取ったのか、八雲は具体的な要件を話し始めた。業務内容、給与や手当て、労働条件、就労規則、現地の住居、環境、エトセトラ。海外転勤ということを差し引いても、そのどれもがNNアナリティクス在籍時代と同等かそれ以上だった。

「一川大先生には私から言っとくよ。実力は認めてるし、なんだかんだ歓迎だと思う。つか、現地の人事権は私にあるしね」

「でも、退職届を社内WEBに載せられましたし」

「え？　何それ」

きょとんとした八雲の様子を見るに、どうやら九頭に一杯食わされたらしい。六条に四郎丸に九頭に五嶋にと、僕はいつも食わされっぱなしだ。人間の思考回路は難しい。

「ねえ、どうかな。やってみる気ある？　何なら、明日の朝一番に飛ばしてあげてもいいけど？」

考えるまでもない。降って湧いたような、どこまでも魅力的な提案だ。脅されたとはいえ、現金輸送車強盗の片棒を担ぎ、ヤクザの金にまで手を付けた僕には願ってもない話だ。普通の人間になって、普通の暮らしをする。すぐに高飛びすれば、四郎丸の手も回らない。警察に捕まるかも知れないが、その時はその時だ。罪を犯したのは事実なのだから、素直に法廷に立てばいい。

客観的に見て、八雲は格別に世話焼きな性格をしているようだ。彼女が上司ならば、新たな職場にも馴染めるだろう。……笛吹きジャックのような高揚はないにしても。

「そうですね。喜んで。喜んで」

「喜んで！　へえ、喜べたんだ、三ノ瀬クン」

ひどい言われようだが、こうも屈託なく笑われると不平の一つも出てこない。八雲は目にも留まらぬ速さでスマートフォンをスワイプすると、録音アプリを起動させた。

「ささ、マイクに向けてもう一度。喜んで八雲さんと働きたいですって、ほら」

「何ですこれ？」

「言い逃れ出来ないように、証拠はしっかり取っておかないと。君すぐビビるから」

これで逃げられる。一言約束するだけで、このばか騒ぎから抜け出せる。僕は安堵した。けれど。口から出たのは、思いもよらない単語だった。

「……証拠……」

証拠だ。クラッカーが始めにやることは、ロガーの破壊か改ざんだ。ログを残すことは、手管の公開にも証拠にもなりうる。けれど、海蛇に襲われた時、車内のログはごく普通に取れていた。ＥＤＲは正常に動作していた。それは何故だ？

（待て。よりにもよって、今なのか？）

九頭は完璧を目指す男だ。車体が警察に回収されるのを見越して、EDRの改ざん履歴すら残さないことを選んだ。正常に動作した上での純粋な事故に見せかけようとした。つまり、海蛇の手口はEDR改ざんの必要がないのだ。

（どうせ外れるに決まっている。センスの無さは自覚しているじゃないか）

EDRに記録されるのは、車のハードウェアよりのイベント情報だ。上位レイヤーの――運転アシスト機能等の――情報は、容量と伝送速度の関係から、保存はされない。それが指し示すことは。

（勘弁してくれ。止まってくれ）

僕と裏腹に、〝僕〟の思考は回転していく。情報が集約され、構造化されていく。EDR。ドライブレコーダー。電磁波。くねる機械蛇。あと一ピース、足りない領域を埋めるものがあるとすれば……。

「あの、三ノ瀬クン？」

遠い声をよそに、僕はスマートフォンで九頭の論文を検索する。嫌味なまでに輝かしい業績だ。何故これほどの技術者が四郎丸の犬に成り下がったのか、想像も出来ない。

（……あった）

一本の論文が重力を持って僕の視線を吸い込む。

カクテルパーティーフィルタリング。

九頭のG社在籍時に発表された、混雑環境下の音声認識に関連する論文だ。機械学習トップカンファレンスの中でも特に理論重視のNeurIPSを通過している。

以前、読んだことはある。単なるやってみた系と違い、アイデアの理論補強やトイタスクでの検証が綿密に為されたお手本のような構成だった。潤沢なデータをバックに、街頭音声認識において当時世界最高精度を達成していた。

クラッキングと音声認識。一見共通項のない技術が脳内で混ざり合い、一つになる。

（そうだ、これなら……！）

「ねえ、三ノ瀬クンってば。おーい」

我に返ると、八雲が顔の前で手を振っていた。

「すみません、八雲さん。その、僕、あの……」

適切な言葉が見当たらない。理路整然としたものが何もないのだ。純粋で合理的な説明など出来るはずもない。僕が勝手にやることなのだから。

「仮説が立ってしまいました」

「ごめん、何言ってるのかさっぱり解らない」

「検証が必要なんです」

「……心変わりってこと？」

「すみません。僕、行かないと」

パフェを九割以上残して、僕は立ち上がった。けれど、八雲は通路側の席を陣取って退いてくれない。

「こんな良い話蹴っていいの？　絶対後悔するよ？」

「もうしてます」

数秒のにらみ合い。根負けしたのは、八雲の方だった。僕は頭を下げて、逃げるように席から去った。

「あー、録らなきゃ良かったかな」

乱雑にドアベルを鳴らして、店から出る。ガラスのドアに頭を掻く八雲が映っていた。

五嶋を探すのに苦労はなかった。というのも、通りの向かい側に見覚えのある車が停まっていたからだ。全く気付かなかったが、僕を尾行していたらしい。

駆け寄って運転席の窓をノックすると、五嶋は顔を背けた。もう一度ノックすると、口笛を吹いた。さらにノックすると、渋々窓ガラスを開けた。

「あー、その、なんだ？」

腹でも痛いのか、五嶋は珍しく歯切れの悪い様子だった。うつむいて籠もった声で、不景気そうにこう言った。

「さっきのアレな。売り言葉に買い言葉って言うの？　バディもののノルマを消化しただけっつーか……。スマホは映画の感想言わないし、これからは掃除も庭木の手入れもやろうかと……」

「展示会で手に入れた名刺、まだ残ってますか？」

五嶋はサングラスをずらして、僕の顔をまじまじと観察した。咳払いしてから、さも始めからそうであったかのように、不敵な笑みを作った。

「ほら、逃げられないっつったろ？　全部俺の読み通り」

「名刺は」

「あ、うん。ある。あります」

3

四郎丸の勢力は博多だけにとどまらない。ごく普通の個人店舗どころか、フランチャイズのコンビニですら彼の息がかかっている。勿論不動産屋もだ。

　追手の目を逃れて確保した新アジトは、ひび割れたマンションのしなびた2LDKだった。家族でない男二人を収納する限界のサイズだ。フローリングは軋むし、風呂は小さい。サーバーを用意する余裕もないので、ゲーミングPC二台を手元に置き、残りの計算力はリスクを承知でクラウドサーバーに託さなければならなかった。

　とは言え、どうせ日がな一日統合開発環境とコンソールに張り付くだけの籠城生活だ。サーバーの実体がどこにあろうと、柔軟体操抜きでは肩まで湯船につかれなかろうと、やることは変わらない。相手の技術を調査し、対策を思案し、時折映画を見せられ、残った辛子明太子を食べる。

「カジノを叩く」

　逃亡生活五日目。夜中十二時半を過ぎた頃、五嶋はそう宣言した。胸を張り、腕を広げ、六畳の居間で表現可能な最大限の威厳を醸し出している。

「どうしてカジノを？」

「その疑問に答える前に、まず情報を整理しよう。一川センセ曰く、ある招かれざる人物が芝村議員の弱みを握り、個人情報保護法改正案を通して、日本のビッグデータを牛耳ろうとしている」

「はい」

「招かれざる人物日本代表の四郎丸は、芝村のダイヤを探していた。つまり、芝村議員の弱みってのは、これに繋がりがあるはずだ」

五嶋は無造作にポケットからダイヤを二つ出して、机に転がした。

「俺の調べじゃ、このダイヤは記憶媒体だ」

「記憶媒体？　回路が埋まってるんですか？」

ダイヤを覗き込んでみたが、不純物一つ見当たらない。何の変哲もない人工ダイヤだ。

「技術展を思い出すんだ。ダイヤの精密加工技術の紹介があっただろ？」

記憶はしている。確か、〈原子レベルの精密加工。ダイヤモンド光回折格子〉なるタイトルの展示があったはずだ。

光回折格子とはプリズムのようなもので、光をスペクトル成分に分解出来るそうだ。ガラスやシリコンが主流だったそれを、ダイヤモンドで、しかも実用的な価格帯で行ったというのが、展示のウリだった。

「光回折格子の代表的な用途は、レーザーの波長変換だそうだ。だがもちろん使い手は他にもある。芝村ダイヤの開発者は別の目的で使った」

「別の目的？」

「日にかざしてみろ。エジプトの秘宝を仰ぐ気分でな」

　窓から差し込む光に、ダイヤを一つかざしてみる。すると、膝の上に虹色の紋様が投影された。

（これは……）

　それは気付かない人が見ても、何らかの意図を感じるようなものではなかった。特別美しくもないし、面白みもない。「変わったカットだな」程度に思って終わりの筈だ。けれど、僕はその模様に見覚えがあった。ラプラシアンフィルタだ。ＣＮＮの第一層の演算内容を可視化したそれに、非常によく似ているのだ。

「そうか、畳み込み演算……！」

　畳み込み演算とは、ある関数gを関数fに平行移動しながら重ね足し合わせる演算のことを指す。複数の分光器の組み合わせも、一種の物理的な畳み込み演算だ。当然、それらはパラメータを持ち、情報を埋め込むことが出来る。一つの分光器の表現力は低くとも、畳み込み演算によって複雑度は爆発的に増大する。ダイヤモンドは化学的に安定した物質で、熱や傷で情報欠損が起きにくい。その上、宝石に偽装出来る。

　光を当てれば情報を引き出せる。ロマン溢れる記録媒体だ。

「成金マダムも騙せないカットなんて言われたが、それも当然だ。魅せる相手は人じゃないんだからな」

　ダイヤが記憶媒体だとするなら、問題はその内容だ。議員の隠したいものと言えば、十中八九不祥事ネタだろう。その上で貸し金庫に保存しておきたいものとなると、候補は限られる。特定の相手に対しては、一定の証拠能力があり、武器にもなるものだ。

「中身、裏帳簿とかですかね」

「だろうな。以前から、芝村と博多カジノの間にはキナ臭い噂が立ってたんだ。それが記帳されてるんなら、まさに急所だ」

　博多カジノに多大な影響力を持つ与党重鎮の弱み。なるほど。四郎丸が六条の借金よりも優先する理由が解る。

「でもこれ、僕らの手持ちじゃ完成しませんよね」

　一つのダイヤが出力する紋様は単調だ。察するに、人の目に意味ある情報を出力するには八個以上は直列にして、合成関数にしなければならないだろう。

「残りはセントラルベイ博多だ」

　五嶋は断言した。

「先月暮れに、芝村の事務所で盗難騒ぎがあったらしい。だが、被害届が出てない」

「ダイヤですか」

「まず間違いなくな。事務所の警備体制は甘くはなかったが、犯人は難なくそれを突破している」

海蛇ならば朝飯前だろう。

「残りのダイヤをカジノから盗み出せば、四郎丸の鼻をあかせるってことですね」

「もちろん、金も頂くけどな」

「でも、カジノって断定する理由はなんです？　それこそ四郎丸の自宅にあるって可能性は？」

「ねぇな。盗品を手元に置くのはリスクだ。セキュリティの強固さも、芝村の手の出しにくさも、カジノの金庫以上は望めない。詳細は省くが、いくつか裏も取れた」

五嶋は続ける。

「カンにカンを重ねるが、笛吹きジャックのスポンサーは最初から四郎丸だったのかも知れないぜ。いくら切羽詰まったとはいえ、現金輸送車強盗なんて弱小ヤクザがそう簡単にゴーサイン出せるヤマじゃない」

「六条さんはダイヤのことなど言っていなかった」と反論しかけたが、口に出す前に思い直した。恐らく、四郎丸は六条に「金庫の中身を全て盗ってこい」などと曖昧な指示を出したのではないだろうか。六条にダイヤの価値を悟らせたくなかったのなら、十分ありうる話だ。いくら借金で首に縄をつけているとはいえ、六条もヤクザだ。野心を疑わない方がおかしい。

「さて、目的も定まったところで、恒例の作戦会議だ」

五嶋は棚からVRゴーグルを二つ、引っ張り出した。言われるがままかけてみると、暗い視界が徐々に暖色に彩られていき、一つの空間が描かれる。

そこはセントラルベイ博多のエントランスだった。カジノ客を買収して盗撮した映像を、三次元再構成したものだ。開放感ある大きな窓と高級なインテリアに囲まれ、ドレスアップした紳士淑女成金の集う特別な空間……なのだろうか。実物は。画質の悪い単眼カメラで撮ったものなので、サイズと距離感の把握以外には使えないクオリティだ。中年男性のテクスチャが一部柱にへばりついていたりして、かなりホラーじみている。

「決行は十一日後だ」

五嶋は柱の中年男性を背で隠して、そう言った。

「半端ですけど、イベントでも？」

「四郎丸がカジノにマダム張《チャン》を招く」

マダム張？　中国人らしいが、聞いたことのない名だ。

「表向きは、ＩＴベンチャーへの投資で財を成した年齢不詳の女傑。実際はマカオマフィアのドンだ。党の締め付けが厳しくなるまで、長年カジノを取り仕切っていた。北朝鮮とも通じていて、スーパーZZの流通ルートを持ってるって噂だ」

こちらは聞き覚えがある。北朝鮮製の新型偽札だったはずだ。北朝鮮製の偽札は背後に国家の支援を噂されるほどに精度が高く、USドルを幾度もデザイン改訂まで追い込んでいる。

「四郎丸は偽札流通ルートに自分のカジノをねじ込むつもりなんですか？」

「ロンダリングレジャーを手に入れた先の収入として、粉かけとくんだろうな。実際、数週間前から散発的にプレ取引を行っているらしい。当日、セントラルベイ博多の金庫には紙幣鑑定器を通さなかった偽札がたんまり詰まってるはずだ」

ポーカーの時と同じく、探られたくない腹を探る作戦だ。これで、警察に茶々を入れられる可能性は消えた。逆に言うと、警察に命を救われる可能性もなくなったわけだ。

「知っての通り、俺たちの目的は金と人気と映画化だ。まず金を奪い、ついでにカジノの金庫から残りのダイヤを盗み出す」

「で、その秘密を暴いてマスコミに売りつけるんですね」

「その通りだ。とはいえ、道のりは容易いものじゃない」

立ち塞がるは、九頭率いる大牟田警備のセキュリティシステム。

「確か〝人機〟って言いましたっけ」

「ああ。システムの規模はCBMSの一％未満だが、密度は人機に軍配が上がる。なにせ、カジノ一つに独自イーサネットの監視カメラ八百台。無線給電式ドローン二百四十機だからな。その上、四百名前後の警備員が三交代で二十四時間巡回している。待機を含めればこの倍はいると思え。警備員も全身が電子機器だ。薄手のパワーアシストスーツを着込み、照準補正機能付きの拳銃を所持している。だが、もっと恐ろしいのがこれだ」

五嶋がVRグローブで空中を叩くと、僕の手元にARゴーグルが現れた。電子カタログから抽出してきたものだろうか。オブジェクトの解像度がエントランスのインテリアに比べて数段高い。

「カメラ付きARゴーグルだ。ブラックリスト顧客に類似した人物を自動検出し、ディスプレイに投影する」

厄介ではあるが、特筆するほど珍しい機能ではない。犯罪者を自動検出するARデバイスは、中国が二〇一〇年代後半に実用化している。Adversarial Example は使えずとも、照明条件の工夫などで検出し難くなる手段はある。

僕が拍子抜けの雰囲気を醸すことなどお見通しだったのだろう。五嶋はゴーグルをかぶるジェスチャーをしてみせた。それに倣ってゴーグルをひっくり返してみて、僕は気付いた。裏側にこそ、特長があった。カメラが外側だけでなく、内側にも向いていたのだ。

「視線……と表情検出？」

「ご明察。人機最大の武器は、リアルタイムな自動ラベル付け機能だ。ゴーグル内の視線と表情をもとに、警備員が注視した人物にラベルを付けマーキングする。複数名の投票があれば、晴れて検知対象の仲間入りってわけだ」

個々人が覚えた僅かな違和感をＡＩが拾い上げ、集約する。理想的な知の統合だ。

「付け加えとけば、警備員の大半は軍人や民間軍事会社あがりで、その道のプロだ。そう簡単には騙せないぜ」

〝プロ〟の二文字が肩に重くのしかかる。インダストリアルＩｏＴにおける日本特有のテーマに、「職人技の継承」というものがある。ボリュームゾーンだった高齢技術者の退職で発生した技術の空洞をＩＴで穴埋めしよう、というものだ。

僕も幾度かＡＩで職人の知見を集約、模倣することに挑戦してきたが、どの案件も一筋縄ではいかなかった。レアデータの検知能力、カメラの設置条件制約、触感や匂いといったセンサーで得られぬ情報、判断基準の説明性……。壁にぶち当たるたびに、人という知性の不可解さを痛感したものだ。

演算不能な人間の知性は、常にＡＩにとって偉大な師であり、強大な壁であるのだ。

「ＣＢＭＳの理念が自己進化なら、人機の理念は他己進化だ」

五嶋はそう言った。

「人間を超える代わりに、人間を取り込んで進化する。結果生まれたのが惑星メーテル級の怪物だ」

営業用のウリ文句は完璧だ。五嶋がプロモーションすれば、ＣＢＭＳ並の金の成る木になっていてもおかしくない。それだけの実力はある。

「もし、三ノ瀬ちゃんがサメ映画のサメなら、やることた非常に簡単だ」

そう言って、五嶋は指を鳴らした。景色が一変し、噴水前のエントランスに移る。僕は少し酔いを感じた。

「第一の関門はカジノへの侵入だ。エントランスは勿論警備員が目を光らせてるし、裏口もそうだ。だが、恐れることはないぜ」

五嶋は目を輝かせて言う。

「サメだから顔認証されないし、警備員は食える」

「そうですか」

陸を歩くぐらいは常識なのだろう。突っ込むほどでもない。

「第二の関門は、カジノホールの突破だ」

五嶋が指を弾くと、そのジェスチャーに反応して周囲の空間が再び作り変わった。赤と金と木目模様を基調とした、博多最大のカジノホールだ。和風か中華風か迷う空間に、スロット、ルーレット、ポーカー、花札、バカラに、エトセトラ。古今東西の博打が所狭しとばらまかれている。三次元再構成された多様なテーブルに、数多くの解像度の低い客が集まっている。ホールを取り囲むように解像度の低い池があり、そこに解像度の低い鯉が泳いでいる。

全体的に解像度が悪く、見通しも良くない。ただ、これだけは言える。結構な数の中年男性が柱と融合している。

「まんまと潜り込めたとして、金庫に近づくにはここを通りぬける必要がある」

五嶋は柱の中年達が視界に入らないように位置取りしようとして、何かに蹴躓いた。多分しるこの空き缶だ。

「いいか、ディーラーや給仕も耳に小型カメラを装備している。誰に顔を見られてもアウトだ。さらに、ケージ裏に繋がる電子扉を抜けるには、懐に拳銃忍ばせた警備員二名とテーザー銃を装備したドローン四機、監視カメラ四台を突破しないといけない」

「厄介ですね」

「なに、所詮顔認証と火力の問題だ。サメには通用しない」

頭が痛くなってくる。

「第三の関門は、金庫本体だ」

五嶋は言う。ちなみに景色はそのままだ。流石に金庫周辺の盗撮は不可能だったらしい。

「C４爆弾も跳ね返す鋼鉄の特注品。指紋虹彩静脈認証つきで、特定人物以外受け付けない。もちろん警備員はマシンガン持ちで常駐。しかし、サメの歯に砕けぬものはないからモーマンタイ」

「なるほど」

僕は頷いた。サメって良いなあとも思った。

「最後の関門は、ダイヤと推定四百キロの札束を持って、必死に突破してきたセキュリティを逆走して、逃げ切ること。だが、港までくればこっちのものだ。何故ならサメは海の生き物だから。海蛇ごときに負ける理由がない。もう米海軍が来ても無敵だ」

「頭に入れておきます」

「言っておくが、四郎丸は死ぬ。九頭も死ぬ。悪役は全員食われて死ぬ。浮かれた奴も、ヤンキーも、悪の成金も、若干嫌味なだけでも基本死ぬ」

「なるほど」

「爆弾にだけは注意しろよ。サメは何発撃たれても無敵だが、爆発物口に投げ込まれるとほぼ即死だ。火種なしのガスボンベでも死ぬ。あと話の都合で急激に弱体化することもあるし、ＵＳＡコールだの、ロス市民の底力だの、地元愛系もだめだ」

ひとしきりまくし立てると、五嶋は「質問はないか」と聞いてきた。

「二つあります」

僕は手を挙げた。どうぞ、と五嶋は僕を指名した。

「地元愛系のマイルドヤンキー相手はどうなります？」

「若干劣勢」

「あと、僕がサメ映画のサメじゃなくて、ただの人間だったらどうなります？」

五嶋は再び指を鳴らし、僕らを正面玄関前にワープさせた。

「ここで終わり」

「ありがとうございます」

十一から十三名のハリウッドスターに任せたい気分だ。しかも、今の話はあくまで人機攻略についてのみだ。最大の難関である海蛇の存在を無視している。無理に無謀を掛け算したような状況だ。

「やっぱり、芝村のダイヤを壊した方が手っ取り早いのでは？」

「何度も言うが、そりゃナンセンスだぜ」

率直な意見をぶつけてみたが、やはり返事は色よいものではなかった。

「四郎丸を舐めるなよ。奴は隙のある相手を必ず傀儡にする。芝村の裏金を隠蔽してやったところで、それが何年か先送りになるだけだ。スペアの存在だって否定出来ない」

だから、僕たちの手で表舞台から下ろしてあげた方が健全だ。という主張だ。なるほど一理ある。一理あるが。

「本音を聞いてもいいですか？」

「地味で映画にならない」

それを聞いて安心した。僕の五嶋像は間違っていない。僕らはＶＲゴーグルを外した。

「じゃあ、映画になるプランを聞きましょうか」


五嶋が叩き台の計画を披露し、僕が徹底的にダメ出しする。僕がＡＩを使った解決先を具体化し、五嶋が資金や物理的実現可能性の面から突っ込みを入れる。発想と修正のキャッチボールは、この上なくスムーズだ。

一通りの意見が出尽くした頃には、明け方の四時半を回っていた。疲労も眠気もあったが、心地よいものだ。初稿から八割型姿を変えた計画も、進化していると自信を持って言える。

「よし、こんなもんか。最後に何か質問は？　悔いのないように聞いとけよ」

五嶋は締めくくりにそう言った。しかし、特に口に出すべきことはなかった。現地調整はあるだろうが、大筋は整っている。あえて不安要素を挙げるのなら、大雑把過ぎる海蛇対策ぐらいのものだ。それも、一朝一夕で解決するものではない。

だから、僕は愚にもつかないことを聞いてみた。

「五嶋さん、嫌いなサスペンス映画あったじゃないですか」

「は？　『決して走るな』のことか？」

「あれって、木下監督でしたっけ」

「……そうだよ、それが？」

なるほど。仮説は支持されたようだ。だとするなら、色々と腑に落ちる。僕はようやく、五嶋を衝き動かすアルゴリズムの一片を理解出来た気がした。

「いえ、なんでも。それより、十二時半でどうですか」

五嶋は眉をひそめた。思えば、僕が彼との会話で先手を取れたのは、これが初めてかも知れない。

「ここのウーファー利用ルールですよ。重低音は十二時半まで」

「なんだか解らんが、オーケー。条約締結だ」

汗ばんだ右手で握手する。銀幕はすぐそこだ。

4

自分の才覚を無邪気に信じられたのはいつまでだったか。少なくとも、馬鹿な同僚に嫌気が差して、NNアナリティクスを抜け出した頃には、そうだったに違いない。

客観的事実として、俺……九頭という人間は、極めて優秀な技術者であり研究者だ。

世界的にもトップクラスの大学で、最高の教授に師事した。研究者としての実績も積んだ。会社に入っても敵はいなかった。新人の時から、技術的側面で俺に意見出来る者はいなかった。

だから、G社に転職した時、俺は自らが一流であることを疑っていなかった。それが今では……。

博多市繁華街の隅にあるキヨモトビルは、地域色の欠片もない、どこにでもある雑居ビルだ。店舗用でないこともあって掃除が行き届いておらず、廊下や階段の隅には感心するほどの埃がべっとりとこびりついている。何の会社が入っているのか、俺は知らないし、知ろうとも思わない。時折ヨガ教室らしき声が聞こえてくることはあるが、その程度だ。

俺にとって用があるのは、4Fの角部屋。レンタルインテリア会社のオフィスだけだ。毎週月曜の早朝六時に、俺はそこに通うことになっていた。何の用かと聞かれるなら、こう答えよう。首輪の手入れだ。

「何度見ても夢に出そうな顔だな、海蛇」

そう、夢に見そうな火傷顔は言った。勿論、四郎丸だ。冴えない灰色のデスク、やけに多い固定電話、未だWIN10のPC。やたらと多い仕切り……。何の会社であってもいいようなそこの、申し訳程度の応接間に四郎丸が居た。ガラス机に茶菓子を並べ、革張りのソファーに腰掛けていた。シェードから漏れた朝焼けが、無機質な空間に縞模様を描いている。

どうやら、今日の手入れは特段念入りにやるらしい。

「まあ、座って茶でも飲め。得意先が茶菓子を持ってきてな。一つどうだ」

「すいませんが、大牟田警備はフレックスがないんで」

「会社には俺から言っておく」

入り口付近に立つ内藤が、やたらと胸板をアピールしてくる。筋肉達磨に屈する俺じゃないが、四郎丸が脅しをかけてきたという事実は無視出来ない。どうやら、虎の尾を踏んだようだ。心当たりはいくらでもある。

「じゃ、緑茶だけ頂きます。一日の摂取カロリーは決めてますから」

俺は革張りのソファーに腰を下ろし、自分で湯呑に茶を注ぐ。それから、多少減った四郎丸の湯呑にも継ぎ足す。四郎丸は湯気立つそれを一気に飲み干した。毒は入っていない、とのアピールだ。熱に強い男アピールもあるかも知れない。

俺も湯呑をそっと手にとった。

「笛吹きジャックを逃がした」

「……はあ、そーですか」

平静を装って答えはしたが、手の反応までは抑えられなかった。緑の水面で踊る波を、四郎丸は見逃さないだろう。

「なんでも、アジトに乗り込もうとしたところをサツに抑えられたそうだ。だが、署の知り合いに確認すると、その時間には出動も通報もなかった。五嶋とかいったか、小悪党の片割れの仕業だろう」

俺は湯呑に口をつけた。味のわからない茶を含みながら、慎重に相手の意図を汲む。

「海蛇の過失だと？」

「そう身構えるな。責める気はない。仕事をブッキングさせたこちらにも非があった」

真っ赤な嘘でもないようだ。あの日始末したトラックの運転手は、組織の裏切り者だった。薬の一部を掠め取り、混ぜものを加えて誤魔化していた。暗殺と捕縛、二つの仕事を同時にこなしたのだ。責められる謂れはない。

加えて言えば、先日の仕事は尻拭いだ。六条がダイヤを逃がさなければ、俺が出る幕もなかった。

「出会いこそ不幸だったが、俺達は気が合う。いい友人になれるはずだ」

「友人に首輪をはめる趣味があるとは、恐れ入りますよ」

背後で内藤が動く気配がした。が、四郎丸はそれを目で押し留めた。

「知恵のない者につけても面白くないからな。それだけ認めているのだよ」

親愛らしき表情を浮かべようとしているのか、四郎丸の火傷痕が引き攣った。流石、俺の知りうる最も性格の悪い男。堂々たる言い草だ。

「だからこそ、お前の些細な悩みが気になるのさ。同僚の佐竹が心配していたぞ。近頃、様子がおかしいとな」

丸々太った人機開発チーム技術主任の顔が浮かぶ。俺の足ばかり引っ張る馬鹿だ。技術よりも組織の論理を優先し、多数派を気取ることに自分の価値を見出している浅薄な野郎だ。砂場でジョウロが使えるだけで、自分を賢いと勘違いしている。

「薬の量を控えますよ」

「増薬は四ヶ月前だろう。お前が妙な動きを見せ始めたのは、笛吹きジャック事件以降のことだ」

薄い笑みからも、落ち窪んだ目からも、何も読み取ることが出来ない。昔、顧客の表情から感情を推定するシステムを開発したことがあったが、テストデータにこいつが入っていなくてよかった。

「先日、上司の許可なしに技術展示会に行ったそうだな。……何をしていた？」

「息抜きですよ。特に面白い見世物もありませんでした」

賭けだった。もし、三ノ瀬が展示会でのことを吐いていたなら、四郎丸は俺への疑いをより深めるだろう。だが、たとえそうだとしても、まだ俺は始末されない。海蛇には利用価値がある。笛吹きジャックを取り逃がしたとなれば、尚更だ。

四郎丸は「そうか」とだけ答えて、話題を変えた。

「聞くところによれば、あのAIオタクは元同僚だそうだな」

「同期の情で手心を加えたと？」

馬鹿げた発想だ。それなら、逃がすのは五嶋ではなく三ノ瀬の方だろうに。

「距離を感じる言葉ばかりだな。裏切りなど疑ってはいない。純粋に、お前の心を気遣っているんだが」

「純粋に気色悪いって言ったら気に障ります？」

「純粋な内藤はな」

そう言って、四郎丸は肩越しに俺の背後に視線を送った。振り返らずとも解る。内藤が頭を掴もうとしていたのだろう。

四郎丸は聞き分けのない犬をなだめるように舌を鳴らし、カサついた手で茶菓子の包装を開けた。白い粉まみれの最中のような何かだ。

「中学に上がって間もなくの頃、俺はインコを飼っていた。セキセイインコのサチと言ってな、おはようとこんばんはを使い分けられる、利発な子だった」

俺は目の前の老人の無邪気な子供時代を想像しようとして、すぐに諦めた。

「ある日のことだ。俺が学校から帰ってくると、どこから入り込んだのか、鳥籠にスズメがとまっていてね。サチと共鳴するように鳴きあっていた」

「微笑ましい光景ですね」

「俺も最初はそう思ったよ。しかし人語を忘れて鳴くサチを見ていると、恥ずかしながら嫉妬心が湧き上がってね。スズメを追い払ってしまった」

四郎丸は粉まみれの菓子を器用に口に運んだ。粉の一粒もこぼしていない。顔に似合わず、食レポ番組に出しても恥ずかしくない上品さだ。

「それ以来、サチは檻に頭をぶつけるようになった。風切羽を切り、躾をしても無駄だった。『サヨナラ』『サヨナラ』と繰り返し、檻に頭をぶつけ続けるのだ。二週間と経たずにぽっくりだ」

湯呑の茶をすすり、少し間をおいてから、四郎丸は言う。

「悲しい話だろう？」

言わんとすることは解る。釘を差しているのだ。鳥籠から出られると思うな、と。

「海蛇なら、もっと知的好奇心を煽るたとえ話をしますね」

「そうだろうな。お前は賢い男だ。インコよりは」

四郎丸はそう言うと、オレンジの錠剤を机に置いた。話は終わりらしい。俺は奪うようにそれを拾い上げて、席を立った。内藤をひと睨みしてどかし、ドアノブに手をかける。

「そうだ。昔なじみの勘で警告しときます。笛吹きジャックはまた仕掛けてきますよ。せいぜい警戒することです」

「やはり、減薬はしておくべきだな」

「忠告はしましたよ」

四郎丸は軽く手を降った。この俺の忠告を検討する気もないようだ。その安い態度は、籠の存在を再確認させるに十分だった。

セメントの中を這い回って、もう二年になる。

俺は知っている。もはや自分はオンリーワンではない。年四億の研究費を使えるのは、裏社会が所詮お砂場だからだ。もし、自分と同じ境遇で自分以上の奴が落ちてくれば、いつでも首を挿げ替えられる。

だから、生まれた技術は他の誰にも明かさない。不平は結果で黙らせる。代わりに汚れ仕事もさせられたが、なに、大した話じゃない。〝アレ〟が世間に公開されることに比べれば、人殺しがなんだと言うのか。

無遠慮な朝日に虹彩が縮み上がり、俺はビルの玄関口にたどり着いたことに気付いた。視界が開ける。油の匂いで薄汚れた街を、青い空が見下している。電線でスズメが二羽、丸まっていた。ちょこまかと飛び跳ねてつつきあい、じゃれ合っている。

四郎丸の忠告は的を射ていた。確かに、あれは見てはいけないものだった。

笛吹きジャックの犯行を見た瞬間、俺は一発で直感した。三ノ瀬だ。鶏のクチバシになり損ねた男だ。

面白かった。釘付けになった。ＣＢＭＳの過学習をついて危機を脱した瞬間など、手を叩かずにいられなかった。Adversarial Example の危険性や対策は二〇一〇年代後半から研究されていたが、実社会でこれほど成果を挙げるものとは思わなかった。奴らの手品は、どんな映画よりも俺の心を惹きつけた。

すぐにでも奴を呼びつけて、根こそぎ聞き出してやりたくなった。学習データをどう作ったのか。電源はどこから引いたのか。経路探索アルゴリズムは何か。仮想空間と現実のギャップをどうキャリブレーションで埋めたのか。

セキュリティ系機械学習コミュニティは一気に賑わいを見せた。一ヶ月に投稿された論文の実に三割に、笛吹きジャックの名が踊っていた。ＴＶは特集を組んだ。ＳＮＳも大盛り上がりだ。俺はその渦に参加して、飲み込まれた。

ある朝、拳銃を咥えて引き金を引いた。衝動的だった。偶然、弾は入っていなかった。

スズメ共が何かを喚き、思い立ったように飛び立っていく。鳥が自由かは知らないが、その象徴にはされがちだ。だが、その自由でやることと言えば、精々がゴミ箱のパンくず漁る程度のものだ。

（下等生物が空飛んで何になる）

下等生物には、下等生物の分がある。弁えない行いは全体最適に不要だ。

この国のＡＩはもう勝てない。株主の顔色以外見えていない大企業。鼻の効かない役人共の選択と集中。原因がどこにあるかなんて議論をするには遅すぎる。深層学習の基礎、多層パーセプトロンの概念を生み出したこの国は、あとはただ落ちるだけだ。

笛吹きジャックは沈みゆく泥舟の甲板で、一時の優越感のためにくだらないマウント取りに興じている。本質を理解せず、浅瀬を波立てて満足する、いつもの三ノ瀬だ。

（いいだろう。机を並べていた頃のように、解るまで何度でも教え込んでやる。天才には敵わないってことを）

来るがいい、笛吹きジャック。主役は譲ってやる。演出は任せてやる。ふざけたアドリブも深い心で許してやる。どれも興味の範囲外だ。

だが、いずれお前たちは思い知る。最後に筆を執るのはこの俺だ。

5

カレンダーに追い立てられるような日々が過ぎ、計画の日はやってきた。

やはり、僕……つまり三ノ瀬という人間の根本は小心者の小市民なのではないかと思う。犯行直前のひりつく感覚は何度経験しても慣れない。心臓がぐっと締め付けられ、頬がつっぱり、震えが止まらなくなる。

カジノエリアのベンチに腰を下ろし、コーヒー片手にスマートフォンをいじっていても、自分が有象無象に紛れているか不安になる。個人認証チップのカメラも、巡回するドローンも、夕焼けで紫に染まった空も、僕を特別監視しているような気がしてくる。

「そりゃ恋だぜ、三ノ瀬ちゃん。スリルに恋してるのさ」

僕は五嶋を無視して、スマートフォン上の遠隔カメラアプリを覗き込んだ。

ドローンカメラの先で、二人組の男がカフェテラスでエスプレッソを嗜んでいた。一人は短く刈り整えた髪型の東アジア系で、もう一人は長髪気味の東南アジア系だ。男達の足元にはボストンバッグが無造作に放ってある。不用心に思えるだろうが、ちゃんと盗難防止タグがついている。バッグが彼らから五メートル以上離れると、スマートフォンに通知が飛ぶ仕組みだ。

マカオ系のマフィアは、札束を運搬するときアタッシュケースよりボストンバッグを好んで使う。整頓せずに乱雑に放り込むことで、上だけ本物、中は新聞紙といった誤魔化しが効きにくく、いざという時の処理も素早いからだ。

　マイクの指向性と感度をあげて、彼らの会話を盗み聞きする。

『私の兄弟、私の母は機嫌が悪いようです』

『まあ、あなたはＶＩＰルームで優雅さを望みますか？』

『Centralのスタッフの質は非常に悪いです。コスト削減になると、それは衰えます』

『母、私の母は以前と同じです。ホテルの最低レベルでも、私はそれを楽しんでいます』

『あなたが金を使うことが出来れば、それはどこでも楽しいです。あなたが他の誰かのお金を持っていれば、それはまだ楽しいです』

『違いはない』

　僕は首を傾げた。イマイチ翻訳の出来が悪い。解釈出来ないほどではないのだが、違和感が拭えない。

「おかしいな。中国語はデータが多いから、翻訳精度も高いって聞いてたけど」

「上海語だよ。マダム張はマカオでのし上がったが、出身は上海だ。部下もそれ系が多い」

　僕が曖昧に話を流す類の相槌を打つと、五嶋は眉をひそめた。

「敬意を払えよ。三ノ瀬ちゃん。中国人相手のビジネスに敬意は必須だが、上海人相手なら特にそうだ。連中はプライドが高い。上海で犯罪を起こすのは全部外地の人間だと思ってるからな」

なんだか、どこかで聞いたような話だ。治安のいい地域のプライドの持ち方はどこも同じらしい。でも、彼らは犯罪組織の人間なのではなかったか。

五嶋は僕からスマートフォンを取り上げると、ドローンをマダム張グループの方に飛ばしていった。

「上海は国際都市だ。上海人はオープンな気質で英語が堪能だし、もちろん中国の標準語にも不自由しない。ただな」

五嶋がスマートフォンに何かを言うと、ドローンは流暢な中国語で、横の自走スロットを勧めた。

「上海語を使った方が、ほんの少しウケる」

僕の耳には解らないが、翻訳の出来の悪さを見るに、上海語で案内をしたのだろう。男たちは暇つぶしにとスロットに触り始めた。

「さて、仕事だ」

五嶋は手元のタブレットで、別のドローンを操作し始めた。男達の背後に浮かぶ、ぼんぼりを掲げた気球型ドローンだ。値が張るわりに速度もパワーも低いが、音がしない。ドローンはアームの爪を引っ掛けてボストンバッグを少し開き、偽札を包んだビニール袋を一つ押し込んだ。男の一人が振り返るが、気球型ドローンは素知らぬ顔で（顔などないが）さも気取った照明ですよといった風に飛び去った。

「難なくクリアだな」

人の気配に敏感な裏社会の男達の感覚も、まだドローンの気配にまでは最適化されていないようだ。

午後七時を回ったところで、短髪の男が画面に食い入る長髪を小突いた。長髪は少し文句を垂れると、名残惜しそうにボストンバッグを抱えて席を立つ。キャッシュレスなので会計は不要だ。

彼らの向かう先は博多で最も目を引くカジノ……セントラルベイ博多だ。着飾った観光客の合間を縫うように、バイザーをつけた警備員達がネズミ一匹見逃さない密度で巡回している。自動小銃こそ構えていないものの、彼らが腰に提げた拳銃は、補助スーツの姿勢補正と連動して標的を確実に射抜く。下手な鉄砲も数撃ちゃ当たるとはいうが、一発で仕留められるのが一番怖い。

犯罪者をつまみ出すはずの警備員達は、しかしマダム張の手下に一切干渉しなかった。

「彼ら、ちゃんとキャッシャーに直行しますかね？」

「心配ない。マダム張も四郎丸も馬鹿じゃない。偽札取引に直接関与させるのは、信頼出来る部下だけだ。奴らは必ず二番キャッシャーに行くし、決められた時刻に取引する。マダムの用意したスーパーZZと俺らが加えた〝偽〟スーパーZZは、道理の解る古参職員の手で、紙幣鑑定器を通すことなく、地下金庫に直行する」

「そして、偽札は時間をかけて小口の顧客に渡され、日本全国に散らばっていくわけですか」

「笛吹きジャックさえいなければな」

五嶋は中古スマートフォンを起動した。119にダイヤルして、ノイズを拾わないよう、マイク周辺を右手で覆う。

「もしもし。ええ、そうです。緊急です。ボヤではありますが、場所が場所でして。ええ、火元は……」

五嶋はちらりと僕を見て、ウィンクした。

「セントラルベイ博多の、地下金庫です」

こうして、戦いの火蓋は切って落とされた。

6

この俺について、四郎丸という男について、一つ解いておくべき誤解がある。

それはつまり、俺はヤクザではないということだ。博多の黒幕と呼ばれてはいるが、暴力団との繋がりを示す証拠はどこにもない。まして、海蛇などという恐ろしい殺し屋を雇った覚えももちろんない。経歴は純白。履歴書も表通りで読み上げられるものだ。家柄も悪くない。名門高校、大学を出て、実業家にも政治家にも友人が多くいる。

では、この俺をなんと呼ぶのが適切だろうか？　資産家か？　実業家か？　いや、違う。ゲーマーだ。と言っても、小僧共がコントローラーを握りしめて猿のようにやる、あれには興味がない。高度で、示唆に富み、ルールを把握し、ルールを改変し、命綱を掴んだ者こそが勝利する。格調高いゲームを嗜む者だ。

では、ゲームの格を決めるのは何だろうか。無論、掛け金だ。七並べほど美しいゲームがポーカーに比べ軽んじられているのは、単に金が動かないからだ。

だからこそ、俺はゲーム盤には徹底的に金をかける。

五つ星シェフに監修させた地上十八階のＶＩＰ専用レストランも、戸籍のないガキを一ダース売りさばいても買えないカーテンも、椅子も、机も、照明も、格式張ったフランス料理も、一枚二十万は下らぬ皿も、その上に乗ったよく解らない何かのよく解らない和え物も、身につけたマナーも、窓から見える博多の夜景も、〝人機〟ですらも、全てはゲームの格を演出するための舞台装置に過ぎない。

そして、今の俺の対戦相手こそ、マカオマフィアのドン。マダム張だ。

「いかがでしょう。当レストラン自慢のコースは」

「ま、悪くはありませんわ。あなたの余計な一言がなければ」

取り繕った言い方をすれば、マダム張は年齢不詳の妖艶な美女だった。取り繕わなければ、典型的な整形中毒だ。汚い金を持った女の行き着く果てとして、最もありがちな顔の一つをしていた。

これだけの肌ツヤだ。さぞ維持費がかかるのだろう。何せ、俺のスイートルームに入るや否やアロマ加湿器を十台も買い込み、テラピストを毎晩呼び、更にはホットヨガを始めるほどだ。

ついに今日は巨大な水素吸入カプセルなど持ち込んできた。四百万のペルシャ製カーペットにアロマオイルの汚れがついたと聞いた時には、勢い余って清掃員を解雇してしまった。

まあ、いい。この憤りもまた、ゲームの醍醐味だ。

「この取引に、あまり前のめりだと思って欲しくありませんの」

厚ぼったい口元を拭くと、流暢な日本語で張は言った。

「わたくし、自分でナイフもフォークも使えますのに。どうして、あなたにパイを取り分けてあげる必要がありまして？」

「手厳しいですな」

俺は苦笑したが、解っていた。こんなものは単なるディールだ。澄ました厚化粧の裏には、欲しがりの本性が隠れている。

マダムは北朝鮮地下組織から国家予算規模のスーパーＺＺを購入している。だが、主ルートだった東南アジア圏の両替所のＡＩ化が進み、紙幣鑑定器が次々に一新され、在庫を抱え始めている。

大手両替所や銀行が使えなくなった今、奴が偽札を捌くには、日本国内の小規模地銀や信金、郵便、その他数多の小売店を狙うしかない。それには、顔が広く、影響力が強く、土地勘のある日本人組織が必要なはずだ。

資金力や規模はあちらが上だが、奴は手札をダブらせている。パスの回数も残りわずか。スペードの四はこちらの手にある。今に、俺好みの顔をさせてやる。

「しかし現に、あなたは労せずして四億のデポジットを得た。そうでしょう？」

「そうね。危ない橋を渡って」

そう言って、マダムは不快げに頭上で可動するカメラを睨んだ。ここのカメラは個人認証チップとは無関係なのだが。

「理解が足りていないようだから、付け加えてあげますけれど。この取引はそのものが報酬の前払いなの」

マダムは赤子をあやすような調子で、そう言った。挑発のつもりだろうが、スペードの四を持つ相手には逆効果だ。むしろ可愛らしさすら感じる。

「あなたがすべきは、単に偽札を捌くルートを作ることではないの。それよりも」

「計画の完遂、でしょう？」

マダムが頷く。

「ご心配なく。個人情報保護法改正案は、必ず今期中に国会を通ります。来年の今頃には、このカジノはあなた方の庭だ」

「それって、芝村先生をあてにされているのかしら」

マダムの視線が俺の頬や口元を探る。悪いが、そこに動揺は転がっていない。その程度は調べられて当然だ。

「確かに、あの方の発言力は信頼出来ますけれど。フラれた男の袖に縋るのは、少々情けないのではなくて？」

「政治家に袖の時代は終わりましたよ。今は首輪です」

「首輪？」

今度は、俺がマダムの表情を探る番だった。やはり、この女はダイヤについて何も知らない。アドバンテージはこちらにある。俺はあえて声を潜めていった。

「三十年分の裏帳簿です。どこに流しても腕が後ろに回る」

マダムは薄い笑みを見せた。わずかに信頼が得られたようだ。

「その言葉が本当なら、少しは実のある話が出来そうですわ」

なに、すぐに現実になる。ゲーム盤にすら上がれなかった稚魚を捕まえれば、すぐに。本州に逃げられればしたが、居所は大まかに絞れている。あとは最後の尻尾を捕まえるだけだ。

幾度かマダムと言葉のラリーを続けていると、ボーイが盆にスマートフォンを乗せてきた。

「お食事中、失礼いたします。四郎丸様、お電話が」

脳なしの内藤からだ。余計な思いつきでゲームを壊さないのはいいが、あまりにも自分で考えなさ過ぎる。先日の大ポカも響いているのか、最近は下らないことでも逐一俺にお伺いを立てなければ動かなくなっている。

俺はマダムに一礼して席を立った。

「なんだ、内藤。商談中だぞ」

『申し訳ございません、ボス。火急の要件でして』

「どうした。マダムの水素吸入カプセルが爆発したか？」

『爆発ではないのですが……。先程、地下金庫にて出火が確認されたそうです』

「出火？　金庫でだと？」

俺は舌打ちした。本当に火急ではないか。上手いことを言ったつもりならどやしつけてやるところだが、内藤にそれだけの頭はあるまい。

どうしてこう大事な時に厄介事が転がり込むのか。俺は眉間をもみほぐした。くれぐれもマダムに懸念材料を与えてはならない。

「火元はなんだ」

『不明ですが、監視カメラが使えなくなるほどの煙があがっておりまして』

紙幣のインクだ。金が燃えている。俺はさらに舌打ちを加えた。

「消火の見込みは？」

『既にカジノ消防隊が裏口に到着している模様です』

金庫内の札束は、六千万ごとに金属式の小金庫に収納してある。火の手に煽られてすぐに燃え上がることはないだろう。しかし、それでも刻一刻と俺の手札が喪われていることは確かだ。

ならば、消防隊に任せるのが最良だろうか。だが、今あの金庫にはマダムのスーパーZが十三億積み込まれている。万が一にも外部に情報が漏れれば、破談どころでは済まない。

(……いや、待て。そもそも……)

「内藤、通報を指示したのはお前か?」

『いえ』

「このことを知っているのは他に誰がいる」

『〝人機〟管制室の連中と、金庫番です』

大牟田警備のIT担当は、お勉強は出来ても決断は出来ない連中だ。金庫番は銃の撃てる犬だ。そういう者を選んで手札にしてきた。そうでない者はそうなるよう調教してきた。ルールの明記されたカードでなくては、ゲームは成り立たない。

通報したのは身内ではない。であれば、他に誰がいる? そもそも、あの金庫に火種になりうるものなどあっただろうか。金もダイヤも、自然発火するものではない。もしも、誰かが何らかの手段でそれを仕込んだのだとすれば……。

　先日の海蛇の忠告を思い出す。

（笛吹きジャック、か）

　鴨が葱を背負ってきた。笛吹きがダイヤを持ってきた。マダムを摑む最後のピースだ。火を熾した手際は悪くないが、ツメが甘い。所詮はマグレがあたっただけのチンケな小悪党だ。嚙み付く相手を間違えたな。

「騒ぎにしたくない。誤報だと言って消防隊は追い返せ。お前の方で消火しろ。いいか、外野は招くなよ。マダムに隙を見せるな」

『承知しました。ボス』

「もう一つ。人機に消防隊員共を追跡させろ」

『はい？　それは一体どうして……』

　俺は内藤の愚鈍さに呆れた。この様子では、カードを握るのは何年先か。

「笛吹きジャックが混ざっている。どうやったかは知らんが、ボヤ騒ぎも連中の仕業だ」

　内藤が息を呑む。

「海蛇も使え。次取り逃がしたらどうなるか、解っているだろうな？」

『……はい。肝に銘じております』

切り札はあちらからやってきた。今に手に入る。

自らの勝負運の良さにいささか興奮しながら、素知らぬ顔で席に戻る。マダムは足を組み、退屈そうにワインを呷っていた。

俺にしてみても、デザートの時間は消化試合だ。勝負の流れは決まった。ダイヤを手に入れるまで、盤面は動かないだろう。レートについて二三意見を交わすが、マダムは計画完遂までは口約束も拒む姿勢だ。

「一服、よろしいかしら」

許可を待つこともなく、マダムは懐から葉巻を取り出した。動き出そうとするボーイを目で制し、ライターをかざす。マダムは煙をゆるりと口の中でくゆらせると、十人消せる価格のカーテンに吹きかけた。

「おタバコを吸われるのですな」

美容オタクの癖に、と付けなかった自分を褒めてやりたい。

「いけないかしら」

「いえいえ。ただ、お部屋ではお気を付けください」

「あら。スイートは禁煙だなんて言い出さないわよね」

「まさか！　我がカジノは在りし日のお客様の夢を叶える場所です。ですが、万一ということもありますから」

「万一？」

察しの悪さに辟易する。まさか、水素が可燃性ガスであることも知らないわけではあるまい。

「あの手の品は火気厳禁ですので。あなたの美貌に傷がつくようなことがあれば、それは私にとっても大きな損失だ」

マダム張の眉がぴくりと動いた。

「ですから、何の話です？」

（……なんだ？）

久しく覚えのなかった感覚が俺を襲う。妙だ。マダムの反応は単にとぼけているのでもなければ、ディールでもない。素の感情だ。

冷静になれ。よしんば、連中が想像通りの手を使ったとしても、鴨葱の事実は変わらない。カジノ内数千に及ぶ監視カメラと警備員の目を誤魔化せるものか。

しかし、それでも腹の底に冷たいものを感じずにいられない。これは焦りか。それとも後悔か。

いや、違う。これは、そうだ。ジョーカー持ちのプレイヤーを読み違えた時の気分だ。

「失礼。少々席を外します」

ボーイから電話を奪い、即座に内藤にかける。丑三つ時でもコール二回以内に出ろと躾けた犬が、二十秒近く俺を待たせた。

そして。

『もしもし？　ハロー？　お宅のライアン・ゴズリングです』

笛吹きジャックが、俺の卓についていた。

7

四郎丸は完璧主義者だ。常に自分の見知ったゲームを用意し、自分の知りうるカードを揃え、対戦相手を熟知した上で、スペードの四を握ることを好む。

だが、それは状態空間の狭いゲーム盤の上での話だ。五目並べの完全探索からオセロの完全探索まで四十年かかったのと同様に、ゲームが複雑になればなるほど、パーフェクトゲームは困難になる。人間にもフレーム問題は存在するのだ。

『おい、その角気をつけろ！　上げろ上げろ』

『す、すみません。こんなに重いとは……』

『四郎丸さん肝いりのスイートルームだぞ。ドアに傷つけたら魚の餌だ』

特に、消費社会の生活というものは、一人でその全容を網羅的に把握するのは不可能だ。事業が大きくなれば尚更だ。

例えば、四郎丸は薄型テレビの製造をしていないし、人の寝息やいびきを検知して空気の状態を最適に保つビルマルチ空調機ももちろん外注している。ビルの土台になる環境統合プラットフォームは外部から納入している。それどころか、先々月には報酬交渉の決裂で窓拭き業者をクビにして、外注先を変えた。

それこそが、笛吹きジャックの狙うべきゲーム盤の死角だ。

『はぁ。なんとかなったな』

『で、どうしろって？』

『開封して起動させとけってよ。人使いの荒い……』

『えーと、コンセントどこだ？』

死角には様々な可能性が潜む。例えば、勤怠管理のいい加減な会社がいい加減な清掃員を雇うかも知れないし、彼が窓にBluetoothの発信器を取り付けるかも知れない。

　チラーやビルマルチといった企業向け大型空調機は、法令により冷媒ガス漏れ検知のためのデータ通信を行うものなのだが、こうしたＩｏＴ端末はファームウェアの更新頻度が低いので、セキュリティホールが残っているかも知れない。

『お、おい、なんだこれ。水素漏れてないか⁉』

『誰か傷つけたんじゃないだろうな？　マダムの怒りが爆発するぞ』

『何言ってんだ。マダム以前に俺らが爆発……す……る……』

　あとは、笛吹きジャックの独壇場だ。家電のマイクやカメラをクラッキングし、件の音源認識キーロガーでマダム張のパスワードを手に入れ、彼女のアカウントで水素吸入器カプセルを注文する。それから、商品に笛吹きジャックが混入して、消火器に詰め込んだ催眠ガス（ハロタン）をばらまく。

「要するに、ユビキタス万歳ってやつだな。三ノ瀬ちゃん」

「総務省ポイントが入りましたね」

「何？」

「総務省ではユビキタス、経産省ではＩｏＴって言うんですよ、五嶋さん。もうどっちも古いかも」

そして、僕らはカプセルの蓋を蹴破った。

ガスマスクごしに見るスイートルームは、美術館で超高級家具店を開いたような趣があった。重厚感や安らぎがあるという意味ではなく、何を壊しても借金が嵩みそうだ、という意味だ。

鑑定番組で見たことがあるような絨毯に、カジノ従業員三人が寝転がっていた。何とか意識を保っていた一人も、五嶋のフックですぐ寝落ちした。

人機に接続された警備員達は生きる電子装備だ。彼らのバイタル情報は常時中央管理室でチェックされ、そこには一分の隙もない。だが、一般カジノマンの身につける電子機器は耳に取り付けた小型カメラ程度のものだ。そして、スイートルーム内にカメラ付きで侵入は出来ない。プライバシーの問題もあるし、マダム張の機嫌を損ねる。

僕はご苦労さまの気持ちを込めて彼らの服を剝ぎ取り、プラスチック指錠で手際よく締め上げた。スイートルームの防音対策は万全だ。目覚められても問題はないだろう。

拝借したワイシャツに袖を通す。普段よりワンサイズ上のLLだが、今日はぴったりだ。ズボンのベルトを締め、ネクタイをエスカイアーノットに結ぶと、猫背が治るほど背筋が伸びる。

「廊下は事前調査通りだな」

先に身支度を済ませていた五嶋が、ドアの覗き穴にスマートフォンのカメラを向けていた。ルームサービスの顔を覗くのがやっとの小さな穴でも、簡単な画像変換を施せばそれなりの視界は確保出来る。

「スイートの出入りを監視可能なカメラは止められてる。護衛も今寝かせたので全部だ。ここはフリーだ」

マダム張の注文……の体を装った僕らの注文が通っていたようだ。マダムは証拠や足取りといったものが残ることを極端に嫌うから、さほど違和感のない文句だったのだろう。もしカメラがつけっぱなしなら、窓伝いにミッション・インポッシブルせざるを得なかった。

「こちらスイート。荷物の搬入を完了したが、起動に手間取っている。しばらくお待ち頂きたい」

僕はスマートフォンに向けてそう言った。すると、スマートフォンがオウム返しにこう言った。

『こちらスイート。荷物の搬入を完了したが、起動に手間取っている。しばらくお待ち頂きたい』

ただし、その声はカジノマン山中のものだ。先程の愚痴で、彼らの声帯は録音出来ていた。インカムにそれを流し込むと、すぐに返答があった。

『こちら人機管制室。承知したが、急いで欲しい。地下金庫で火災が発生した。応援が要る』

なるべく急ぐと伝え、交信を終える。

「消防隊は断ったようです。五嶋さんの読み通りですね」

「そりゃ、偽札金庫に部外者は入れたくないだろ」

僕らがセントラルベイ博多の金庫に放り込んだ偽札は、言ってしまえば点火剤だ。素材にはニュー・シネマ・パラダイスで悲劇を起こした物質、ニトロセルロースが混ぜ込んである。ビニールから取り出して空気に触れると酸化が始まり、三十分程度でボヤになる。実際の偽札サンプルを元に3Dプリンタで刷り上げた。

材質が違うので、よく見てよく触れば偽物だと解るのだが、心配いらない。偽札に偽の偽札が紛れ込んでいるなんて、誰が想像出来るだろう。

「これで、作戦の第一段階はクリアですね」

プラスチック爆弾でも開かない地下金庫をどう突破するか。その答えがこれだ。金庫を開けるのではなく、開けさせるのだ。金庫内で火災を起こし、従業員に消火活動にあたらせ、応援のふりをして金を盗み出す。

「でも、もう出火から六分前後経ってます。急いだ方がいいですよ」

乗っ取ったビル空調を使って金庫に酸素を送っているが、それもバレない程度にだ。鎮火されたら元も子もない。天の岩戸が閉まってしまう。

「解ってるよ。解ってる。ただ、念の為に聞いときたいんだが」

五嶋は手袋ごしにドアノブを握ったまま、こちらに振り向いた。

「開けた瞬間にドアの陰から海蛇の禿頭、なんてことはないんだよな？」

「仮説が正しいのなら、おそらくは」

僕の予想では、海蛇の技術には一定の制約があり、準備が必要になる。そも、例外を引き起こすなんて魔法の力が本当に存在するのなら、世界の王様にだってなれるはずだ。四郎丸の子飼いに落ち着く理由がない。

まず、あの力は相手の現在位置を知らない限り使えない。でなければ、この潜伏期間中に僕らは吊るし上げられていた。

そしてもう一つ、恐らく、九頭はあの技術を身内にも公開していない。明かしていたとしても、使える人間が他にいない。でなければ、九頭自身が現場に出てくる理由がない。

だから、確実に僕達を仕留められるだけの情報を与えない限り、海蛇は姿を現さないはずだ。

「自信の程は？」

「聞きたいですか？」

「やめとく」

五嶋が恐る恐るドアを開く。結論を言えば、案ずるより産むが易しというやつで、そこには恐るべき禿頭は存在せず、それに酷似した質感の壺があるだけだった。

壺や瓶の並ぶ静かな廊下を抜けて、エレベーターを避け、十二階分の非常階段を降りる。本来ならば従業員用階段を使いたいのだが、入出力を記録されると面倒だ。

足取り軽く非常階段を降りきって通路に出ると、唐突に視界が開ける。

「目が痛くなりそうです」

博多最大のカジノホールが待ち受けていた。そこはVRで体感したそれとは全く異なる圧があった。成金趣味のスロットマシンが叫び、ルーレットが回るたびに、テーブルの客が天に祈りを捧げる。仮想チップとカードが飛び交い、半丁博打の音圧が感覚を狂わせる。射幸心を鍋で煮詰め、ほんの少し気取った雰囲気で皮をかぶせただけの空間。ホールを囲う池で鯉が泳いでいるのが、申し訳程度の癒やしだ。なお、中年男性は壁のテクスチャと融合していなかった。

「欲望おばけの腹の中って感じ」

五嶋の言う通り、ここは怪物の胎内だ。百二十の監視カメラと三十二名の警備員、ドローン、ディーラー、ウェイター。全員がカメラを装備していて、人機の構成パーツになっている。二百メートル先の電子ロックつきの扉前に警備員が立っている。絶賛消火活動中の金庫はその先だ。

監視の網は蚊も通れないほど細かく、その目は誤魔化せない。人物検知モデルは中央サーバーに隠蔽され、Adversarial Example を作ることも出来ない。仕草一つ、ほんの少し疑われただけでも、人機は警備員の視線をキャッチし、僕らを照準する。オープンな空間ではあるが、笛吹きジャックにとっては最大の障壁だ。

「このちゃちな変装だけで突破出来たなら、奇跡オリンピックでモーセと並べるな」

「前から気になっていたんですが」

僕は素直な疑問を口にした。

「奇跡って、具体的に閾値何%以下を指すんです？」

五嶋は頭をかいた。

「明日が来たら決めようぜ」

そして、笛吹きジャックは人機に呑み込まれ、溶けて消えた。

8

何かがおかしい。俺のゲームが崩れ始めている。四郎丸のゲームは格調高く、完璧でなくてはならない。俺だけが正しくルールを把握し、俺だけが本質を理解し、俺だけがコントロール出来なくてはならない。

あの日、俺は紙切れ一枚を握っただけだった。スペードの四をただ手札に隠していただけで、クラスメートの彼女は目を腫らして無残にも泣き出した。それは、俺だけが七並べというゲームの本質を理解していたが故の甘美だった。

それがどうしたことだ。上質なゲーム盤にネズミがあがりこみ、カードを齧り始めているではないか。

「やられたな」

福沢諭吉の焼けカスを踏みつけて、俺はそう呟いた。ない。地下金庫から、四十億の売上金が綺麗に消えていた。全ての小金庫が工具で乱暴にこじ開けられ、中が空になっていた。あるのは灰と黒焦げの札束と、消火器の泡だけだ。

セールスマンがシェルターにもなると豪語していた分厚い扉は、全く用をなさなかったらしい。報告は受けていたが、こればかりは実際に目の当たりにしなければ信じることは出来なかった。

「申し訳、ございません……。申し訳……」

内藤は呆然自失といった様子だ。無駄な体軀を脱力させて膝を折ってへたり込んでいる。こいつは今、事態の収集を思考していない。盤面を把握しようとせず、ただ飼い主からの赦しの言葉を待っている。怯え震えて、責任を重く感じているアピールに終始している。理解よりも恭順。視野を狭く調教したのは俺だが、ここまで脳無しに育つといっそ清々しい。

俺はチワワのように震える大男を見下ろしながら、人機管制室の佐竹に電話した。

「俺だ。状況は？」

『ご指示通り、包囲を完了しました』

俺はゲーム盤に金をかける男。ネズミ駆除にも手間を惜しまない。

異常に気付くや否や管制室に連絡し、火器装備の警備員を金庫に送り込んだ。同時に全ての出入り口を封鎖させた。正面玄関はもとより、勝手口や駐車場、避難経路に至るまで、全てだ。ゴキブリ一匹、ゴミの一つも出させない包囲網を作り上げた。

「それで？」

『いずれも異常なしとのことです』

震える声を抑え、俺は佐竹に言った。

「技術屋のジョークは理解に苦しむな」

『……申し訳ございません』

佐竹のことだ。安物のワイシャツに汗をにじませながら、顎の脂をマシュマロのように歪ませているのだろう。想像するだけで不快になる。

「必要なのは謝罪ではない。説明だ。ネズミの侵入口は解っていたな？」

『ええ、マダム張のスイートで間違いないかと』

「ルートも知れていた」

『従業員になりすまし、消火作業の体で金庫に侵入。催眠ガスを使って内藤さん他十名を眠らせ、金とダイヤを持って逃走……』

「それだよ」

俺は言葉を区切る。スイートルームから金庫に向かうには、カジノホールを通らなければならない。顧客に圧迫感を与えないよう最大限配慮はしているが、しかしそれと解らぬよう無数の監視の目が光っている。カメラに映らなかったとは思えない。

「スイートから金庫まで、人機はコスプレ男共を素通りさせたと？　おまけに、四百キロの現金と芝村のダイヤを持たせて送り返したと？」

『……そうなります』

「とんだイリュージョンだな。来月ホールに呼んでみるか。いい興行が打てそうだ。ひょっとすれば、金が倍になって戻ってくるやも知れん」

「は、はは、ははは……」

内藤が俺の顔を見上げながら、口の端を釣り上げて笑い始めた。

「何か面白かったか？」

だが、一言聞き返すだけで石像のように固まった。

『申し訳ございません』

「いいや、申し〝訳〟は無くてはならない。現象には訳が必要だ。笛吹きジャックはＡＩの目を騙せたはずだ。件の手品にまんまとハマったのではないだろうな？」

『そ、それはあり得ません！』

電話越しにも顎の肉が震える音が聞こえた気がした。

『個人認証チップはともかく、うちはモデルパラメータを推論させるようなヘマはしていません。Adversarial Example を作れるはずがありません』

「ならば、この空の金庫をどう説明する」

『現在調査中で……。で、ですが、奴らは袋のネズミです。包囲を緩めず捜索を続けていれば、いずれ』

俺は舌打ちした。話にならない。

「いずれ、か。それはいい。ならば、連中が見つかるまでカジノを出入りする客全員の名前と顔を正面から確認し続けるか。明日の朝までいいか？　明後日か？　それとも一週間先か？」

佐竹が再び黙り込む。出入り口の封鎖など、保って一時間だ。長引けばカジノ警察の知るところになる。痛くもない腹を探られるのは心外だが、痛い腹を探られることこそ最悪だ。

「客室も洗え。ルームサービスでも何でもいい。全ての部屋を徹底的に調べ上げろ！」

通話を切り、踵を返す。もぬけの殻の金庫に用はない。

内藤を蹴り起こし、警備員を連れて金庫を出る。階段を登り、電子錠の扉を越えてカジノホールに戻ると、熱気と活気が肌をうつ。能天気に騒いでいる連中を見ていると、我が客ながら灰皿で頭をかち割ってやりたくなる。

馴染みの客に会釈しながら、早足で歩く。向から先は人機の管制室だ。指揮は自分で執る。カードを切るのはこの俺だ。

「支配人！　緊急の案件です」

甲高い声に振り返ると、チーフシェフの鴨田が喜色満面で銀皿を差し出していた。そこには八切れほど、白い二等辺三角形が並んでいた。

「先週鋭意開発中とお伝えしました、新作のベジタリアン用トーフサンドイッチです。ドレスを汚さぬよう、ソースも配慮したものでして。白身魚と見紛うばかりの食感を是非一度……」

俺はサンドイッチを一枚つまんで、池に投げ捨てた。水面が荒れないところを見るに、鯉はベジタリアンではないらしい。

「お前はクビだ」

そう言って、俺は鴨田を突き飛ばした。

9

これほど無味無臭な表情の五嶋は見たことがなかった。たとえるなら、知らないスポーツのヒーローインタビューを聞く顔とか、コーラの炭酸が抜けていく動画を見る顔とかが適当か。

とにかく、彼は悟りを開けそうな顔でサンドイッチをくわえていた。

「ぼそぼそでシャバシャバで、味気ない。気力が抜ける感じ。美味い」

学習データに含めたくない台詞だ。

「どうしたんです？　それ」

キャッシングは危険性が高いから禁止、と申し合わせていたはずだが。

「しょぼくれたコックがタダでくれた。何か咥えた方が場に馴染むだろ」

「……高い買い物にならないといいですが」

「お、ノーフリーランチ定理来ちゃった？」

まさかと思うが、五嶋は万能アルゴリズム否定の定理を持ちネタにするつもりなんだろうか。

僕らはスーツに着替えて、休憩コーナーで紅茶を飲んでいた。高いところはソファーも高いらしく、少し腰を沈めるだけで尻に根が生えてしまいそうになる。一体どれだけ搾取すれば、無料でこんなサービスを提供出来るのだろう。

カップが空になると、給仕が自然な所作で忍び寄り、そっと紅茶を注いで会釈して去っていく。彼のインカムに接続された小型カメラは、僕を真正面から捉えていた。けれど、僕は毒味もせずに紅茶を呑む。四十億盗んで飲む紅茶は格別に……味が解らない。柔らかな風味は、緊張故の胃痛を緩めてくれない。

今頃、四郎丸達は目を血走らせて不届き者を探しているだろう。

「しかしまあ、流石と言っとくよ、三ノ瀬センセ。コロンブスポイント高いぜ」

五嶋がトーフサンドイッチを千切って半分寄越したが、僕は断った。サンドイッチが嫌なのではなく、彼が一枚目のサンドイッチを食べたあと、指を舐めていたからだ。

「まさか、人機じゃなくカメラを狙うなんてな」

あらゆるモノがインターネットに繋がる時代。モノのインターネット、いわゆるＩｏＴと機械学習を組み合わせる際、頭を悩ませるのがエッジの小規模環境と大規模中央サーバーとの処理の切り分けだ。

無線カメラによる人物検出は、エッジ環境でニューラルネットを走らせて特徴抽出を行い、特徴ベクトルを中央サーバーで照合するのが一般的だ。

しかし、人機は人物検知モデルを徹底的に隠蔽するため、特徴抽出すら中央のサーバーに任せている。無線カメラは撮った画像をそのまま中央に送りつける。それはセキュリティ面では有用だが、代わりに大きな代償を背負うことになる。

というのも、特徴量化されたベクトル列に比べ、素のままの映像は圧倒的にデータサイズが大きいのだ。混雑環境下での人物照合には最低フルHDクラスの情報が必要とされるが、ただでさえ客でパンク寸前の無線環境にそれだけの伝送負荷を耐える余裕があるはずもない。伝送ミスが頻発する混線環境に高ビットレートの映像を無理矢理流し込めば、紙芝居もかくやなコマ送り動画になってしまう。3G回線で映画を見るようなものだ。リアルタイムシステムにおいて、それは見過ごせない欠点だ。

だから、伝送速度を維持するために、警備員の無線カメラは映像を〝圧縮〟して伝送し、中央のサーバーで〝復号〟して映像に戻す。

(圧縮と復号、それが穴だ)

圧縮、復号を経た映像には、必ずアルゴリズムの〝仮定〟が忍び込んでいる。近年は情報圧縮アルゴリズムの発展で、人の目には殆ど違和感を覚えない復号が可能になったが、それは仮定の精度が上がっただけだ。近傍の画素値は近いとか、輪郭はつながっているとか……。人では言語化不能な仮定が、行列の基底ベクトルの形で表現されている。

九頭の言葉を借りるなら、それもまたアルゴリズムの〝枠〟ということだろう。

確かに、笛吹きジャックは人機の人物検知アルゴリズムに手が出せない。けれど、〝圧縮〟と〝復号〟のアルゴリズムならば、カメラを買うだけで手に入る。そのパラメータも、ソースコードの解析と挙動の実験で丸裸に出来る。

アルゴリズムの詳細が解り、パラメータも手に入れた。となれば、お馴染みの手だ。

（Adversarial Example の出番だ）

人物検知アルゴリズムではなく、無線カメラを騙せばいい。クラッキングした照明と化粧によってノイズを加えられた僕らの顔は、中央のサーバーでは全くの別人として復号されているだろう。こうなれば、中央サーバーに引きこもった人機の人物検知モデルも型なしだ。

「どうせなら、俺の顔はライアンに書き換えて欲しかったんだが。そこ以外は褒めてつかわすよ。ナイスアイデア」

「五嶋さんのアイデアが無ければ、机上の空論で終わりましたよ」

そう、カメラの画像書き換えには条件がある。通信状況が良ければ、圧縮の必要性は薄く、殆ど仮定が使われないのだ。回線負荷による伝送失敗が増えるほど、アルゴリズムは少量の情報から多くの仮定を持って補間を行うことになる。Adversarial Example による書き換えを成功させるには、適切なタイミングで、ばれない程度に、程よい通信妨害をする必要がある。通信網全てを殺すなんて真似はもってのほかだ。

そういう話は、電子系に詳しい五嶋の出番だ。五嶋はドローン用の無線給電システムに目をつけた。無線給電の本質は、強力な電磁波の照射である。無論、直接人体に放射するのは有害なので、指向性を持たせて照射する。

それはつまり、無線カメラの電波をピンポイントで撃ち落とせるだけの精密性と出力を持った妨害装置が予めカジノに積み込まれている、ということに他ならなかった。あとは、空調と同じ手でセクショナリズムを利用してクラッキングすればいい。

「無線給電の届く室内なら、俺達は百面相になれるってわけだ」

「それにしても、本当に気付かれないものなんですね」

警備員達は選りすぐりのプロという触れ込みだったが、声をかけられるどころか視線も向けられない。変装しているとはいえ、僕らの顔を知らないわけでもないだろうに。

「責任だろ」

五嶋は言う。

「人を疑うのは勇気がいるんだよ。機械が否定しているのなら尚更だし、ボスが四郎丸ならさらに倍だ。食って掛かった相手が上客なら、明日には失業保険についてググることになる」

いつの日も、ＡＩ最大の壁はプロフェッショナルの存在だ。人機はプロフェッショナルを取り込むことでその壁を乗り越えたが、その劣化までは想定出来なかった。

やはり、アルゴリズム不明のパーツをシステムに組み込むこと自体、ナンセンスなのだ。人機は理解可能な知性ではなかった。

「たとえ船頭が完璧だろうと、船底に穴が開けば航海どころじゃない。ま、たっぷりと後悔してもらおうぜ」

「航海と後悔がかかってるんですか？」

「三ノ瀬ちゃん。口にしない方が賢いことって、あると思うぜ」

さて、問題はここからだ。先程五嶋が室内なら百面相になれると言っていた。逆に言うと、室外にこの手は通じない。外の無線給電機はカジノの共有設備で、僕らがクラッキングしたビルAIとは別口だ。正面玄関含め、外の警備員のカメラは騙せない。だからこそ、僕らは回りくどい手段でカジノに潜入し、胃を痛めながら休憩コーナーに立ち往生（？）しているのだ。

今の笛吹きジャックは袋の中でくつろぐネズミだ。なんとかして袋を食い破らないといけないし、隠した金の回収もしないといけない。

「いい加減、泣きついてみるかな」

五嶋は最後のトーフサンドイッチを嚥下すると、やはり指をなめた。

10

人機の管制室は、カジノホールに負けず劣らずの喧騒に満ちていた。棚田のように並んだ机で、オペレーター達が呪文のように連絡と指示を交わしている。

左右の壁にタイルの如く敷き詰められたモニターには、カジノ全域の監視カメラ映像が次々と切り替わりながら表示されている。天井から吊るされた大型モニターには、カジノ全体を俯瞰する三次元地図が投影されており、そのどこにも追跡中のターゲットを示す赤い点が見当たらなかった。

「四郎丸さん！」

俺が足を踏み入れるや否や、佐竹が丸い体を転がすように駆け寄ってきた。

「どうした。クイズは解けたのか？」

「いえ、それはその、整形の可能性を」

「そんなネタが俺の耳に入らないと思うか」

使い物にならん。整形を疑うぐらいなら、人物検知モデルのアクセス権持ちを一人ずつ尋問した方がいくらか有意義だ。

俺はこの男を評価している。佐竹は有能な技術者だ。どこぞの一匹狼気取りよりよほど使い勝手がいい。元ＩＴベンチャーの社長で、倒産しかけたところを拾ってやった。

起業に踏み切るだけあって、この男の皮下脂肪には技術者のリーダーシップなるものが詰まっていた。俺には解らないが、技術者には技術者のヒエラルキーがあるらしい。脅しすかしではどうにもならない開発チームのパフォーマンスを、この男は引き出せる。矢面に立つことを恐れず、ある程度そろばんを弾く頭もある。買い叩いたベンチャーの技術をまとめ上げ、人機を完成させたのは九頭以上にこの男の実績と言っていい。

（だが、凡人だ）

いい買い物ではあったが、今切る手札ではない。例外には例外を。この盤面に相応しいカードは……。

「笛吹きジャックは、顔を消したんでしょう」

不遜な横槍に、佐竹が目を見開いて硬直した。内藤が鼻を鳴らし、オペレーター達も一瞬、黙り込む。

声の主は解っている。この俺にこれほど平然と口答え出来る男は、たった一人だ。銀縁眼鏡にスキンヘッド。蛇じみた容貌の男。消防隊を追えと命じていたはずだが、ブラフと見切っていたのだろう。だからこそ、海蛇はここにいる。

「人機の特定人物検知システムは、動画からの人物矩形切り出しとその特徴量化をニューラルネットで行い、データベース上で近傍探索を行っています。射影された4096次元のうち、顔に関連する属性が占めるのは2400次元あまり。残り約1700次元の中でも、服装に関する属性は当然使えないので、判断材料は精々が身長と体型程度。変装されればそれもあてにならない。人物検知が働いていないというのなら、人機が顔を認識していないんでしょう。子供でも解る理屈です」

九頭は遠慮という言葉を知らない。自分の正当性を信じる限り、相手が誰であろうと主張を曲げない。白と思ったものを白、黒と思ったものを黒と言い張り、大抵の場合それは事実だ。もっとも、所詮は首輪つきが吠えているに過ぎないのだが。

「ならば、子供でも解る質問を返そう。笛吹きジャックは、全長二百メートルのホールを、従業員の誰にも顔を見られず通り抜けたと？」

「というより、人機に顔を見られずでしょうね。四郎丸さん」

九頭はわけもないことのように言った。技術的裏付けがあるということだ。

「人物検知モデルが要因でないなら、カメラか回線でしょう。エラーが起きない程度に映像が書き換えられている。脳がついてりゃそう考えるのが自然です」

九頭は佐竹を見下ろして言った。

「市販品のカメラを使うなと、警告はしたんですがね」

「なるほど。海蛇先生は実に頼りになるな。では、その頭脳を見込んでもう一つ質問だ」

九頭の目を見据える。銀縁眼鏡の先の冷笑は崩れない。

「俺は笛吹きジャックを捕まえろと命じたぞ。何故ここで油を売っている？」

「居所が不明だと、俺の技術も使えませんので」

「理由を言え」

九頭は傲慢と侮蔑を隠そうともせず、口元を釣り上げた。

「教えてあげてもいいですが、この場に理解出来る奴がいますかね？」

内藤が鼻息荒く摑みかかろうとするが、俺はそれを制した。立場を解らせてやるのは、ことが片付いてからだ。

「対策はあるか」

「三秒分の映像です。笛吹きジャックだと確証持てる歩行映像が三秒あれば、片付きます」

九頭は子供に語って聞かせるように言う。

「映像を書き換えられたとして、精々が顔と服の柄程度でしょう。体型含めた輪郭を変えるとなれば、ほぼ間違いなく周囲と齟齬が出て、人機が警告を吐きます。ならば、人機のシステムから顔に関連する特徴をマスクして、体型や動作に絞って探索すればいい。特に動作は重要です。骨格の発育や、筋肉の発達、身体操作の感覚は個人によって異なります。一挙手一投足に個体の特徴が現れます。人機の人物抽出は動画情報を利用していますから、特徴量としては動作と位置があれば十分です」

「……確かに」

佐竹が蚊帳の外から口を挟む。

「それなら、コードの改変も数行で済みます。実装に時間はかかりません」

「いいだろう。佐竹はコードを書き直せ。他の連中はカジノホールを中心に、過去三十分の映像データから、改ざんの痕跡がある映像を洗い出せ」

「肉眼でですか？」

「当たり前だ。早くしろ！」

オペレーター達が一斉に動き出し、佐竹はキーボードに張り付く。

俺は椅子に座って、じっと報告を待つ。マダム張との取引は、半ば破談だ。偽札を取り戻しても、護衛連中が眠らされたことは隠しようがない。彼女はもうこの地を踏むまい。しかし、まだ終わってはいない。最悪、偽札取引が潰れたとしても、ダイヤさえあれば、あの連中に渡りをつけられる。

（問題は時間だ）

出入り口のチェックを強化したせいで、カジノの玄関口が混雑し始めている。裏口でも業者と警備が口論になっている。カジノ内の顧客も徐々に異変に気付き始めているようだ。一体、あと何分もつ。

その時だった。再び、スマートフォンが鳴った。発信者は匿名。受話器に耳をつけた瞬間、間の抜けたリコーダーのＳＥが聞こえた。

『笛吹き男のイラストを出すタイミングがなくてさ。申し訳程度でも笛要素入れとこうかと』

忌々しい笛吹きジャックだ。先程同様ボイスチェンジャーを使っているようだが、口調からしてＡＩオタクではない。小賢しい司令塔の方だ。

『取引がしたい』

ネズミの分際で、俺の卓でカードを切るつもりか。

「要求は何だ」

『玄関と裏口からの職員撤退と検問の中止。ドローンと監視カメラの一時停止』

包囲網は効果をあげているようだ。連中はまだ檻の中だ。身を隠すことは出来たが、逃げられないでいる。

「見返りは」

『金庫の七割は返す。偽札は全部おまけしとくよ』

本音を言えば、拍子抜けした。盛大に舌打ちする頃合いかと思っていたが、金の使い途を知らない若造などこんなものか。七割返還ならば、損失額は十二億程度に収まる。カジノの一月の売上高から言えば、大した額ではない。一度放してやってから、追い詰めて殺せばいい。いくらかは戻ってくるだろう。所詮、日本は俺の釣り堀だ。

俺はしばし唸り声をあげて、苦渋を装った。

「致し方ない。だが、ダイヤは貰うぞ。無用の長物だろう」

『いいや、ダイヤは契約外だ。譲れないね』

今度こそ、舌打ちの使い所だ。AIオタクに芝村の話をしたのは我ながら軽率だった。ネズミに足元を見られるほど不快なことはない。

「解った。ダイヤは言い値で買い取る。お前達の手持ちを含めてだ」

『四郎丸さん。スペードの四はこっちにあるんだぜ。条件を決めるのは笛吹きジャックだ。あんたが選べるのは、呑むかどうかだけだ。スーパーZZが見つかったら困るだろ？』

「盗まれた金に何が混ざっていようと、俺の知るところではない」

『同じこと、取調室で言ってみろよ。マダムの前でもいいけどな』

想像する気も起きない提案だ。

状況を俯瞰すれば、俺にはまだパスが残っている。火災は内々に処理出来た。水素吸入カプセルはシステムの誤作動としておけば、笛吹きジャックの存在を仄めかすものはない。マダムは誤魔化せる。だがダイヤがなければ、計画は白紙化する。マダムの信用を失い、取引が立ち消えになるのは目に見えている。

しかし、その時マダムが抱く感情は、あくまでも失望だ。スーパーZZの存在が明るみに出た時、警察の捜査線上にマダムの名が上がった時、マカオのドンは怒りを覚えるに違いない。そして、〝彼ら〟も。ゼロか、マイナスか。事実上、選択肢はないと言ってよかった。

しかし、それでも声を絞り出せない。小悪党の差し出したカードを引くことほど、屈辱的なことがあるものか。ゲームを作ったのは、この俺なのに。

『時間稼ぎはなしだぜ、四郎丸さん』

あくび混じりで笛吹きジャックは言う。

『人生ってのはタイミングだ。チャンスを逃せば、オタクのトーフサンドイッチより味気ない余生が待ってるぜ』

腕時計を見る。針は無情にも等間隔で進んでいく。オペレーター達は無数の顔写真を漁っているが、全く効果をあげていない。正面玄関では、ついに若い男が警備員に食って掛かり始めた。

もう時間がない。俺は喉を抑えて。

(尻尾を出したな、笛吹きジャック)

笑いをこらえた。

わずか数秒前の記憶を、念入りに丁寧に掘り起こす。〝オタクのトーフサンドイッチ〟だ。笛吹きジャックは確かにそう言った。カジノでは多様なベジタリアン、ヴィーガン用メニューを提供している。国際色アピールのために出しているものだが、そも、ヴィーガンのような人種はあまりカジノを好まない。売れ行きは悪く、コストは高く、採算が取れない。

そんな中、ベジタリアンメニュー開発に心血注ぐ鴨田シェフのことを、疎ましく思っていたものだが。

(最後の仕事だけは評価してやる)

何故、笛吹きジャックは開発中のトーフサンドイッチの存在を知っていたのだろうか。メニューにもないものを無理に注文したわけではない。ならば。

「五分、考える時間をくれ」

『三分だ。それ以上は待たない』

俺は通話を切って、すぐさま佐竹に命じた。

「鴨田の行動履歴を追跡しろ」

「鴨田シェフですか？　いくらなんでも、彼に変装しているとは思えませんが」

「追跡しろと言った。今すぐにだ。次口答えしてみろ。舌を鯉に食わせるぞ」

有無を言わさずモニターに鴨田シェフの行動履歴を表示させ、オペレーターを総動員して、サンドイッチの行方を追う。

そして、発見した。特徴のない黒スーツを着て、鴨田に話しかける男。あの男こそ、笛吹きジャックに違いない。よく見れば、全体的な映像の質が荒い。改ざんの痕跡だ。

何かつまんでごく自然な顧客を演出したかったのだろうが、装飾まみれのブラフが命取りだ。

「摑まえたぞ、笛吹きジャック」

ダムの決壊を思わせるほどに、状況は急激に流れ出した。

雲のようにあやふやだった笛吹きジャックの行動経路予測線が、サンドイッチの一点を種にして、過去と未来に可能性の枝を伸ばし始めた。人機に蓄積された膨大な人物特徴量から、服装と行動を基準に笛吹きジャックの目撃情報が集約されていく。

後ろ姿の情報が警備員達のバイザーに転送され、その視界から類似した人物をピックアップする。警備員達が確度の高い人物を目で追い、可能ならば顔を確認し、その結果得られた情報が再度人機に集積する。

仮説が補強されていく。無駄な可能性の分岐が排除され、一本の強固な幹が出来上がる。

百二十七秒で、その報告は届いた。

『ターゲットを捕捉した。至急応援願う』

モニターに表示された三次元地図に赤点が灯る。笛吹きジャックの現在位置だ。奴は人目をはばかるように、裏手の掃除用具入れに忍び込んだ。

アサルトライフル所有の警備員十名と、バックアップに武装ドローン四台を配備する。出入り口を全て抑え、袋のネズミに持ち込む。勝負あった。

その時、丁度よく電話が鳴った。ともすれば、それは本日最も待ち望んだ通話かも知れなかった。

『時間だぜ。返答を貰おうか』

青いな。声が上ずっている。高揚を抑えきれていない。勝利を確信している。生半可に知恵があるからこそ、自分の限界を見誤る。

「小癪だが、他に選択肢もない。要求を飲んでやる」

『ご英断だな。ソロバンの弾ける相手でよかった』

「それと、お前と相棒に伝言がある」

『聞こうじゃないの』

　目をつむり、息を吸う。クラスメートの少女の啜り泣きと、三度目のパスの声が聞こえた。

「パスは無いぞ」

　通話を切り、右手を上げる。それが合図だ。武装ドローンが先陣を切り、拳銃を構えた警備員達が掃除用具入れに突入する。薄暗いそこを、ドローンのライトが照らす。

　乱雑に立てかけられたモップの狭間に、二人の男がヒキガエルのような格好で折り重なっていた。哀れにも縮こまり、震えている。上に覆いかぶさった男も見られたものではないが、下の男など傑作だ。ハイヒールなど履いている。まるで女のように華奢で、色白で、毛が少なく……。

　事実女だった。

「………誰だ」

　俺は呟いた。

『誰だ!?』

　警備員は問うた。

『主任の坂田ですぅ！』

　男の方は答えた。俺は眉間を揉みながら、この男を近日中に魚の餌にすると決めた。何の主任であろうが、必ずだ。

「……探せ」

　俺は腹の底から憤りを絞り出した。

「探せ！　データを集めろ！　その男は誤りだ！　怪しい影は全て報告しろ！　今度こそ笛吹きジャックを炙り出せ！」

　警備員達が散開し、ウェイターその他カジノマンまでも動員し、血眼になってホテル中を探し回る。

　何、ちょっとしたファンブルだ。データはあるのだ。次こそ必ず、奴らの息の根を。

『笛吹きジャックを発見！』

　殆ど待つこともなく、次の候補が報告された。三次元地図に赤点が光る。四階のクラブだ。暗く、照明が安定せず、人の目を誤魔化しやすい。隠れるにはもってこいの場所だ。

「いいだろう。次は逃すな。そこを起点に……」

『笛吹きジャックらしき人影を発見！　応援を求む』

「何だと？」

　別の報告が舞い込み、赤い点が二つに増殖した。しかし、これは二階のカジノだ。前の報告と全くリンクしていない。俺は苛立ちを覚えながらも指示を出そうとする。

「ええい、部隊を二分して……！」

『笛吹きジャックを発見！』

「何を!?」

　だが、それもまた遮られた。次々に報告が寄せられ、息つく暇もなく、赤い点が増殖していく。五つ。六つ。七つ。そこから先は、数えるのも億劫になる大合唱だ。

『笛吹きジャックがバーに侵入！　至急応援願う！』

『笛吹きジャックがスロットを殴打！　応援願います！』

『笛吹きジャックがカードをカウンティングしている模様！　応援を！』

『笛吹きジャックが積荷を奪いました！　至急応援願います！』

『笛吹きジャックがチュロスを購入！　応援求む！』

『笛吹きジャックと笛吹きジャックと笛吹きジャックが取っ組み合いの大喧嘩をしています！』

『笛吹きジャックが女をしつこく口説いています！』

『笛吹きジャックが自動運転車に乗り込みました！』

「常識で考えられんのか、能無しが！」

俺は怒鳴りつけた。子犬のように竦み上がる無能オペレーター共が、更に怒りを煽ってくる。

しかし、それでもとめどなく報告はあがってくる。人機が怪しいと当て込んだ人物を無視出来るほど、俺のカード共は肝が据わっていない。

笛吹きジャックの予測経路は雲に戻っている。振り出しに戻ったどころではない。指揮系統は混乱し、監視網は穴だらけだ。オペレーターは作業量にパンクし、警備員は粗雑な情報に振り回され、もはや警備の体を成していない。

今やセントラルベイ博多の、いや、博多カジノの全顧客が笛吹きジャック候補であり、つまり何の予測も立っていなかった。

（一体、何が起きている）

どうしてこんなことになった。人機のバグか？　ハッキングでもされたのか？　どうして。俺は無意識に銀縁眼鏡の男を探していた。九頭は、海蛇はどこにいる。今の今まで隣に立っていたはずなのに、姿が見えない。

「どういうことだ、佐竹ェ！」

内藤が佐竹の首根っこを摑み上げる。百キロを超える巨体のつま先が、軽々と浮き上がる。佐竹は顎の脂身を震わせながら、しかし心ここにあらずの様子だ。

「まさか……でも……」

佐竹は、そこまで想定出来ない、などとブツブツと呟いている。内藤が投げ捨てると、太い体で這いずってPCに齧りつき、そして目を見開いた。

「そうか。人機は、毒を盛られたんだ」

「何？」

「最初に得られたこのデータ、無色なんです。身長や体型にこそ多少の特徴はありますが、その他殆どの特徴量が原点付近の……データの密集地にあって、しかも時系列的に変動している」

「解るように話せ！」

「ジョン・スミスでも、のっぺらぼうでもいい。笛吹きジャックだと断定出来る唯一の動画ソースであるこれは、〝誰にでもなれる〟データなんですよ」

「そんな物をどうやって……！」

「解りませんよ！　でも、悪影響は推定出来ます。警備員だって人間です。不審人物の特徴をバイザーに投影されれば、つい似た動きを目で追ってしまう。あらゆる普通人がスコア付けされてしまう。悪循環だ。人機はそれと知らず、質の悪い教師データを膨大に抱え込まされたんです。もはやどれが本当の笛吹きジャックで、どれが偽物かも解らない」

つまり、人機はあくまで正常に動作し、その結果がこの様だと言うのか。佐竹の話が事実なら、溜め込んだデータを全て捨てて初期化すれば、人機の混乱は収まるだろう。だが、もう遅い。このチャンスを笛吹きジャックが逃すはずはない。

ああ、何故疑わなかったのだ。サンドイッチの釣り餌に飛びつく前に、どうして一度考えなかったのか。俺はまんまと引かされたのだ。笛吹きジャックの差し出したジョーカーを。

だが、仕方ないだろう。ネズミにカードの柄が読めると思うか？

佐竹は力なく笑った。

「無能な味方は敵より悪い。害意ある味方はなお悪い。良い教訓になったでしょう？」

俺はその肉饅頭の横面を殴り倒し、みぞおちに蹴りを入れた。佐竹は唇から血を流しながらも、自嘲の笑みを崩すことはなかった。

再び電話が鳴る。俺は殆ど無意識に応答した。

『必殺、分身の術』

「貴様……！」

『警備を緩める約束、守ってくれてありがとう。お陰で晴れて自由の身だ。あ、年を配慮して補足するけど。これ皮肉な』

俺は眉間を揉んだ。

「悪いことは言わん。睡眠薬を買っておけ」

『俺、風邪薬でも眠くなる方なんだけど』

「何故なら、今日からお前たちは、薬抜きで一睡も出来ないからだ。いいか。毎食前に三度俺に祈れ。便所の中まで追い立ててやる」

『愉快な冗談だ。ご褒美をあげよう』

紙切れが数枚、頭上から振ってきた。空中を舞うそれを摑んでみると、皺だらけの一万円札だった。

（こんなもの、一体どこから）

天井を見渡すと、通気孔が目に入る。

（まさか）

体温が下がる。直感が最悪の結末を指し示す。それを反証する材料を探して、しかしどこにも見当たらない。そう、まだ最大の謎が残っていた。四十億もの現金が、そして偽札がどこに消えたのか。その答えは、恐らく。

『実のところ、これが結構苦労したんだよ。二時間で数百トンの空気を総入れ替えするビル空調だ。馬力は十分だったが、それを制御するＡＩ作りが曲者だった。ビル環境統合プラットフォームの力を借りても、紙吹雪をこぼさず空気を循環させるって、案外難しくてね。俺も流体力学は齧りかけだし』

紙吹雪、とは、何のことか。解らない。解りたくない。

『え？　解ってる。はいはい。解ってるよ、センセ。物理演算ソフトが重いんで、まずそれをニューラルネットで模擬して、その環境下で空調制御ＡＩを強化学習させたんだよな。え、環境ごとの重み調整？　環境学習？　なぁもうそれ全部説明する必要ある？　自分の言いたいことより、相手の聞きたいことを話そうぜ』

電話口の声が、山彦のように遠く聞こえる。

『結論としては、だ。金は天下の回りモノってことでここは一つ』

「待て、落ち着け、考え直せ。取引は飲む。だから……！」

『残念だったな、四郎丸』

心底嬉しそうに、笛吹きジャックは言った。

『パスは無いぜ』

次の瞬間、オペレーターが叫びをあげた。

雨だ。諭吉の雨が降っていた。カジノ内外問わず、全ての監視カメラが、諭吉吹雪を映していた。通気孔や換気口から溢れ出した万札が、辺り一面を覆い尽くしていく。欲の皮突っ張った親父から、澄ました顔のセレブ気取りまで、目の色を変えて金に群がる。摑み合い、罵り合い、熱狂的に金を奪う。

「やめろ……！　汚い手で摑むな。俺の金だ！　俺のカードだ！　俺の……！」

喉が嗄れるまで叫んだところで、亡者共の手は止まることはなかった。

11

種明かしが必要だろうと思う。

笛吹きジャックはいかにして人機を人畜無害に陥れたか。という疑問への解答だ。

ＡＩを欺くステップはいつもたった二つ。対象を知り、偽装モデルを構築することだ。

まず、対象を知ること。

人機のモデルは秘匿されていたが、人機の技術者が僕らの〝挙動〟に目をつけることは予想出来ていた。僕らの姿を塗り替えるならまだしも、動作まで変えてしまえば、人機に送信されるデータと現実の間に齟齬が出て、警備員に気付かれる可能性があるからだ。

挙動のみを使った個人認識は、画像を使うものに比べて圧倒的に精度が下がる。人間だって、顔を見ずに動きだけで人を見分けろと言われれば困るだろう。正確なパラメータが得られなくとも、騙すのはさほど難しくない。

次に、偽装モデルを構築すること。

こちらのシステム作りは苦労した。今度はホエールを騙した時のような映像ではないし、六条を騙した時の音声とも違う。動作だ。プロジェクターでもスピーカーでも出力出来ない。

ではどうしたのか？　その答えを僕らは着込んでいた。展示会にあった、介護用薄型パワーアシストスーツだ。あくまで高齢者が不自由なく日常生活を送るためのものであるので、馬力は微々たるものだ。人機の警備員達が使うような照準補正機能もない。けれど、それで十分だ。動きの〝癖〟さえ変えられれば、それでいい。

僕は公開データセットから、生成モデルで人物の動きに関連する隠れ変数を抽出した。そして年齢、体格にあった最も普遍的な〝癖〟になるように、パワーアシストスーツで自身の一挙手一投足を修正したのだ。

使いこなすには時間もかかったが、慣れてしまえば違和感はない。背筋も伸びるし、健康にいい気がする。


乱れ舞う福沢諭吉。殺到する人々。止めに入る警察。サイレンの音からして、暴力沙汰も起きているようだ。狂乱するのも無理はない。それはこの欲望の都で唯一絶対に勝てるゲームなのだから。

僕はそんな騒動を、ゴミ収集車後部の手すりにつかまって聞いていた。

多くのテーマパークがそうであるように、博多カジノのゴミ収集も、場の雰囲気を崩さないよう配慮した形で行われる。比較的ファンシーな塗装のごみ収集車でゴミを一箇所に集め、そこから先は自治体に任せる。

決まったルートを通るカジノ内のゴミ収集は、比較的自動化しやすい業務だ。喜ばしい話ではないが、自動化は人員削減に直結する。ここのごみ収集はワンオペが当たり前だ。そして、今夜の当番は僕だ。五嶋が担当者を説得して途中交代してもらった。なお、説得の内容については関知しない。

紺色の帽子のつばをずらして、周囲の様子を窺う。

ここはカジノに併設された遊園地だ。お子様向けの施設であり、賭けで忙しい親の代わりに係員が子供に付き添うサービスもやっている。大人には大人の遊びをして欲しいのか、午後九時には閉園し、十時を回るとスタッフも完全に引き上げる。金目のものが少ないために警備は薄い。

人のいない遊園地はどこかしまわれたおもちゃ箱のような雰囲気がある。LEDの街頭は全て消えて、ジェットコースターやキャラクターハウス、メリーゴーランドといったアトラクションはいずれも沈黙している。移動販売車や自律歩行するマスコット達は、きっとどこかで眠りについているのだろう。

カジノの喧騒をBGMに、淡々とごみ収集業務をこなす。重労働ではあるのだが、パワーアシストスーツのお陰で疲労はない。

順路に従って園内を回り、三番目のゴミ箱……メリーゴーランド付近に向かう。ゴミ箱の脇に監視カメラの死角になったマンホールがあるのだ。そこに現金入りのゴミ袋を放り込むと、あとで五嶋が回収してくれる。そういう手はずになっている。

奪った金は十二億。諸経費を差っ引くと手元に残るのは一人五億というところだ。東南アジアに逃げれば、しばらくは平穏に暮らせる額だろう。

正直、僕はもうこのゴミ袋に頭を突っ込んで眠りたかった。今日一日で三年分の気力と体力を使った。けれど、酷く残念なことに、僕は約束のマンホールに着く前に、ゴミ収集車の停止ボタンを押さなくてはならなかった。

その〝理由〟はメリーゴーランド前のベンチに座り、缶コーヒーを飲んでいた。湯気で銀縁眼鏡を曇らせて、それを特に気にする様子もなかった。足元で機械蛇のサイモンがとぐろを巻いていた。

予感はあった。奴は思ってもないタイミングで、思った通りに現れる。笛吹きジャックの計画は決して針も通さない綿密なものではない。いくつものイレギュラーがありうる。けれど、どんでん返しを起こすのは、恐らく奴だ。僕は無根拠にそう感じていた。

「フレームの外にまたようこそ。笛吹きジャック」

「……九頭」

僕なんかが九頭を計算しきれるわけがない。周囲に人影はない。人機の警備員や四郎丸の部下の姿は見えない。先日と同じように、一人で現れたようだ。

「どうやって僕の足取りを摑んだのか、質問してもいいかな」

「簡単だ。給仕ドローンの充電量をチェックした」

なるほど、シンプルな解決だ。人機の無線カメラを騙すため、僕らはドローン用の無線給電システムを操って、微小な通信障害を起こして人機のカメラを騙していた。給電システム側をチェックすれば、居所が割れるのも道理ではある。

「要件は単純だ。芝村のダイヤを渡してもらう。奪った物も、お前達が持っている物もだ」

「十五分前なら、交渉になっただろうけれどね」

人を諭すのは初めての経験だ。

「四郎丸は沈み始めたタイタニック号だ。警察はもとより、マカオマフィアにも追われる身になった。荷造りして乗り捨てた方がいい」

「海蛇が船を選ぶかよ」

九頭は鼻で笑った。どうやら、四郎丸への忠誠心で動いているわけではないようだ。それならばなおのこと目的が摑めない。

「なら、君一人で議員をゆするつもりか？　それこそオススメしないな。社会性が足りない」

「読み間違いも相変わらずだな。教えてやる。計画の元締めは四郎丸じゃない。シリコンバレーだ」

僕は耳を疑った。シリコンバレー。並み居る大企業が集う、ＩｏＴ技術の集積地。検索サービスやSNSといったネットの中枢を一手に担う、インターネットの玉座とも言える地。九頭が一度は乗り込んだ場所。そこに住まう者達が、個人情報保護法改正案を通そうとしていた？

そうなれば、計画の目的が全く変わってくる。四郎丸が発起人であったならば、自分に有利なようにカジノでのデータ取得を規制しただろう。だが、シリコンバレーが規制に走るとは思えない。であれば……。

「君は、顧客データをアメリカに売り渡すつもりなのか？」

「保護と言えよ。カジノ法成立時にベガスが描いた通りの絵に戻すだけだ。芝村や一川が余計な横槍を入れなきゃ、こんな回りくどい真似も必要なかった」

九頭は続ける。

「四郎丸は計画の一参加者に過ぎない。計画への貢献と引き換えに、マダム張へのコネクションと偽札ビジネスの黙認を進言した。鼻の効く爺さんだよ」

日本は閉鎖的な経済大国だ。消費税還元などでキャッシュレス化を推し進めてはいるものの、未だ電子通貨化が遅く、金の流れが不透明だ。偽札の横行は電子通貨の促進剤になる。電子通貨化によって経済活動が可視化されれば、そこには新たなビッグデータが生じる。WinWinの取引というわけだ。巻き込まれる側はたまったものではないが。

「計画は生きている。ダイヤさえあれば完遂出来る」

自分に言い聞かせるように、九頭は呟いた。

「渡せ」

「嫌だ」

九頭がサイモンの頭を撫でる。唐突にまばゆい光が射し、僕は目を細めた。九頭の背後のメリーゴーランドが稼働したのだ。手回しオルガン風の陽気な曲に合わせて、馬達が上下に跳ねる。どうにも、主に最も似合わない遊具に思えてならない。

「残りのダイヤの在り処を吐かなきゃ殺されない、なんて胸算用してんのか？　なら、親切心から忠告してやろう。そりゃ三下の思い上がりだ」

焦げの臭いが鼻をつく。見ると、メリーゴーランドの裏からポップコーンのキッチンカーが顔を出した。

『ポップコーンは、いかがですか？　ぽかぽか、さくさくの、ポップコーンは、いかがですか？』

温かみある合成音声がそう聞いてくるが、肝心のポップコーンが見当たらない。空の鉄鍋がガタガタと揺れているだけだ。

九頭は続ける。

「個人情報保護法改正案の国会審議までまだ二週間はある。その気になれば、お前達の足取りを辿るのに十分な時間だ。ここで喋らせた方が楽ってだけだ」

いななきと蹄のSEが聞こえる。右手奥から、ケンタウロスのマスコットがコミカルな四足歩行でやってきた。左手からはドラムとシンバルの音。車輪駆動の森の仲間達がマーチを刻みながら登場して、メリーゴーランドの音色と喧嘩する。

ファンシーな遊園地の仲間たちが次々集まり、ゴミ収集車ごと僕を取り囲んでいく。

「俺に楽させてくれよ。それとも、また枠の外から喉元食い破られたいか？」

目を逸らさずに、気付かれない程度に深呼吸する。早まる鼓動を落ち着ける。勝負はここからだ。

「何が枠の外だ」

僕はお手玉を始めたピエロフィギュアを横目で見て、静かに言った。

「単なる電磁波解析攻撃だろ。例外を呼ぶなんて謳い文句は目眩ましだ」

九頭が目を細める。電磁波解析攻撃とはクラッキングの一種だ。名前の通り、暗号解読時にCPUから漏洩する電磁波を読み取って、暗号鍵を盗みとる技術だ。

「妙に自信ありげだが、根拠があって言ってるんだろうな」

「車載EDRだよ。あれが正常動作していたってことは、車内の権限は奪われていない。

車間通信をクラックして、緊急回避行動を取らせてたんだろう？」

そう、あの時突然現れた黒のプリウスの通信を起点に、僕らの車に緊急回避行動を取らせていたのだ。ドアロックも緊急時にユーザーを外に放り出さないための仕様だ。ラジオも電波ジャック。武装ドローンの方は、ごく普通に管理者権限を乗っ取られたのだろう。

「夢の世界にでも生きてんのか？　俺は実現可能性の話をしてるんだ。本気で電磁波クラッキングが実用化されたと？」

九頭の指摘はもっともだ。電磁波クラッキングは、イスラエルの学者が安価なツールで実装したことで一時脚光を浴びたが、もう廃れて見向きもされていない。

理由は単純、実用化するには探索範囲が広すぎるのだ。空間的にも、時間的にも。既存の実験でも、解凍処理が実行されるタイミングや、暗号生成のコードは既知の前提だった。

「確かに、無線電波が洪水のように氾濫した実環境で、見ず知らずのCPUの漏洩電波から暗号を読み取るのは不可能に近い。浜辺で一粒の砂金を探すような作業だ。正気じゃ出来ない」

僕は努めて冷静に、言葉を選びながら話す。一つでも理論に綻びがあれば、九頭は決して頷かない。

「だが、君はそれを可能にした。G社時代に開発した技術、カクテルパーティーフィルタリングを応用して」

海蛇の専門は音声認識と言語処理だ。そして、電波も音声も同じく波形情報である。CPUの仕様も暗号化アルゴリズムのコードも、人間の発声に比べれば圧倒的にバラエティが少ない。理屈の上では砂場から砂金を掘り当てられる。

「機械蛇のサイモンは単なる護衛やトレードマークじゃない。AI制御の可変型アンテナ兼ハッキングツールだ。最適な構造で通信を傍受し、解析し、君は一定の範囲内……。恐らく二十メートル前後の無線通信を自由に奪い取れる」

「なるほどな。お前にしちゃあ、上出来の考察だ」

九頭はおざなりに拍手した。その足元でサイモンがのたくった。

「認めてやる。正解だ。で、それがどうしたって？」

「理解したなら、再現も出来るってことさ」

あと一歩だ。次で交渉のテーブルにつかせる。

「サイモンのコピーを作った。こうして君を足止めしている間に、五嶋さんが警備の武装ドローン集団をクラックして回っている。この遊園地の制御を奪い返すのも、難しいことじゃない。準備不足の君に勝ち目はない」

「本当かよ？　コピーがあるってんなら、どうしてカジノ強盗中に使わなかった？」

問題ない。想定内の質問だ。

「あんなもの連れてたら、君に気付かれるだろう。アンテナ感度の関係でカバンに入れておくわけにもいかない。ここで手打ちにするのがお互いのためだ」

大丈夫だ。筋は通っている。僕は海蛇の技術を詳らかにし、実装した。笛吹きジャックは騒ぎを起こしたくない。九頭も無意味に死にたくはないだろう。互いが自己の利益を最大化するなら、これは最適な選択だ。

息を呑み、相手の反応を窺う。銀縁眼鏡はニヤリと笑って、それから吹き出した。腹を抱えて笑いだした。

（なんだ、何もおかしなことは言っていないはず……！）

僕の焦りを煽るように、九頭の笑いは収まらない。メリーゴーランドの曲を塗りつぶす勢いで、壊れた人形のように笑い続ける。

「ホント成長しねえなあ、三下。本気で信じたのかよ。あんな論文」

意味が解らない。信じるも何も、論文は論文だ。ゴシップじゃない。

九頭は肩を震わせながら、俯いてこう呟いた。

「あの実験結果な、嘘なんだよ」

僕は耳を疑って、次に頭を疑った。別の星の言葉を聞いたのかと思った。

「理論に誤りはない。トイタスクも事実だ。だが、実環境で結果が出なかった。だから正解率を書き換えた。嘘八百だ。どれだけ黒魔術を使っても、望んだ精度は得られない」

「それって……」

「俺は、論文を改ざんしたのさ」

　それは殺人よりも重い告白だ。死刑囚の最期の懺悔ですら、口にするか解らない言葉だ。彼を称えてか、彼を責めてか、マーチングバンドがシンバルを鳴らす。ピエロのマスコットが体をくねらせ愉快に踊る。

「著名教授と社名を印籠にすりゃ、検証不能なデータをバックにした実験結果でも、学会は簡単に受け入れちまう」

「なんで、そんな真似を」

　僕は人の機微に疎い方だ。それでも、九頭が自分の技術に誇りを持っていることは知っていた。

「初めは、ちょっとした実験の手違いだった。だが気付いた時には後に引けない状況になっていた。首のかかった研究者は……。ま、よくある話だろ」

　信じられない。想像もつかない。あの九頭がそんな凡百同然の理由で、プライドを捨てたというのか。

「俺は紛れもなく天才だ。だが、それは〝お砂場〟での話だった」

九頭がG社でどう追い詰められ、不正に手を染めたのか。雲上人の世界の話だ。僕には想像することすら出来ない。一つ考えられるのは、不正を切っ掛けに九頭は技術者の地位を失い、ここに流れ着いたのだろうということだ。

「そして、お前はそれより下にいる」

九頭は自分ごと僕を嘲笑した。

「で、誰の何をコピーしたって？」

答えられない。見抜かれた通り、僕の交渉はハッタリだ。海蛇の技術を真似してみたが、精度はまるで追い付かなかった。だが、単にデータと計算力とチューニングの問題かと思っていた。こんな結論は頭の片隅にも浮かばなかった。

「電磁波解析攻撃はアタリだ。暗号抽出にAIを使っているのも間違っちゃない。その本体がこの蛇だってのも認めよう。だが、あんな偽技術は使っちゃないね」

自分の名のついた論文を偽技術と笑う男の胸中……、解らないことだらけだ。

「二年だ。四郎丸の犬をやりながら、二年かけてカクテルパーティーフィルタリングを完成させた。底辺を舐め続けて、俺はようやく本来あるべき技術を取り戻した。だが、人生取り戻すにはもう遅い」

九頭は立ち上がる。その腕に蛇が絡みつく。

「最後通牒だ。ダイヤを寄越せ。無用の長物だろ」

「お断りだ」

「そうかい」

九頭は古い芸人の天井ギャグを聞かされた時のように、笑う素振りだけ見せた。

「あばよ、三ノ瀬。最期まで愚図だったな」

海蛇は右手を下ろした。それが合図だった。メリーゴーランドの馬の陰から、黒い球体が一つ転がり出した。それは恐竜の卵のようにひび割れて、中から黒い銃口をむき出しにした。球形の武装無人機だ。

続けざまに発砲音が鳴り響く。しかし、穴が開いたのは僕ではなく、無人機の方だった。半透明のゴミ袋にいくつかの穴が開いている。ゴミの中に仕込んでおいたセントリーガンが僕に向けられた銃口に反応したのだ。こちらも自衛手段は準備している。

セントリーガンが海蛇に狙いを定めようとした瞬間、ケンタウロスが突進してくる。僕はゴミ収集車の陰に隠れて難を逃れたものの、セントリーガンはゴミ袋ごと蹴り飛ばされた。

ケンタウロスが方向転換し、僕を見据えて蹄を鳴らす。巨体を前に身構える。次は躱せない。

（来る！）

激突を覚悟したその時、僕とケンタウロスの間にフラッシュとクラクションが割り込んだ。銀色の影が乱入し、馬の足を跳ね飛ばす。ケンタウロスが派手に転び足を折ってナットを散らす。

銀色のそれは猛牛の如くエンジンを唸らせてスピンすると、僕の眼の前でガルウィングドアを開いた。その時空の旅に出られそうなフォルムは、映画好きでなくとも馴染みがあるだろう。期間限定博物館に展示されていたヴィンテージカー。DMC-12、デロリアンのレプリカだ。

「乗れ、三ノ瀬ちゃん！」

五嶋の筋肉質な腕に引っ張られ、助手席に飛び込む。ほんの一瞬前に立っていた場所に、無数の銃弾が撃ち込まれる。

「タイミング測ってましたね」

「今回は天然だ！」

マーチングバンドの仲間たちがデロリアンを取り囲まんとするが、車輪を砕かれて横転する。護衛の武装ドローンが迎撃したのだ。もちろん、クラッキングしてきたものではない。パーツごとにこっそりと搬入したものだ。

　笛吹きジャックの脅威を排除した武装ドローンは、次に海蛇をターゲットにする。しかし、彼らの放った弾丸は標的を捉えることはなかった。強烈なライトが海蛇を照らし、照明条件が急激に変化したのだ。続いて、ポップコーン車が盾になる。武装ドローンの小口径では、回り込まなければどうにもならない。

「ずらかるぞ！」

　五嶋がアクセルを吹かして元きた道に戻ろうとするが、マスコット達が退路を断つように立ちはだかる。質量の盾だ。急カーブし、包囲の薄い箇所を突破する。だが、そちらは園の中心部へと向かう方角だ。

　僕らは敵の腹の中へと追い込まれている。海蛇が無人のカートに飛び込み、アトラクションの間を縫って追ってくる。

『逃げるなよ。天才が最期のお勉強に付き合ってやる』

　園内スピーカーで海蛇が挑発する。

「海蛇の奴、この展開も想定済みらしいな」

「むしろ、五嶋さんを待っていたのかも知れませんね。僕らをまとめて始末出来れば、仕事は格段に楽になりますから」

手許の武器を確認する。当たり前の話だが、博多カジノは火器の持ち込みに寛容ではない。なんとか揃えた手駒は、デロリアンに追従する武装ドローン五台。7・62×51mmNATO弾を六十発装填している。無駄な一発が命取りだ。長期戦は出来ない。対する海蛇の戦力は、アトラクションの陰から僕らを狙う武装ドローンが最低五台。先に破壊した球形無人機も、恐らくまだ何機か控えているだろう。何より……。

『ここは俺の王国だ』

カートの上の海蛇が腕を振ると、それに答えるようにアトラクションが次々とライトアップされていく。観覧車が回りだす。ジェットコースターが走り出す。ビークルが頭上を通過する。目を凝らせば、その座席からなにか丸くて黒いものが転がり落ちてくる。

「無人機だ！」

それはボンネットに着地した。銃口をむき出しにし、僕らを狙う。咄嗟にノートPCを胸に抱える。五嶋がハンドルを切る。球形無人機を遠心力で振り落とす。

しかし、その先にも海蛇の牙が待ち受けている。消火栓が開き、泡だらけの水しぶきがタイヤとフロントガラスを濡らす。車体が大きくスリップし、ティーカップの柵に乗り上げる。横転しそうになる車体を何とか支えるが、正面からカートが突っ込んでくる。護衛のドローンがタイヤを撃って迎撃し、何とか切り抜ける。

海蛇のジェスチャーに合わせ、計算され、調律された窮地が息継ぎの間もなく押し寄せる。さながら園の指揮者だ。

「九死に一生どころじゃないな」

ファンシーなグッズのバリケードを巧みに避けながら、五嶋が言う。

「一万回試せば九千五百回は死んでましたね」

「でも生きてる。ドクのお陰だな」

海蛇対策は簡単だ。無線通信を使わなければいい。例えば、このデロリアンのように通信機能を持たないアナログな車。WＩＦＩやBluetoothを排除した、完全スタンドアローンのドローン。現に海蛇は制御を奪えていない。単純だが紛れもなく正解だ。

「これだけ派手にクラッキングしていれば、電源は五分と保たないはずです。それまで逃げ切れば……」

そう言いかけて、僕は自分の目を疑った。海蛇のドローン一台が天高く飛び上がったと思うと、観覧車のゴンドラを撃ったのだ。正確には、観覧車本体との接合部を。黄色のゴンドラが落下し、除夜の鐘もかくやの轟音を鳴らす。黄色い円盤がマスコットのタックルで軌道修正しつつ、ベンチを踏み潰して転がってくる。

「こういう祭りありましたよね。坂でチーズを、こう」

「博多の祭りじゃねえだろ！」

五嶋が悪態をつく。武装ドローン五台が主の脅威に反応し、ゴンドラを釣瓶撃ちにする。質量と勢いが違う。無駄撃ちだ。僕は額を抑えた。スタンドアローンの欠点が出ている。行動が画一的過ぎる。

ハンドルを切って、ゴンドラを躱し、サーカスのテントに突入する。

「屈め！」

五嶋の直感は正解だった。次の瞬間、デロリアンの車内はドラムの中に様変わりした。吐き気を催すほどの金属音と共に、ドアに無数の凹みが生まれ、背中にガラスが降り注ぐ。テントの中に待機していた無人機が、僕らを側面から銃撃したのだ。

タイヤの破裂音。スピンしかけるマシン。ふくらはぎに熱。焼けるような痛み。撃たれたと理解するのに時間はかからなかった。命からがらテントから抜けるも、耳鳴りが収まらない。

「生きてるな、三ノ瀬ちゃん！」

「撃たれました」

「生きてるか？　三ノ瀬ちゃん！」

「今はまだ。それよりも……」

僕は顔を上げて、残り戦力を確認しようとした。そして、すぐにその必要がないことを悟った。

「生きられますかね、僕ら」

「解んね」

デロリアンは二つ目のゴンドラに轢かれた。

天地が回転している。レッドアイで赤くぼやけている。銃創が覚醒の足がかりになった。朦朧とした意識を痛みで手繰り寄せ、何とか思考を取り戻す。ピンクのタイルを赤黒く汚しながら、僕は這うように、ベンチに縋り付いて立ち上がろうとする。左足が血で滑る。デロリアンがひっくり返って、観覧車乗り場に打ち上げられている。どうやら、割れた窓から車外に投げ出されたらしい。五嶋は乗り場の手前で倒れている。衝撃で気を失っているようだ。護衛のドローンは見当たらない。鳩を撃つように容易く撃ち落とされたのだろう。

やはりスタンドアローンでは限界があった。一方が護衛につき、他方が警戒にあたる。そんな分業が困難だ。対する海蛇はクラッキングした手駒を手足の如く使いこなしている。初戦で橋からトラックを落としたように、状況を総合的に判断し、統率出来る。サイモンの強化学習モデルがチェス盤を俯瞰している。

孤独な武装ドローンを命綱に、ヴィンテージカーでサーカスを演じる笛吹きジャック。園内のカメラやマイクで情報収集し、無人機やアトラクションを自在に駆使する海蛇。平凡なボクサーが目隠ししてチャンピオンに挑むようなものだ。だから、これは当然の決着だった。

抵抗はしたが、無駄だった。殆ど前回の焼き直しだ。

「お前ら、事故らないと気が済まないのか？」

海蛇は僕の七メートルほど先で、柵に寄りかかっていた。憎い機械蛇も一緒だ。

「君は、自動車保険の分析に関わってたな。……いい契約があったら、教えてくれ」

「嫌だね。外れ値が増える」

勝負の行方を悟ってか、海蛇はいたく落ち着いていた。奴はスマートフォンで時間を確認すると、昔の勉強会と変わらぬ調子でこう言った。

「もう一つだけ、質疑応答をやってやる」

「お言葉に甘えて」

僕は擦り傷だらけの右手をあげた。

「計画の主体がシリコンバレーなのは解った。けれど、君の望みが解らない。金銭か？

職場復帰か？」

海蛇は皮肉たっぷりに口を歪めた。

「菓子折り持って技術者面しろって？　そんな女々しい真似出来るかよ」

「じゃあ、何故」

「それは……大した話じゃないけどな」

珍しく、蛇じみた顔に照れのようなものが見えた。

「考えたことはないか？　世の中、データが無為に消え過ぎる。たった一時間でいい。地球上の全人類の知覚を記録出来れば、最高のデータセットが生まれるはずだ。人生八十年だとすれば、七十億人の一時間には一千人の一生が詰まっている。人間一人作るには十分だ」

当たり前だ。ＡＩ技術者なら、きっと誰だって想像する。

夜空の色。風の感触。手の汗。ふくらはぎの痛み。筋肉の軋み。スタンドライトの光。人々の声。思考の推移。全てが貴重で保管すべきデータだ。けれども、刻一刻と指の隙間をすり抜けていく。僕らはそれを止められない。

「それさえあれば、必ず、本物の天才達が強いＡＩを組み上げる」

「その天才がシリコンバレーにいると？」

「ああそうだ。連中と直に関わった俺には解る。あそこには本物がいる。最大の計算資源で、最高の頭脳が未知のアルゴリズムを開発し、おこぼれを公開して Best Paper をかっさらう」

海蛇が嫉妬とも羨望ともつかない調子で、雲上の世界を語る。門を叩く資格すらなかった僕には、想像することしか出来ない。

「つまり、ただデータを天才に献上したいだけなのか？」

「浅いな。それだけじゃ足りない。俺の目の黒いうちにコーヒー淹れに成功するには、さらなる勾配が必要だ」

「勾配？」

「そうさ。データの格差と言っても良い。ビッグデータをシリコンバレーのみに集約し、その引力で世界から才あるＡＩ技術者を呼び寄せる」

海蛇の声に熱がこもる。

「日本のＡＩは負け戦だ。政府は小手先のスライド職人に金を振りまいて基礎研究を軽視し、企業は株主の顔色ばかり窺ってる。バズ商売の馬鹿共は幻滅期だなんだと叫び始めた。世界に通用しうる頭脳をこんな檻で腐らせてどうする？」

理解出来ない、とは言わない。それはきっと、ＡＩ技術者なら誰もが感じている不満だ。

しかし、空想の域を出ていない。

「あり得ないな。個人情報保護法改正案が成立したって、外資だけに個人情報を抜かせるなんて真似、ウェブ系も製造業も黙っちゃいない」

「何のために、俺があのクソ下らん技術展に足を運んだと？」

僕は思い出す。先日の技術展での協賛企業の数を。ＡＩに取り組んでいる、というアピールのために名を連ねていた日系大企業の数々を。そうか、海蛇はあの現場で説明員達の暗号鍵を盗んで回っていたのだ。僕よりずっと鮮やかな手並みで。

「スキャンダルで日系ＡＩを排除する気なのか」

海蛇の目的は燻る技術者にこの国を見限らせ、シリコンバレーに集約することだ。規制の縛りを受けないクローズドな研究集団によって技術革新を加速し、強いＡＩを生み出そうとしている。

「車輪を再発明するのも、新規性の言い訳考えるのも、もう飽きたろ。いい加減、軽い脳みそで悪あがきするのは終わりにしようぜ。三下」

九頭が頬を緩める。ふと思う。嘲笑ではなく、ごく自然に笑う彼を見たのは、これが初めてではないか。

「お前だって、サニーに会いたいだろ」

(ああ、そういうことか)

ようやく解った。九頭は僕と同じなのだ。僕は彼を雲上の天才だと信じているし、それは事実だ。けれども、境遇は同じだ。僕らはサニーにフラれた。AIを射止めるだけの才覚がなかった。AIは発展していく。凡人を捨てて進化していく。人機のアナログさが嘲笑の的になるのも、そう遠いことではないだろう。そして、僕らの技術はその礎にすらなれやしない。

だから、九頭は別のアプローチを選んだ。社会の変革によって、サニーの実現に寄与しようとした。

(見ようによっては、これはチャンスだ)

僕は落伍者だ。人間としても、技術者としても。NNアナリティクスをクビになり、再就職に失敗し、ついに犯罪者にまで転落した。そんな僕がAIに貢献する手段が、眼の前に現れたのだ。九頭の理論は常に正しい。それに従うのは、合理的な行いだ。

だから僕の答えはこうだ。

「いらないよ。そのサニーは」

「……は？」

その時の九頭の顔は、正直言って傑作だった。豆鉄砲食らった鳩だって、もう少し落ち着き払っているだろう。

「強いＡＩが不要だと？」

「ああ」

「シンギュラリティが起こるんだぞ？」

「じゃあ、聞くけれど。サニーと出会って、君はどうするつもりなんだ？」

一瞬、海蛇は虚を突かれた顔をした。俯いて首を振って、薄い笑みを浮かべるだけの彼に、僕は続ける。

「挨拶か？　名刺交換？　いつものように技術マウント？　それとも、友達にでもなろうっていうのか？　……人間相手にするみたいに」

「それは……！」

想像する。見えざるビッグデータで、検証不能なアルゴリズムで、謎の天才達が作った強いＡＩを。中国語の部屋に住み、チューリングテストをクリアし、他人の家でコーヒーを淹れられる、不気味の谷を超えた、人間そのものの人工知能。

ロマンはあるのだろう。夢ではあるのだろう。けれど、看過出来ない問題がある。

「密室で生まれた人間紛いの知能なんて、ただの人間と同じじゃないか」

「人間と同じで何が悪い!?　それが俺達の夢だろ！」

九頭の激高を代弁するかのように、ドローン達が銃口を向けてくる。でも、彼らは憎しみを持っているわけじゃない。ただそう行動するよう設計された知性なだけだ。

「君の夢だよ。僕のじゃない」

父さんは言っていた。〝一人でいい。本当に解りあえる友達を作れ〟と。

優先されるべきは理解だ。けれど、人間のアルゴリズムは非公開だ。神様は論文を残していないし、ソースコードも明かされていない。

なら、僕は誰を理解すればいい？

その答えがＡＩだった。

才能の限界を知り、社会からも零れ落ちた僕は、ＡＩの世界を失ったと思い込んだ。

でも、それは勘違いだった。怪しいグラサン男に手を引かれ、もう一度ここに帰ってきた。機械学習技術はオープンだ。一日数十本の論文がarXivやOpen Reviewに投稿され、コードがgitにアップされる。技術に肩書なんて必要ない。無職にも、多重債務者にも、強盗にだって開かれている。

お砂場と揶揄されようが、ここにはＡＩがいる。サニーを理解するためのツールがある。

もし、九頭の語る未来図が実現されてしまえば、この砂場は永遠に失われる。ＡＩが人間並の判読不能な物に成り下がってしまう。

「たとえサニーが生まれても、理論が提示されなければ、検証が出来なければ、真の理解には程遠い。……解らない知性はいらないんだ」

九頭は何かを叫ぼうとして……しかし、口をつぐんだ。

「ＡＩは統計的で純粋で、記述可能な知性だ。心を解析し、実験出来てこそ意味がある。証明するよ」

主人の声に応えるように、半壊したデロリアンから、一匹の蛇が這い出した。

「サイモン？」

九頭が眉をひそめる。

「コピーを作ったって言っただろ」

カメラとマイクと、全身に張り巡らせたアンテナと、それを覆うチタンの鱗。災害救助用ロボットの改造品。見様見真似だが、オリジナルと殆ど変わらない構成だ。違いを一点挙げるなら、鼻先に自動小銃が取り付けられていることだ。

コピーサイモンは、潰れたノートＰＣと有線接続していた。腹からだらりと伸びたＵＳＢケーブルが、まるでへその緒のようだ。彼はＵＳＢケーブルを突っ張らせて抜くと、静かに僕のもとに這ってきた。

「仮説が正しければ、コピーサイモンはオリジナルの天敵だ。君の無人機も、クラッキングした遊園地のアトラクションも、もう僕に触れられない」

技術発表の信憑性を高めたいなら、多少抽象的であっても、誇大広告気味であっても、過剰に感情を込めない方が良い。僕はあくまで淡々と言う。

「……馬鹿なこと言うな。ありえねえ」

「ありえるさ。君が漏洩電波からこの園全てのＡＩの暗号鍵を盗んだように。僕は漏洩電波から、この園全てのＡＩの心を解析した。どの機械が、いつ、何を考え、どう動くか。手にとるように読み取れる。蛇だから、手はないけどね」

僕は五嶋の方に視線を送った。気を失った彼の二メートル先にトカレフが落ちている。

「これから僕はその銃を拾って、君を撃つ。死にたくないのなら、サイモンに停止命令を下すといい」

「出来るわけがねぇ！」

九頭は笑わなかった。

「元論文のカクテルパーティーフィルタリングは不完全だ！　全ての漏洩電波を解析するなど不可能だ！　俺の改良型に……サイモンに勝てる理由がない！」

いつも見下し嘲笑するだけだった彼が、今だけは正面から僕を否定しようとしていた。

「諦めろよ、三下。どうせまた失敗だ！」

「そうかもね」

「解ってんのか、犬死だぞ⁉」

九頭は天才で、僕は凡才だ。九頭は正しい。大方、僕は撃たれて死ぬだろう。これは無駄な賭けだ。純粋で統計的な知性ならば、きっと命乞いを選ぶ場面だ。

けれど、それがなんだっていうんだ。そんな話はどうでもいい。

「損得でも、生死でもない。僕は今、技術の話をしているんだ」

そう言って、僕は左足を引きずって歩き始めた。


四台の武装ドローンが僕を狙う。負傷した人間など、空き缶よりも簡単な的だ。ＡＩは獲物を前に舌なめずりしない。淡々と体勢を整え、淡々と照準をつける。そして、淡々と撃ち落とされる。

僕のコピーサイモンに。

「なっ……！」

九頭が声をつまらせた。事情を知らない者が見れば、それは手品か魔法かショーだろう。

無人機であっても、発砲のプロセスは人間と変わらない。状況を把握し、対象を認識し、照準を合わせ、射撃する。人智の及ばない速度ではあるが、そこには必ず一定の計算時間がかかる。時間は絶対だ。笛吹きジャックはCBMSのような演算環境を持たないので、莫大な外部計算力に物を言わせることも出来ない。そもそも、コピーサイモンはスタンドアローンだ。

常識で考えれば、同条件で一台の無人機が一度に四台を殲滅することなど、あり得ない。けれど現実はここにある。海蛇の武装ドローンは示し合わせたかのように火を吹き、僕は無傷だ。

僕は歩く。熱いものが頬を切る。肌の焼ける匂いがする。けれど、それは実験の失敗を意味しない。構わず、トカレフを拾い上げる。足元を銃弾が叩き、コンクリート片が跳ねる。

いくつもの銃弾が体のそばを通り抜ける。けれど、直撃は一発もない。まともに照準した無人機は、発砲前にコピーサイモンが撃ち落としているからだ。

顔を上げる。九頭まで六メートル少し。ここで銃を構えても、僕には当てられない。蹄の音が聞こえる。牛のマスコットが僕を轢き潰そうと走ってくる。しかし、野太い足を撃ち抜かれ、チュロスの移動販売車を巻き込んで転倒する。折れた首が宙を舞い、僕に接近しようとしたドローンに激突する。

体がふらつく。残り四メートル。左ふくらはぎから血が流れ出て、地面にペンキのような跡をつける。

　九頭が身を翻して逃げ出そうとする。しかし、スピンした移動販売車が彼の行く手を塞ぐ。

　回転ブランコから球形無人機が飛来する。空中で撃ち落とされる。

「くそっ！」

　九頭が腕を振ってサイモンに指示を出す。僕の目でも解る。その命令は観覧車のゴンドラを転がした時と同じだ。そんなもの、間に合うわけがない。

　残り三メートル。まだ遠い。

　九頭が懐から拳銃を取り出し、五嶋に向ける。彼がドローンの庇護下に入っていないと見抜いたらしい。

「来るな！　相棒を殺すぞ！」

　実験は止められない。僕は歩き続ける。

　標的まで一メートル半。この距離なら外さない。コンクリ片が鼻先を掠める。スライドを引く。ドローンが足元に墜落する。引き金に指をかける。そして。

「やめろ！」

　九頭の叫びをもって、あらゆる音が止んだ。九頭がサイモンの首元に触れると、アトラクションの灯りは消え、無人機達は沈黙し、フィギュア達はその場に佇んだ。

実験は終わった。

九頭は拳銃を捨てて、僕を睨み上げた。

「……何を、どうやった」

もしかすると、彼が嫌味と皮肉と嫌がらせ以外の目的で技術の質問を投げてくるのは、これが初めてかも知れない。

「どの式をいじった？」

「いじってないよ」

「そんなはずがあるか！　カクテルパーティーフィルタリングは、あれは失敗作だ！　こんな奇跡起こせるわけが！」

激昂も当然だ。同じ条件で同じ問題を解かせれば、精度が高いＡＩが勝つものだ。改良型のカクテルパーティーフィルタリングを積んだ海蛇のサイモンが、劣化コピーの僕らのサイモンに負ける理由がない。そう、同じ条件で同じ問題を解かせれば。

「〝無料の昼飯なんてないように、万能アルゴリズムも存在しない〟」

九頭は顔を上げた。

「ノーフリーランチ定理……」

「そう。君はあらゆる電子機器の暗号解読演算を盗み読み出来るように、サイモンを作り上げた。でも、僕は違う」

僕だって技術者だ。九頭と同じ問題を、同じアルゴリズムで解いて終わりなんて、面白みのないことはしない。

「僕が狙ったのは、たった一つ。君のサイモンの演算だけだ」

CBMSのドローンが、汎用的な飛行能力と引き換えに嵐の中で機関銃を躱してみせたように。たとえ精度で劣った技術であっても、枠を狭めれば精度は上がる。オーケストラの全ての楽器を聞き分けるよりも、コントラバスの音だけ聞き取る方がずっと簡単だ。

「条件さえ限定すれば、君の黒歴史アルゴリズムでも、最新作と肩を並べられる」

「〝この園全てのAIの心を解析した〟……三下、お前の台詞だぞ」

「うん。で、その全てのAIを指示していたのは、君のサイモンだろ？」

九頭は額を抑えた。それはまるで宇宙の真理の計算中に九九を間違えたような、なんとも気恥ずかしい様子だった。

海蛇の敗因を分析するならば、システムの全てをサイモンに集約したことだ。

それはつまり、どこに無人機を配置し、どのアトラクションを動かし、それらをどう動かすか……。全てのＡＩの〝心〟がサイモンの漏洩電波に詰まっているということになる。

コピーサイモンはそれを盗み見た。オリジナルの漏洩電波の波形を取得し、無人機やアトラクションの挙動（僕のカメラで撮影したものだ）を計測し、ニューラルネットの特徴量空間上でそれらの対応を取るモデルを作成した。

「……問題の難易度をひたすら落とす。三下らしい姑息な手だ」

九頭は舌打ちした。

「電波と現実の関連性さえ読んじまえば、あとはそれに合わせて対策をプランニングするだけ。カンペを持ってテストを受けるようなものか」

「その通り」

オリジナルサイモン内で極めて複雑な計算処理が行われていれば、電波と指揮の関連性を読み解くのは不可能だったろう。しかし一台では、スペースの面でも電力消費の面でも、演算能力に限界がある。海蛇のシステムは園全体を掌握し、大局を指揮していたが、限られた演算力ではその内容は単純にならざるを得ない。実際、こちらの意表を突くようなアクシデントは、全て九頭が直接の指示を飛ばしていた。

「にしても、よく学習データが作れたな」

「苦労はしたよ。一応、ハードの制約から当たりをつけて、サイモンの劣化コピーをいくつか作ってはみたんだけど、自信なくてね」

設計してくれた五嶋には申し訳ないが、劣化コピー相手の実験で成功しても、うまくいく確証はなかった。

「分の悪い賭けだったと思う。君が技術の大盤振る舞いをしてくれなければ、チューニング用のデータが足りなかったんじゃないかな」

薄氷を踏む実験だった。僕が生きているのは、単に運が良かったからだ。それこそ、海蛇が同じシステムをもう一台作って仲間に渡しておくだけで、勝敗は逆転していた。でも、彼にはその仲間が居なかった。

「詳細な資料が欲しいなら、海蛇の技術と交換だ。オリジナルサイモンの心を解析はしたけれど、理解はまだだからね」

「三流エンジニアの小汚い資料なんていらない……と言いたいところだが」

九頭は僕の手にまだ握られたトカレフに目をやった。

「断ったら何されるか解ったもんじゃない。ここから逃げ出せたら考えてやる」

九頭は足を引きずって立ち上がろうとして、しかし転んだ。

助ける時間はない。それより、僕らも急がなければ。想定以上に派手にやらかしてしまった。カジノは未だ札束争奪乱闘が収まっていないようだが、サイレンのいくつかは遊園地に向かって来ている。足の怪我もある。一般客に戻って脱出するのは困難だ。それでも当初の予定を強行するか、マンホールから逃げ出すべきか……。五嶋に相談しなければ。

「待て。もう一つ質問があった」

僕が五嶋のもとに歩き始めると、九頭がまた声をかけてきた。

「人質を取った時、どうして止まらなかった。俺にそのヘボグラサンが撃てないとでも？」

まさか。海蛇の手口は身に沁みて思い知っている。罪悪感や戸惑いに期待する方が無理筋だ。あの状況で撃つメリットが九頭にあるとは思わないが、デメリットも特になかった。理由はもっと原始的だ。

「まだ実験の途中だった」

「仲間の命より実験か？　それでも相棒かよ」

「さあ。それだから相棒なんじゃないかな」

そう答えて、僕は呻く五嶋にビンタを食らわせた。

エピローグ

根っからの日陰者だからだろう。蒸し暑いのはどうも苦手だ。さんさんと照りつける太陽も、はっきり言って性に合わない。料理は美味いが、お茶が逐一甘すぎる。ただ、若者が多いのは悪くない。若者の数は、そのまま向上心溢れる技術者の数に繋がる。無数の夢見るベンチャー企業が乱立し日々しのぎを削る空気は、僕好みであった。要するに、ここはホーチミン郊外のアパートで、つまるところベトナムだ。

家賃は六万円程度。日本に居た頃とさほど変わらない値段だが、広さは段違いだ。夜ゲームをしていても、隣に怒鳴られることもない。

僕は中古のソファーに身を沈め、ノートPCで技術ブログをチェックする傍ら、八雲のメッセージに答えていた。

ＹＭＯ＞　そう、それで博多カジノ案件も開発の大半をインドネシアで引き受けたってわけ
自分＞　あれだけ叩かれても、ＣＢＭＳの仕事は増える一方なんですね
ＹＭＯ＞　検挙率って数字が出てるしねー。自己進化機能の方は、一時封印だけど

結局、個人情報保護法改正案は反対多数で否決された。博多カジノのＡＩは規制されず、そこで生まれるビッグデータは広く企業に提供されている。

四郎丸は偽造紙幣の密輸で逮捕。現在は検察に身柄を拘束されている。起訴も有罪も固いようだ。六条は行方不明。未だ笛吹きジャック事件の真犯人は宙ぶらりんだ。

芝村議員のスキャンダルは大々的に報じられたものの、疑惑の域に留まっている。僕らがネットに流したデータには動かぬ証拠があったはずなのだが、どこかで有耶無耶にされたらしい。

ＹＭＯ＞　問題は一川センセイの方。変なスイッチ入っちゃったみたいでね。自己進化を復活させるって息巻いて、若手の勉強会に乗り込んできたらしいの

自分＞　気合入ってますね
ＹＭＯ＞　気合はいいんだけど、プレッシャー凄いらしいんだよね。重役の前でプレゼンさせられる新入社員の身にもなれって感じ。オマケに突っ込みがやたら的確だし
　重苦しい雰囲気が容易に想像出来る。新人には同情する他ないが、誰にも、一川の夢を止める権利はないだろう。
　ＣＢＭＳのディストピア紛いの監視網にはいささか思うところはあるが、データ収集はＡＩの進歩に必須のものだ。いつかきっと、過学習なしで笛吹きジャックを捕まえる日が来るだろう。自己進化の実現は保証しないが。
ＹＭＯ＞　あとあれだ。九頭クンのことで警察がうちに来たよ
自分＞　え、ＮＮアナリティクスに居たのは四年も前でしょう？
ＹＭＯ＞　うん。まずＧ社に聞けって感じ。断られたんだろうね
　九頭はカジノ警察に拘束されたものの、二日で脱走。監視カメラのシステムをクラッキングし、行方をくらませたらしい。

気持ちは解る。時代に取り残されるのが怖いのだ。刑務所に入ればネットに繋がらず、技術に触れる機会がない。諦観を口にしながらも、技術者の欲を抑えきれなかったのだろう。僕がこうしてコソコソと隠居生活を送っているのも、結局はそれだ。

僕は奴のしてきたことを肯定しないが、否定する権利もない。それはそれとして、約束の技術資料を送ってこないのは腹立たしいが……。

YMO＞　同僚が殺し屋なんて言われてもさあ。失望以前に実感わかないよね
自分＞　そうですね

返信しながら、僕は安堵した。まだ、警察は僕に目をつけていないらしい。けれど疑問は残る。九頭は笛吹きジャックの正体を吐かなかったのだろうか。計画に加担していた四郎丸はともかく、奴に僕らを庇うメリットはないはずだ。ならば、何故？　解らない。結局、九頭もアルゴリズム不明の知性だ。

YMO＞　例の同居人とは上手くやれてるの？
自分＞　とっくにコンビ解消しましたよ。仕事上の付き合いですし

ＹＭＯ＞　あ、そうなんだ

　それきり、八雲のメッセージはピタリと止んだ。会話が終わったわけではない。『ＹＭＯがメッセージを入力しています』という表示は出るのだ。しかし、入力されたものが吐き出されることがない。メッセージを書いては消し、書いては消し……。

　モールス信号の可能性を疑い始めた頃、スマートフォンが鳴った。

（テレビ電話？　珍しいな）

　そう思って通話に出ると、映されたのは薄暗い場所だった。どこかの地下室だろうか。日陰でも蒸し暑さを感じるのは、流石南国といったところか。

　画面中央に簀巻きにされた男が転がっていた。健康的に日焼けした肌に、くすんだ金髪。グラサン。血に汚れたアロハシャツ。顔立ちは東南アジア系ではない。華僑だろうか。少なくとも、絶対に日本人ではあるまい。

　ベトナム語の怒声が聞こえてくる。何を言っているかは解らないが、酒場でも聞かない類の言葉だった。

　どうやら、見知らぬ男は窮地にあるようだ。簀巻きで、口の端が切れていて、画面右上から拳銃に狙われている人物は、僕の窮地の定義を満たしている。ベトナム語の罵声に弱々しく何かを答えて顔面を蹴飛ばされるところも、窮地感を補強していた。

男のトレードマークのグラサンのレンズが半分割れて、紫色に膨れ上がった瞼が……いや、違う。知らない。僕がこの男のトレードマークを知っているわけがない。初対面の間違い電話なのだから。

男は引き攣った笑顔で言った。

『ハロー。三ノ瀬ちゃん。お久しぶり』

僕は通話を切った。更に電源を落とそうとした。しかし、それより早く同じ番号から電話がかかってきてしまった。

渋々出ると、五嶋の顔の痣が一つ増えていた。

『普通切るか？　この状況で切るか？　人の心ある？』

「スマホとどっこいですかね。五嶋さん」

『あのことはもう謝ったろ！　いいか、理解しろ。いのちの電話だからなこれ。受話器ボタンは引き金だ。画面右側のほら、グエン様の指に繋がってるから』

「実験しましょうか」

『本気でやめろ』

凄まれても、お岩さんでは迫力半減だ。

「僕はもう足を洗いました。手が後ろに回る話なら、よそでやってください」

『つれないこと言うなよ、笛吹きジャック。美味い話があるんだって。三ノ瀬ちゃんは儲かるし、俺は助かる。グエン様もお喜びあそばされる。ウィンウィンウィンだ』

統計的有意な発言ではないが、マフィアに簀巻きにされた血まみれ男の美味い話に食いつく人間がいるとしたら、それは救いようのない阿呆だ。

『実は、今度仮想通貨ウェブコインの交換所でな』

「聞きたくないです」

『いいからいいから』

何がいいのだろう。聞きたくないと言っているのに、五嶋はベラベラと犯罪計画を喋りだした。しかもまた、露骨に隙のある計画をだ。

『どうかな？　相棒』

落ち着け。黙っておけ。僕は自分を鎮めた。金には困ってない。命もかかっていない。もう犯罪に手を染める必要なんてない。これは五嶋の罠だ。同じ手に二度も三度も四度も乗るものか。今度こそ、合理的に生きると決めたんだ。

僕は口を抑えて……。

「失敗しますよ、それ」

ああ、やってしまった。

Miyato, Takeru, et al. "Virtual adversarial training: a regularization method for supervised and semi-supervised learning." *IEEE transactions on pattern analysis and machine intelligence* 41.8 (2018): 1979-1993.

Ha, David, and Jürgen Schmidhuber. "World models." arXiv preprint arXiv:1803.10122 (2018).

Devlin, Jacob, et al. "BERT: Pre-training of deep bidirectional transformers for language understanding." arXiv preprint arXiv:1810.04805 (2018).

Silver, David, et al. "A general reinforcement learning algorithm that masters chess, shogi, and Go through self-play." *Science* 362.6419 (2018): 1140-1144.

C. M.ビショップ『パターン認識と機械学習　ベイズ理論による統計的予測　上』元田浩、栗田多喜夫、樋口知之、松本裕治、村田昇監訳（シュプリンガー・ジャパン、2007）

C. M.ビショップ『パターン認識と機械学習　ベイズ理論による統計的予測　下』元田浩、栗田多喜夫、樋口知之、松本裕治、村田昇監訳（シュプリンガー・ジャパン、2008）

平井有三『はじめてのパターン認識』（森北出版、2012）

参考論文&文献リスト

Goodfellow, Ian J., Jonathon Shlens, and Christian Szegedy. “Explaining and harnessing adversarial examples.” ICLR, 2015

Smilkov, Daniel, et al. “SmoothGrad: removing noise by adding noise.” arXiv preprint arXiv:1706.03825 (2017).

Selvaraju, Ramprasaath R., et al. “Grad-cam: Visual explanations from deep networks via gradient-based localization.” Proceedings of the IEEE international conference on computer vision. 2017.

Masi, Iacopo, et al. “Deep face recognition: A survey.” 2018 31st SIBGRAPI conference on graphics, patterns and images (SIBGRAPI). IEEE, 2018.

Chen, Liang-Chieh, et al. “Encoder-decoder with atrous separable convolution for semantic image segmentation.” Proceedings of the European conference on computer vision (ECCV). 2018.

Arjovsky, Martin, Soumith Chintala, and Léon Bottou. “Wasserstein GAN.” arXiv preprint arXiv:1701.07875 (2017).

Oord, Aaron van den, et al. “WaveNet: A generative model for raw audio.” arXiv preprint arXiv:1609.03499 (2016).

Ren, Shaoqing, et al. “Faster R-CNN: Towards real-time object detection with region proposal networks.” Advances in neural information processing systems. 2015.

第八回ハヤカワＳＦコンテスト選評

ハヤカワＳＦコンテストは、今後のＳＦ界を担う新たな才能を発掘するための新人賞です。中篇から長篇までを対象とし、長さにかかわらずもっとも優れた作品に大賞を与えます。

二〇二〇年九月九日、最終選考会が、東浩紀氏、小川一水氏、神林長平氏、およびＳＦマガジン編集長・塩澤快浩の四名により行われました。討議の結果、大賞は該当作なし、優秀賞に十三不塔《じゅうさんふとう》氏の『ヴィンダウス・エンジン』と、竹田人造《たけだじんぞう》氏の『人工知能で10億ゲットする完全犯罪マニュアル』（『電子の泥舟に金貨を積んで』改題）がそれぞれ決定いたしました。

受賞作は小社より文庫及び電子書籍で刊行いたします。

優秀賞

『ヴィンダウス・エンジン』十三不塔

『人工知能で10億ゲットする完全犯罪マニュアル』（『電子の泥舟に金貨を積んで』改題）

竹田人造

最終候補作『それがぼくらのアドレセンス』酒田青枝

『サムライズ・リグ』毒島門左衛門

『識闘の弔歌』満腹院蒼膳

選評　東 浩紀

三年連続大賞なしの結果となった。このままでは本コンテストの存在意義が問われるが、今年も意見がまとまらなかった。来年こそ、選考委員全員を黙らせる、有無を言わせぬ魅力を備えた作品を期待したい。

今年評者が強く推したのは優秀賞の『ヴィンダウス・エンジン』。難病「ヴィンダウス症候群」を発症した韓国人の主人公が、病のため手に入れた特殊能力を用いて中国の都市を支配する人工知能と戦う物語。後半にはレースや格闘の場面もありハリウッド映画もかくやという展開を見せる。アジアを股に掛ける壮大さが評価されて授賞となった。

とはいえ欠点はいろいろあって、そもそも肝心のヴィンダウス症候群の設定が致命的に曖昧。ヴィンダウス症候群は運動しか認識できなくなる病らしいのだが、なぜ同病の寛解者が人工知能に対して脅威になるのか十分に説明されていないし、他方で発症と中国のひとりっ子政策が深く関わっていることも示唆されるが、そこもよくわからない。おそらく作者は「差異だけがわかる病」という言葉に引きずられ、連想をそのまま物語に落としてしまったのではないか。連想は重要だが、それをなんらかの科学的な理屈で武装しなくてはSFにならない。実際に本作の物語はおもに台詞のやりとりで進み、地の文による客観状況説明がほとんどない。選考会ではこの欠点をめぐって議論となり、優秀作に止めることとなった。

もうひとつの優秀賞『電子の泥舟に金貨を積んで』はAI時代の銀行強盗物語。作者はエンジニアだろうか。リアリティは抜群で文章もよみやすい。物語も安定しており、即戦力の印象がある。ただ登場人物は平板で、伏線もパズルのように組み立てられていて、評者としては驚きがなく評価できなかった。小説の最後、理解不可能なシンギュラリティより理解可能な人工知能のほうが美しいと主人公が漏らす場面があるが、それはおそらく作者の人間観であり物語観でもあるだろう。この小説は理解可能な要素だけでできている。それを喜ぶ読者はいる。しかし評者は、「理解不可能なもの」に触れたときにこそ小説は輝くように思うのだ。

残り三作についても短く触れておく。まずは『識闘の弔歌』。怪物の攻撃に対して巨大生体兵器で戦っている並行世界の日本が舞台の物語。『新世紀エヴァンゲリオン』、そしてもしかしたら『マブラヴ』の影響をひしひしと感じる作品。筆力はあるが決定的に人物描写が浅い。とくに問題なのが主人公の少年と少女の関係で、後者は最後怪物になり少年に殺されるのだから、両者のあいだに恋愛なり憎悪なりの葛藤がなければ物語にならない。現状は少年だけの閉じた物語になっており、少女の視点の物語がない。応募者はまだ若いようなので、次回作に期待したい。

次に『それがぼくらのアドレセンス』。格差が広がり監視が進んだ未来世界を舞台にした少年少女の物語。五話連作で始まりはとても魅力的。少女マンガを読んでいるかのような視覚的喚起力があり、人物造形も繊細で期待させる。けれども最終話が尻すぼみで全体評価は低くなった。作者の関心が子どもたちの「小さな世界」にあるのはよくわかるのだが、連作である以上「大きな物語」にもしっかり結末をつけてほしい。

最後に『サムライズ・リグ』。二十二世紀のサイバーパンク日本を舞台とした少年必殺仕事人もの。好きなひとは好きだろうが、典型的なハーレムもので本賞で推すのは難しいと感じた。文学がつねに政治的に正しい必要はないが、このような作品が無邪気に出版され読まれる時代は終わりかけているのではないか。

今回でSFコンテストは八回目。評者は本欄で「SFらしいSFを読みたい」と書き続けており、今回はついにメタフィクションもなければ言語実験もない「SFらしいSF」ばかりになった。歓迎すべき事態だが、逆にきれいにまとまった小ぢんまりした候補作が目立ってしまったようにも思う。評者が『ヴィンダウス・エンジン』を高く評価したのは、本作だけが「なにかすごいことをやってやろう」という意欲をもっているように感じたからだ。

本作はエンタメの新人賞である。だからエンタメを読みたい。しかし、わがままなようだが、新人にはやはり「少し壊れたエンタメ」を書いてもらいたいのである。想像力に筆力が追いついていない、そのような過剰さを抱えた新人に出会うのを楽しみにしている。

選評　小川一水

応募番号順の一作目、毒島門左衛門『サムライズ・リグ』。第三次世界大戦後の近未来、国民すべてが帯刀《たいとう》した日本が舞台の、学園サイバー仕事人もの。パワードスーツでの剣豪バトルは痛快で説得力があって出色の出来で、剣士と剣士の交誼《こうぎ》も熱い。しかし学園シーンがよくない。男子主人公を敵味方の美少女が囲むハーレム配置は嫌いじゃないが、セックス抜きのやや古臭い少年漫画風お色気展開を、何もこの賞で描かずともよく、やるかやらないかビシッとしてほしかった。物語の根幹には「戦争で負けたので全国民が帯刀したところ、平和になった」というSF的な理屈があるようだが、刀で勝てない弱者にとっては厳しい世界のはずだ。そのフォローがないし、帯刀インフラが広く根付いた社会に見えないのも残念だった。

二作目、満腹院蒼膳『識闘の弔歌』。一般人がランダムに突然変身し、怪獣・識人になって都市を破壊する二〇二〇年の日本。国軍の巨大生体兵器、破龍兵装がこれを倒す。単なる怪獣ものではなく、パイロットである父と学生である息子の相克を核心に据えており、『新世紀エヴァンゲリオン』や『蒼穹のファフナー』を意識して越えていく話かと期待した。しかし語りが進んでも識人にまつわる謎は解かれず、新しい展望が開けることもなく、死と破壊と再起不能が描かれ、主人公が失敗と喪失に直面して終わった。読了後の徒労感は大きい。しいていえばこれはある物語の「前半」でしかない。筆者十九歳にしては非常に文章力が高いので、もっと視野を広く、オリジナリティを強く。十八人分散搭乗巨大兵器による市街地対戦シーンは魅力があった。

三作目、酒田青枝『それがぼくらのアドレセンス』。時代と国際情勢は明示されないが近未来らしく、支配者と被支配者に分断された世界を舞台とする。各地の思春期の少年少女を覆う閉塞の光景が描かれ、しまいには天才少年が世界破壊革命を断行する。短篇五本の連作だが、確かな筋書きや因果が構成されているわけでもなく、匂わせ的な列挙に留まり、具体的な技術や用語の描写は弱い。選外としたが、おそらくこの話は、少年が世界を改善する拙作『不全世界の創造手《アーキテクト》』と表裏の位置にあり、直す代わりに同じパワーで破壊に出たものだと受け取ったので、テーマは棄却しない。四章の奴隷の反乱のみ快哉。

四作目、十三不塔『ヴィンダウス・エンジン』。静止物が見えなくなる架空の奇病と戦う男が、身体操縦と情報処理にまつわる新境地に達して、一種の超人となる。都市管理AIにその能力を求められ、新時代のサイバー都市・中国の成都へ乗りこむ。やがて同地の患者たちや実力者が入り乱れる中で、スパイ戦争と反乱に巻きこまれ、巨大なネットワークの果てで超越的なシンギュラリティ知性群と出会う——という筋書きだが、まず読んで心地よい文体で構成されていることが強かった。一人称で斜に構えた蘊蓄を垂れられると鼻につくものだが、この作者にはそう感じさせない技量がある。逆にまずいのは恋愛まわりで、初読時、インド人女性キャラは出てこないほうがいいと感じた。またフィクションを成立させる論理の連鎖もやや危ういところがあり（奇病だと格闘の達人になるのか？身体パラメータで都市管理するのはどういう感覚？）、優秀賞に推した。そういった細部が完璧なら大賞に値する作品となっただろう。

五作目、竹田人造『電子の泥舟に金貨を積んで』。序盤の銀行強盗逃亡シーンですでに他社の賞を取った作品を、改訂長篇化して応募してきた作品であり、確かに面白い。今回最終候補五作品中で、現代コンピューター描写、文章の歯切れの良さ、面白さが随一だった。加えて主役二人の男たちと、ヤクザの若頭、カジノのボス、陰険なライバルプログラマーなどキャラクターも粒立っている。爽やかさ、も挙げていいだろう。よく読めば疑わしい個所もある。たとえば実際の自動運転車はカメラ入力だけでなくミリ波レーダーやレーザーレーダーで周辺環境を把握しているし、空調機に札束を放り込めばフィルターで詰まる。そういった些事をまあいいかと思わせるパワーが、この話にはあり、実際そういったことは選考の際に問題にならなかった。問題になったのは物語の大詰めにおける主人公たちの判断だ。彼らはAIブラックボックスの可視性にまつわる議論を交わして、ある選択をする。はたしてその結論は、SF的か、人間的か。この話はSFか、エンタメか。この終わり方は、過去の大賞受賞作である『みずは無間《むげん》』『ニルヤの島』『ユートロニカのこちら側』『構造素子』『コルヌトピア』に匹敵しているか。その検討の結果、優秀賞との評価になった。

選評

神林長平

例年選考作に共通する傾向が見られて感慨深いのだが、今年は、いまぼくらが生きている世界の閉塞感を背景にしつつ、この厳しい現実をエンタメで乗り越えようとしていると感じさせる力作がそろった。面白さはみな申し分ない。だが、大賞に推すにはSFや文芸面での驚きや新しさがすこしずつ足りない。

『識闘の弔歌』、これは他の四作品がリアルな現実を反映しているのに対して、依拠しているのがリアル世界というより『エヴァンゲリオン』などの虚構だ。作者は、自分はなんのために書くのかという〈現実〉を見出せていないように思える。主人公は〈作者も〉、自分がやったことはいったいなんだったのかをラストで総括すべきだろうに、曖昧にしたままで納得してしまっている。ゆえにカタルシスが得られない。たぶん作者自身も。

『サムライズ・リグ』は、巨乳の美少女にもてたいというオタク少年の願望を充足する作品といえば身も蓋もないが、身の回りの暴力から身を護るにはもはや国家は頼りにならない、ゆえに性別問わず帯刀して各人武装しなければならないというこの世界は、まさにいまの時代感覚を反映している。この状況設定そのものは理解できるものの、設定の背後にある軍事力学や戦争の暴力性についての著者の考察は浅いと言わざるを得ない。身体的な快感を満足させるエンタメとして素晴らしく面白いのに、ときおり作者の本音らしきものがのぞくのが邪魔だ。エンタメの奥義《おうぎ》は作者の生《なま》の気配をいかに隠すかにある。

『ヴィンダウス・エンジン』は、中国の先端技術のいまを感じさせる作品。主人公が韓国人なのも自然だ。つまり、日本はもはやこういう電脳都市管理やAI技術の最先端からは遠く隔てられた後進国になっているので、日本人の主人公や日本の都市が舞台ではリアリティが得られないのだ。このいま進行中の現実感覚を捉えている作者のセンスを評価した。文芸作品としては、SF設定も物語の進行も面白いのだが、主人公をはじめ登場人物の造形に特徴がない。みな同じような価値観をもっていて真に反目しあうことのない人物に見えるため、同じキャラが役を演じ分けているような現実味が薄い感じになっている。また、主人公がこの病気を最初の時点で自らの力で寛解に持ち込むときの書き込みが足りない。ここは物語の基本となる重要な場面なのでもっとねちっこく描写し説明すべきだろう。この前と後とでは世界が違って見える、これは凄い変化だと、読者にも体感させなくてはならない。なにを重点的に書くべきか、どこを省いてもいいのか、いくつもあるアイデア（実に魅力的だ）を、なにを基準にどう統合するかなど、作家が無意識のうちに判断している基準点が、この作者の場合すこしずれている感じがする。

『電子の泥舟に金貨を積んで』は、エンターテインメントの見本のような作品。悪役は最後まで悪役で、情けない性格の主人公も最初から最後までぶれない。キャラたちの造形もいい。完璧なエンタメであり、まさにＡＩが書いた作品のようだ。換言すれば、構成上の新奇性はまったくない。しかし扱っている内容が日本でのＡＩ技術が世界レベルからは周回遅れになっているというシリアスな現状であり、その技術周りの蘊蓄も、おそらく作者にとって身近なものなのだろうと感じさせて、ただ面白いだけではない知的な好奇心を刺激することで、ＳＦになりおおせている。個人的には、強いＡＩを否定する内容に、ＳＦならばこれを乗り越える（現実を超える）視点が必要だろうと反発を覚えた。作者にはＡ

Ｉの現実が見えすぎて想像力を割り込ませる余地がないのかもしれない。ゆえに大賞には推さなかったものの、こちらの反感をねじ伏せる筆力を評価した。

『それがぼくらのアドレセンス』は、いまの格差社会の生きにくさをそのまま表すがごとき、さまざまな立場で生きる十五歳の子どもたちの日常が語られる。それぞれが寓話性に富み、興味深く読ませる。これをどう収めるのかと読み進めていったところ、ルイという愛を渇望する天才少年の破壊衝動のままに既存社会は暴力的に破壊され、『それがぼくらのアドレセンス』の一語で終わる。このラストには啞然とした。全世界の十五歳が例外なく全員生き延びられたのなら新人類誕生の話になるが、そうは読めないので、この物語の結末は「ぼくら（全ティーンズ）の」ではなく、「ぼくの」身勝手にすぎない。ルイはそこを履き違えているが、かれには通じない。この破壊は思想的なテロではなく動物的な行為なので、人間＝大人の特性である理性（ＳＦの本質）からは反論や批判のしようがないのだ。壊したものは直しましょう、と選考者はつぶやくしかない。

選評　塩澤快浩（ＳＦマガジン編集長）

私の場合、やはりどうしてもエンターテインメント小説としての評価になる。今回は三作に4の評価をつけた。

満腹院蒼膳『識闕の弔歌』は、十代でこの文章力は信じがたい。そのせいで余計、物語世界の狭さが気になった。この設定であれば、広大な地下都市や海外の状況など、描写すべきことはいくらでもあるだろう。これから実生活と虚構でいろんなことを経験すれば、凄い小説が書けるはず。

酒田青枝『それがぼくらのアドレセンス』は、連作の構成が失敗している。一話ごとは読者の心を動かす清新な物語になっているのに、似たような話が連続するため全体に単調な印象になってしまっている。加えて、他の選考委員も書いているように結末が弱い。最終話ひとつ手前の、予期せぬカタストロフィーが最も興奮した。

そして毒島門左衛門『サムライズ・リグ』は、個人的には授賞してもよかった。中盤クライマックスまでの謀略ものとしての構え、アクション描写は圧倒的。それが後半は、展開が広がるどころか、学園ハーレムものの関係性へと矮小化されてしまった。ハーレム要素があること自体は一向に構わない（必然性があるし）。ただ、その甘さは、主人公の懊悩と父の修羅、そして殺伐とした世界を最後まで描き切ってこそ活きると確信している。

そして、優秀賞に決まった二作であるが、私はそのうちの十三不塔『ヴィンダウス・エンジン』には3の評価を、竹田人造『電子の泥舟に金貨を積んで』には5の評価をつけた。

『ヴィンダウス・エンジン』は、アイデアの転がし方が科学的（論理的）でなく、すべて文学的なメタファーによっている。必然的にキャラクターが物語を駆動するのではなく、テーマが無理やりキャラクターを動かしている印象だった。

いっぽう『電子の泥舟に金貨を積んで』は、夢破れたAI技術者と、映画マニアのやくざという主人公二人の設定が、この小説のアイデアと会話、アクションの隅々にまで活かされていて、エンタメとして最上の部類であると評価している。

本書は、第九回創元ＳＦ短編賞・新井素子賞「アドバーサリアル・パイパーズ、あるいは最後の現金強盗」を長篇化、第八回ハヤカワＳＦコンテスト優秀賞を受賞した『電子の泥舟に金貨を積んで』を書籍化にあたり加筆修正し、『人工知能で10億ゲットする完全犯罪マニュアル』と改題したものです。

著者略歴　1990年東京都生，本作で第8回ハヤカワSFコンテスト優秀賞を受賞し、デビュー

HM=Hayakawa Mystery
SF=Science Fiction
JA=Japanese Author
NV=Novel
NF=Nonfiction
FT=Fantasy

人工知能《じんこうちのう》で10億《おく》ゲットする
完全犯罪《かんぜんはんざい》マニュアル

〈JA1457〉

二〇二〇年十一月二十日　印刷
二〇二〇年十一月二十五日　発行
（定価はカバーに表示してあります）

著者　竹《たけ》田《だ》人《じん》造《ぞう》
発行者　早川浩
印刷者　西村文孝
発行所　株式会社　早川書房
郵便番号　一〇一 - 〇〇四六
東京都千代田区神田多町二ノ二
電話　〇三 - 三二五二 - 三一一一
振替　〇〇一六〇 - 三 - 四七七九九
https://www.hayakawa-online.co.jp

乱丁・落丁本は小社制作部宛お送り下さい。
送料小社負担にてお取りかえいたします。

印刷・精文堂印刷株式会社　製本・株式会社明光社

ISBN978-4-15-031457-6 C0193

本書は活字が大きく読みやすい〈トールサイズ〉です。